Ausgerechnet der Krieg ist es, der Arjeta von Sarajevo nach Paris bringt und die Wurzeln legt für eine radikale Liebesgeschichte, die ihr ganzes Leben verändert und schließlich nach Berlin und ins Herz unserer Zeit führt. Hier geht die junge Frau sich selbst und ihrem Bewusstsein auf den Grund, durchwandert in starken und leuchtenden Bildern eine Welt, die es im Außen nur noch in Rissen gibt, im Innen aber ist die Verwandlung ein neuer Ort geworden.

MARICA BODROŽIĆ wurde 1973 in Dalmatien geboren. 1983 siedelte sie nach Hessen über. Sie schreibt Gedichte, Romane, Erzählungen und Essays. Für ihre Bücher erhielt sie zahlreiche Auszeichnungen, darunter den Förderpreis der Literatur von der Akademie der Künste in Berlin, den Kulturpreis Deutsche Sprache und den Kranichsteiner Literaturpreis sowie den Preis der LiteraTour Nord. Marica Bodrožić lebt als freie Schriftstellerin in Berlin.

Marica Bodrožić

Kirschholz und alte Gefühle

Roman

btb

MIX
Papier aus verantwortungsvollen Quellen
FSC® C083411

Verlagsgruppe Random House FSC® N001967
Das für dieses Buch verwendete FSC®-zertifizierte
Papier *Lux Cream* liefert Stora Enso, Finnland.

1. Auflage
Genehmigte Taschenbuchausgabe Oktober 2014,
btb Verlag in der Verlagsgruppe Random House GmbH, München

Umschlaggestaltung: Umschlaggestaltung: R.M.E., Rosemarie
Kreuzer/Ruth Botzenhardt unter Verwendung eines Motivs von
© plainpicture/Zenshui
Druck und Einband: CPI – Clausen & Bosse, Leck
KS · Herstellung: sc
Printed in Germany
ISBN 978-3-442-74752-8

www.btb-verlag.de
www.facebook.com/btbverlag
Besuchen Sie auch unseren LiteraturBlog www.transatlantik.de

It appears now that there is only one
age and it knows
nothing of age as the flying birds know
nothing of the air they are flying through
or of the day that bears them up
through themselves

W. S. Merwin, *The Shadow of Sirius*

erster tag

Die Vögel haben sich alle versammelt. So ist es immer. Wenn ich irgendwo neu bin, kommen die Vögel und wollen mit mir reden. Ich wollte nie viel reden. Das hat mich seit jeher müde gemacht, und wenn ich mehr als drei Sätze gesagt habe, hat mein Körper sich angefühlt wie der Körper einer Fremden. Als die kleinen Risse in meinem Bewusstsein begannen, wurde das Müdesein beim Reden immer schlimmer für mich. Ich entdeckte Lücken in meiner Erinnerung. Unser Arzt sprach von Anfällen. *Pétit mal.* So nannte er die Pausen in meinem Gedächtnis. Manchmal wurde mein Kopf von einer mir unbekannten Kraft nach hinten gezogen. Vor den Augen meiner Familie war kein Entkommen. Und wenn das kleine Übel vorbeigezogen war, nannten meine Eltern mich ihre Sternguckerin. Ihre Worte pulverisierten sich in mir. Sie schienen es alle zu bemerken. Vor allem meine Mutter hielt mich unter strenger Beobachtung, Wochen, Monate ging das so, bis sich alle ein bisschen an meinen kleinen Makel gewöhnt hatten. Meine Absencen waren mir selbst im Augenblick, in dem sie stattfanden, nicht bewusst. Erst später tauchten Fragen, unbekannte Bilder und Sätze auf. Mutter fing an zu beten und schüttelte mich, jedes Mal wenn es geschah. Sie stiftete alle in meiner Umgebung an, mich genau in Augenschein zu nehmen.

Es geschah zum ersten Mal, als ich sechs Jahre alt war. 1978. Onkel Milan und Tante Sofija verschwanden mitten im Sommer aus unseren Leben. Ich spürte ein Kribbeln in meinem Hinterkopf. Dann schien ein Kreis in meiner Stirn geschlossen zu werden. Ein Picken zwischen meinen Augen. Der Specht vergnügt sich pickend am Baum. Die Spatzen, in den Beeten. Die Stare, am Kirschbaum. Und wer machte das immerzu in meiner Stirn? Ich bekam keine Antworten, das nicht, aber ich lernte, in meine Fragen hineinzuleben.

Im Treppenhaus ist mein neuer Nachbar zu hören. Im Hof das Gezwitscher der Vögel. Ein großer Gesang mal wieder. In den Bäumen. Ich werde begrüßt. Besonders eine Maulbeere liebe ich. In meiner neuen Wohnung ist es ruhig. Berlin. Eine Stadt, in der seit dem Mauerfall immer alle leben wollten. Der neue Nachbar ist ein Läufer. Stahlblaue Augen. Sehr höflich, ein minimalistischer Westdeutscher. Er sieht freundlich aus und hat keinen Sinn für Mode, scheint ein bisschen in den Achtzigern stecken geblieben zu sein. Ich habe ihn schon bei der Wohnungsbesichtigung im Treppenhaus getroffen. Wir haben kurz miteinander gesprochen. Er hat etwas über das Jahr des Mauerfalls gesagt, irgendetwas mit Fieber. 1989 war ein Fieber. So etwas hat er, glaube ich, gesagt. Alle wollten nach Berlin. Historische Verlockungen. Mich hat das nicht interessiert. Ich war Studentin an der Philosophischen Fakultät und wollte nicht nach Berlin, ich wollte nach Paris.

Bei dieser Gelegenheit erklärte mir Vater, warum Onkel Milan aus Jugoslawien verschwunden war. Er war aus politischen Gründen geflüchtet und lebte seit dem Ende der Siebzigerjahre mit seiner Frau Sofija in der Nähe von Versailles, in einem Ort namens Meudon Val-Fleury, umzingelt von Wäldern. Mutter und Vater war es wichtig, dass ich immer zu unseren Verwandten gehen konnte. Deshalb waren sie sofort einverstanden und erlaubten mir, in Paris Philosophie zu studieren. Seit Großvaters Diplomatenzeit hatte das Tradition in unserer Familie. Vor allem Mutter war es wichtig, dass ich andere Sprachen nicht nur theoretisch lernte, sondern im Leben selbst, dass ich herauskam, in die Welt, wie sie es ausdrückte. Die Partei sah das nicht gerne. Meine Mutter war nicht zum Gehorsam erzogen worden und deshalb war ihr das egal. Bei jeder Gelegenheit holte sie ihr Kahlschlagargument hervor und erklärte allen, die es hören und die es nicht hören wollten, dass die ganze Region, in der einst, der Donaumonarchie sei Dank, fünf Sprachen zum Alltag eines jeden Vollidioten gehört hatten, schlicht und ergreifend provinziell geworden sei. Vehement vertrat sie ihre Überzeugung, dass jede Politik, die auf den Nationalstaat als das Nonplusultra setzt, absoluter Unsinn sei, zum Scheitern verurteilt. In der Realität sei der Nationalstaat Fiktion unterster Kategorie. Da niemand wusste, wie ihr darauf zu antworten war, schnaufte sie nur zufrieden und genoss triumphierend ein Stück von ihrem Käsekuchen. Mir war Habsburg-Ungarn egal, kannte ich die Monarchie doch bloß aus Geschichtsbüchern.

In jenem Friedenssommer vor unserer Reise nach Frankreich hatte mein Vater viel an der Universität zu tun gehabt. Als er endlich seine Vorlesungen beendete, packten wir frohgemut die Koffer. Seine Studenten der Rechtsphilosophie waren alle gleich nach der letzten Vorlesung in den Süden verschwunden. Mutter war mit meinen Brüdern schon seit zwei Wochen in Istrien. Wie jeden Sommer waren sie zuerst ans Meer zu unserer Großmutter Inge gefahren. Sie verwöhnte sie fortwährend mit selbstgemachter Pasta und sorgte mit ländlichen Trüffelrezepten für euphorische Liebesbekundungen ihrer Enkelkinder. Aber berühmt war sie in der ganzen Familie für ihre Bratkartoffeln. Sie waren das einzige, das sie von früher bewahrt hatte und das uns in ihrer istrischen Küche an ihre deutschen Wurzeln erinnerte.

Sonst war ich immer die erste, die nach Istrien fuhr. Ich hätte für Omas Bratkartoffeln und Trüffelorgien mein Leben gegeben. Seit Großvater nicht mehr bei ihr lebte, war sie eine gute Köchin geworden. Die Verlockung aber, allein mit Vater nach Paris zu reisen, war größer als alles andere. Auf dieser ersten Reise nach Frankreich wollten wir uns um meine Einschreibung kümmern und die Verwandten besuchen. Wir freuten uns auf die guten Croissants und den französischen Café Crème, den Vater, ganz und gar ernsthaft, zu den wichtigsten Geheimnissen und Errungenschaften der Grande Nation zählte. Philosophie hin oder her, sagte er, ein Volk, das keinen guten Kaffee servieren kann, hat früher oder später das Nachsehen und fällt der natürlichen Auslese zum Opfer. Übermut und Glück verleiteten ihn zu solchen Sätzen. Das Ganze nannten wir von Ort zu

Ort, von Brasserie zu Brasserie unsere große Annäherung und Sondierung des französischen Terrains.

Mit unserem alten Škoda fuhren wir über die Landstrassen und mein Vater erzählte mir von seiner Kindheit, vom Hunger der Nachkriegszeit, und wie stolz er als kleiner Pionier war, wenn er ein großes Wort wie Antifaschismus aussprechen durfte. Später seien Menschen verschwunden und auf die Kahle Insel gebracht worden, und das Glück seiner Pionierszeit sei für immer der gefräßigen Vergangenheit in den Schlund gefallen. Wir aßen in kleinen Restaurants, und Vater trug mir ein Gedicht von Friedrich Schiller vor, das er seit seiner Kindheit auswendig konnte. Ein Teil seiner Vorfahren stammte aus der deutschsprachigen Bukowina. Ihnen und meiner in Istrien lebenden deutschen Großmutter war es zu verdanken, dass mein Vater Schiller las und seine Sprache liebte. Er brachte sie uns früh bei. Mutter war es mindestens ebenso wichtig, dass wir Französisch lernten. Sie hatte vor der Belagerung schon deutsche und französische Dichtung übersetzt. Morgens beim Frühstück mussten wir immer in der Sprache von André Bréton und Nathalie Sarraute miteinander reden. Manchmal fragte uns Mutter ab, und wir rezitierten dann, vor allem an den heißen Sommernachmittagen, die der deutschen Sprache gehörten, Gedichte von Else Lasker-Schüler, Paul Celan, Nelly Sachs. Sie hatte Verse parat wie andere Brot im Haus haben. Aus dem Französischen übersetzte sie einen Vorläufer der Surrealisten, er hieß Saint-Pol-Roux, und meine Mutter liebte ihn schon dafür, dass er sich selbst diesen Namen gegeben hatte. Später übersetzte sie alles von Marguerite Duras und zuletzt, bevor der Krieg ausbrach, arbeitete sie an André Brétons Buch *Nadja*. Ein

Jahrzehnt danach fand ich das Buch bei meiner Freundin Nadeshda in Berlin. Ich entdeckte auch Duras' *Verzückung der Lol. V. Stein* in ihrem Bücherregal, sie konnte das ganze Buch nahezu auswendig.

Vater war müde. Er konnte sich nicht aufs Fahren konzentrieren. Wir übernachteten bei einer befreundeten Familie im Friaul. Auf der Weiterfahrt erzählte er mir noch vom Gefangenenlager auf der Kahlen Insel, er sprach seit langem wieder von Onkel Milan und Tante Sofija. Ich bekam Sehnsucht nach ihren Gesichtern. Onkel Milan war Architekt und in den späten Siebzigerjahren im ganzen Land für seine antifaschistischen Denkmäler berühmt. Seine raumschiffgroßen Anlagen musste jedes jugoslawische Kind einmal in seiner Schulzeit aufsuchen, spätestens nach der Weihung zum Pionier. Onkel Milan unterrichtete abwechselnd an den Universitäten von Split und Belgrad und war bei seinen Studenten sehr beliebt. Irgendwann fand man in seinem dalmatinischen Haus während der Hundstage, wenn alle Tiere faul in der Sonne herumliegen und jeder sich vor der Hitze ins Innere der Häuser rettet, eine frisch gedruckte sowjetische Zeitung. Das war damals nicht nur illegal, es war lebensgefährlich. Mein Onkel wurde verhaftet und musste stundenlang vor einem mehrköpfigen Komitee wiederholen, dass Tito schlauer als Stalin war. Um ein Haar wäre er auf der Kahlen Insel, jener berüchtigten Hölle der Adria, gelandet, auf der vierzig Jahre lang eine Strafkolonie zum Mediterran wie die Sonne zum Sommer gehörte. Vater erzählte mir von einem Dichter aus Belgrad, der ein paar Jahre später Präsident wurde. Er habe in den Achtzigerjahren die Insel aufgesucht, sich aber als blind für die Wirklichkeit erwiesen. Er sah nichts anderes als die verschwenderische Schönheit des Südens: Palmen, Pinien und Zypressen. Die gleiche Sonne, dachte ich, begleitet Vater und mich jetzt auf unserer Reise. Ich schaute aus dem fahrenden Auto. Der Fall meines Onkels klang wie eine Erzählung für mich, wie etwas, das in einem Buch durch die Zensur geschwärzt worden war. Onkel Milan kam mit dem Leben davon. Das war ein Wunder, selbst in den Augen jener, die voller Inbrunst an den Kommunismus geglaubt und ihn als den einzig möglichen und notwendigen Gegenentwurf zum Faschismus angesehen hatten.

Das Wunder hatte eine lange Vorgeschichte. Mächtige Leute hatten sich für meinen armen Onkel eingesetzt. Anfangs verstand er selbst nicht, wer ihm half. Die Geheimpolizei gab ihm nach zwei, drei laschen Befragungen zu verstehen, dass man ihn in Ruhe lassen werde, wenn er bereit sei, das Land für immer zu verlassen. Noch bevor er sich zu einer Entscheidung durchringen konnte, verlor Tante Sofija ihr Engagement als Opernsängerin. Die beiden packten schnell einige Sachen zusammen und kamen in ihrem alten, mintgrünen Lada zu uns. Wir konnten uns alle noch von ihnen verabschieden. Ich erlebte zum ersten Mal die beunruhigenden Absencen, die mich später mehr als alles andere zu mir selbst führten. Aber damals gab es mich nicht in den Lücken, und alles, was ich mit meinen Gedanken berührte, war ein schwarzes Nichts. Ich hatte immer gedacht, dass ich über die Lücken einfach hinweggehen könnte, langsamen Schrittes, wie über einen gerade zugefrorenen See. Aber ich habe nicht gewusst, dass die Lücken irgendwann schmelzen, dass man einbrechen kann. Nur eine Ahnung hatte ich immer, ein Wissen, das mit der Hoffnung verbunden war, in meinem Inneren einen sättigenden Zustand zu erreichen, einen Punkt der Erlösung, von dem aus alles genau erkennbar war – mein Weg, meine ganz eigene Landkarte, meine Waffe gegen das schwarze Nichts.

Jetzt weiß ich, dass ich diesen Weg damals nicht sehen durfte. Das war die Prüfung. Jeder kann einen Weg gehen, den es schon gibt, aber es gibt ihn nur, weil andere ihn gegangen sind. Ich konnte meinen Weg nur mit geschlossenen Augen finden, mit dem dunklen Winter in mir, der meine Landkarte solange belagerte, bis ich bereit war, auf das zu verzichten, was Menschen gemeinhin ihre Zukunft nennen. Es hilft mir bis heute kein gestempelter Pass dabei, keine einmal erlernte Grammatik.

Der Punkt der Erlösung ist in meinem Inneren versteckt und in meiner Stirn spricht er zu mir, zeigt mir alles, was vor mir liegt, ohne mir genaue Namen zu nennen. Er ist jetzt ein Kompass in mir. Ich habe ihn nie vorher bemerkt. Vielleicht war er auch früher da, in einem Versteck, jenseits meiner Sprache. Jetzt ist er zuverlässig, er zeigt mir die Straße, den kleinen Supermarkt, den Baum im Hof, das Steinchen im Schuh. Und er ist mit dem Punkt in meinen Fingerkuppen verbunden, mit Nadeshdas Ohren, mit ihrem zärtlichen Blick, mit Ezras Lachen, mit Mischa Weisbands altem Vogelbestimmungsbuch. Der Punkt ist immer dort, wo nichts da und alles möglich ist, überall, an jeder Stelle, an der mir Innen und Außen als ein Ort begegnen, so, wie mir damals mit meinem Vater der Sommer als ein unendlicher Zeittunnel vorkam, der Augenblick immerwährend, jenseits irgendeiner Begrenzung.

Damals war es auch Sommer, jener Sommer, in dem meine kleinen Lücken begannen und Mutter mich immerfort auf die Risse in meinem Bewusstsein inspizierte. Ich hatte keine Ahnung, was dieser Abschied von Onkel Milan und Tante Sofija zu bedeuten hatte, wie endgültig er war, begriff ich erst Jahre später. Ein entfernter Verwandter, ein überzeugter Partisan und Kommunist der ersten Stunde, hatte während des Zweiten Weltkriegs einen jüdischen Partisanenfreund in seinem Haus versteckt. Zu einem Zeitpunkt, als sich niemand mehr traute, Juden zu helfen und die kroatischen Faschisten von Ante Pavelić angeführt wurden, kam das einem Gottesgeschenk gleich. Benito Mussolini unterstützte den fanatischen Pavelić. In ganz Europa galt er längst als skrupellos und amoralisch. Auf das Konzentrationslager Jasenovac war er stolz. Achtzigtausend Menschen kamen dort ums Leben und es gab mehrere Todestransporte nach Auschwitz. Unzählige Juden, Roma, Serben und kroatische Oppositionelle verloren ihr Leben. Der Freund überlebte und nutzte die erste Gelegenheit, sich bei meinem Onkel Milan zu bedanken. Er war ein angesehener Politiker. Sein einstiger Verfolger Ante Pavelić hingegen wurde in Abwesenheit zum Tode verurteilt. Das bekümmerte ihn wenig, hatte er nach Mussolini ganz schnell einen neuen Ersatzvater gefunden. In Argentinien stand er unter dem Schutz von Juan Domingo Péron. Als der gestürzt wurde, begab sich Pavelić in die Obhut des Spaniers Francisco Paulino Hermenegildo Teódulo Franco y Bahamonde Salgado Pardo, besser bekannt als General Franco.

Mein Vater wusste nicht mehr genau, wie es Onkel Milan und Tante Sofija gelungen war, auf die Schnelle Großmamas alten Küchentisch im mintfarbenen Lada unterzubringen. Aber er erinnerte sich noch immer sehr genau an einen beeindruckend irrationalen Schreianfall von Tante Sofija, die nicht einmal ihre Lieblingskleider eingepackt hatte, aber darauf bestand, dass der Tisch nach Frankreich müsse. Ich konnte mir nicht ausmalen, was für ein Schicksal meinen Onkel Milan und meine Tante Sofija auf der Kahlen Insel erwartet hätte. Andere Menschen, erklärte mein Vater, waren wegen ähnlich harmloser Sachen in die Strafkolonie geschickt worden. Viele stürzten sich irgendwann von den Klippen der Insel in die Fluten der Adria. Der Selbstmord war ihre einzige Möglichkeit, in Würde wieder sie selbst zu werden. Das passte für mich gar nicht zu unserem Land, es wirkte wie etwas auf mich, das anderswo geschehen sein musste, und ich konnte mir nicht vorstellen, dass das Meer, an dem wir unsere glücklichen Sommer verlebten, anderen zum Grab geworden war.

Vater erzählte mir zum ersten Mal ausführlicher von damals. Ich konnte das Schluchzen meiner verängstigten Großmutter in Istrien geradezu hören, konnte meine Tante Sofija vor mir sehen, den alten Lada und den Kirschholztisch. Kaum ein anderes Auto kam uns auf den Landstrassen entgegen. Der Himmel war durchsetzt von tanzenden kleinen Wolken. Schwalben sahen wir so viele wie nie zuvor. Das war unser Sommer, diese Reise, quer durch Europa, unsere letzte gemeinsame Julifahrt. Gemessen an der Vergangenheit, lebten wir in friedlichen Zeiten. Alles war still auf jener Sommerfahrt, so still, dass ich den Flügelschlag der Schwalben hören konnte, selbst der Wind schien ihnen zu lauschen und sich dem Wogen der Bäume zu überlassen, das sich in mich einschrieb wie es sonst nur das Meer getan hatte, die Wellen, die sich in den Sommern an unseren Füßen brachen und denen das unbändige Lachen meiner Brüder folgte, ihr Übermut, ihre unermüdliche Lust, sich wieder und wieder ins Wasser zu werfen. Vater und ich schwiegen viel. Es sollte unsere letzte gemeinsame Reise sein, unser letztes gemeinsames Schweigen zu zweit.

Wir fuhren einen Monat später noch einmal nach Frankreich. Dieses Mal kamen meine Mutter und meine Geschwister mit. Es wurde eine laute Familienfahrt. Übermütig sang ich mit meinen Brüdern das Jugoslawien-Lied von Lepa Brena. Je fremder die Landschaften wurden, desto öfter sangen wir es. Wenn einer von uns damit aufhören wollte, fing ein anderer wieder von vorne an. Das Lied war ein Lobgesang auf unser Land und hieß *Živela Jugoslavija*. Es war uns egal, ob es Propaganda war oder nicht, die Zeilen waren naiv, machten aber gute Laune. Vater sagte, Lepa Brena werde im Alter sehr hässlich aussehen. Mutter lachte, weil sie das nicht glauben konnte. Lepa Brena war unsere jugoslawische Marilyn Monroe. Es war also unvorstellbar, dass wahr werden konnte, was Vater so wie eine kopflose Fliege dahergesagt hatte. Aber Lepa Brena war den Jugoslawen nicht nur wegen ihrer Schönheit wichtig. Auch die Menschen in Rumänien verehrten sie. Sie war eine besondere Vorbotin der Freiheit. In einem hautengen goldenen Kleid sang sie 1984 in Temesvar vor sechzigtausend Menschen auf einem Kran das gleiche naive Lied wie wir auf unserer Sommerreise. Und jene Menschen, die ihr in Temeswar zujubelten, gingen als erste auf die Straßen und stürzten den verhassten Diktator wie meine Großmutter sagte: mit ihren wie Fenster weitgeöffneten Herzen. Sie war sich sicher, dass Lepa Brena dazu beigetragen hatte, das Unüberwindbare zu überwinden. Unsere Monroe singt noch immer. Aber leider sind Vaters Worte von damals wahr geworden. Sie ist nicht mehr schön, über ihre Lieder reden nur noch die wenigsten, vielmehr geht es um ihre mit Silikon bearbeiteten Lippen und die von Botox gelähmte Stirn. Mein Vater konnte damals natürlich nicht ahnen, dass nicht das Alter, sondern solche Eingriffe sie verunstalten würden. Es fehlte ihm dafür schlicht an Vorstellungskraft. Noch heute lässt meine Großmutter nichts auf Lepa Brena kommen. Niemand anderer als sie hatte die Rumänen in die Freiheit geführt! Dafür gebühre ihr Respekt.

Nach unserer Reise ist alles anders gekommen, als wir es gedacht haben. Meine Wünsche sind ein Luxusgut geworden. Ich bin zum Studieren nach Paris gegangen, aber nicht weil ich es geplant habe, sondern weil ich bald schon keine andere Wahl hatte. Als glückliche Ahnungslose kehrten wir damals nach Hause zurück. Unsere kleinen Einkäufe aus der Galérie Lafayette trugen wir wie eine kostbare Beute ins Haus. Wir saßen im Garten und tranken fröhlich Kaffee. Zwei Tage später erkrankte meine bosnische Großmutter. Im folgenden Winter starb sie. Vater bekam ein kleines Erbe und eröffnete mit diesem Geld für mich ein Konto bei der Crédit Lyonnais. Wir hatten nicht viel Zeit für unsere Trauer.

An einem stillen Nachmittag Mitte März hörten wir plötzlich Schüsse. Die ersten Sonnenstrahlen des Frühlings hatten uns nach draußen gelockt. Meine Brüder spielten am Fluss. Ich war mir anfangs sicher, dass die Schüsse aus dem Fernsehgerät unserer halbtauben Nachbarin Alina gekommen waren. Ihr Fernseher war an die Musikboxen ihres Enkels angeschlossen, der ein Fan der Sex Pistols und Ramones war. Tantchen Alina schaute ständig alte Filme im Fernsehen, und wir waren gezwungen, sie in voller Lautstärke zu ertragen. Schon an den Nachmittagen, wenn Hardy Krüger und Curd Jürgens auf ihrem Fernsehschirm zu sehen waren, war sie in Aufregung versetzt und vergaß alles um sich herum. Die legendäre Schlacht an der Neretva, die für die jugoslawischen Partisanen den Wendepunkt des Krieges darstellte, war ihre große Obsession, der sie nachgehen konnte, weil das Staatsfernsehen sie geradezu täglich mit ihr teilte. Tantchen Alina konnte immer über Tito und die berühmte Schlacht reden. Auch wenn sie mir damit auf die Nerven ging, mochte ich sie doch, denn sie war die einzige, die meine Absencen nicht beachtete, immer drauflosredete, druckreife antifaschistische Monologe von sich gab und mir auf diese Weise eine natürliche Abscheu vor den Namen Hitler und Mussolini einpflanzte.

Aber an jenem Märznachmittag waren die Schüsse alles andere als inszenierte alte Partisanenschüsse. Den meisten Menschen ging es wie mir. Keiner von uns glaubte an echte Schüsse. Es schien, als hätten wir den Zehn-Tage-Krieg in Slowenien aus dem vergangenen Jahr auf den Mars verlegt und die Vorkommnisse an der Donau und in Vukovar, die totale Zerstörung dieser Stadt, das Massaker im Lebensmittelkombinat, das noch im November für Erschütterung und Trauer gesorgt hatte, einfach jenseits unseres Planeten und in eine andere Galaxie verortet.

Auch meine Eltern wollten es nicht wahrhaben, dass eine reale Bedrohung für unsere Stadt bestand. Dann fing alles an, Alltag zu werden. Wir gewöhnten uns an Geschichten, in denen erwachsene Männer mit Totenköpfen Fußball spielten. Meine Brüder spielten auch Fußball, aber mit einem normalen Lederball. Das ging eine Weile gut. Dann traten sie auf eine Mine. Ich war zufällig in der Nähe. Ein paar Straßen weiter weg hatte ich mich mit meinen Freundinnen zum Kaffee verabredet. Auf dem Rückweg sah ich meine Brüder. Auf dem Boden. Warum liegen meine Brüder auf der Straße?, dachte ich, auf dem Boden liegen sie und sagen nichts.

Eine kleine Menschenmenge hatte sich um sie versammelt. Zwischen zwei fremden Beinen sah ich die Füße meiner Brüder. Ich sah zuerst ihre Füße. Zuallererst die Füße. Die Füße meiner beiden Brüder waren schön. Ihre Zehen. Was für schöne Zehen sie haben, dachte ich. So flaumweich und zart wie zarte Federn. Ich ging zu ihnen. Ich küsste die Zehen. Was für schöne Zehen sie haben, dachte ich und dachte irgendwann nur das. Ich konnte nichts anderes mehr denken, ich glaube, es ging tagelang so weiter. Als ich zu Hause ankam, sagte Mutter, dass ich blute. Am Mund, sagte sie, du blutest am Mund. Nein, sagte ich, meine Brüder bluten. Mutter verstand nichts, sie dachte, dass meine Brüder im Garten spielten. Sie schüttelte mich. Sag etwas! Hast du wieder die Aussetzer, schrie sie mich an. Mein Kopf fiel nach hinten. Ich sah zum Himmel. Wolkenlos war er, das Blau so tief wie das Meer. Schwindel erfasste mich. Ich rannte mit ihnen in den Garten. Die Frühlingssonne blendete mich. Alles drehte sich in meinem Kopf. Mutter schrie. Tantchen Alina hatte ihren blöden Fernseher an wie immer. Vater tauchte von irgendwoher auf, und sie rüttelten jetzt beide an mir. In der Altstadt, sagte ich. Und dann war alles schwarz und wuchtig umfing mich das Dunkel.

Als ich wieder zu mir kam, sah ich, dass meine Eltern weinten. Ihre Augen kamen mir unnatürlich groß vor, wie Spielklicker. Meine Brüder hatten viel schönere Zehen als ich. Meine Zehen sind hässlich. Sie hatten so viel schönere Zehen. Zwillingsbrüder. Habe ich das schon erwähnt? Meine Brüder waren Zwillingsbrüder und hatten identisch schöne Zehen. Sie waren immer doppelt. In allem. Dieses doppelte Glück ist jetzt weg. Für immer. Ich kann sie nicht mehr lachen hören. Manchmal höre ich nur die Wellen von damals. Das Meer jener Sommer. Die Augusttage unserer Kindheit in Istrien. Die Wellen sind noch da in meiner Erinnerung. Ich stelle mir vor, dass sie mir noch einmal ihre Stimmen wiedergeben und mein Ohr sie noch einmal hören kann. Das Wasser. Die Wellen. Die Bora. Unser liebster Fallwind. Der liebste Wind überhaupt. Ich höre sein Pfeifen. Aber keine Stimmen. Ich kann mich nicht mehr an ihre Stimmen erinnern. Alles sickert in meinen Kopf hinein, versickert dort, legt sich dort immer tiefer ab, und jeder Tag, der vergeht, überschreibt sie. Sand. Was kann ich davon beweisen, was über die Gegenwart des Glücks im Unglück für mich selbst bewahren? Ich denke heute auch an Ilja, meine erste Liebe, an unseren Treffpunkt hinter der alten Synagoge, daran, dass ich auch Ilja vielleicht nie wiedersehen werde, er aber immer noch lebt. Ein paar

Murmeln habe ich noch, die er mir geschenkt hat, als ich dreizehn wurde. Ich habe sie, zusammen mit den Fotos, von Land zu Land mit mir getragen. Auch er hat die belagerte Stadt verlassen. Ich habe von meiner Mutter erfahren, dass er seine ältere Schwester verloren hat und seit ein paar Jahren in Kalifornien lebt, in einer Stadt namens Bakersfield. Als die Belagerer auf dem Jüdischen Friedhof ihre Stellung bezogen, war Ilja ein paar Tage verschollen. Dann tauchte er plötzlich wieder auf. Aber seine Familie ging bei der nächsten Gelegenheit für immer fort, zuerst nach Frankreich, dann nach Amerika, und ich habe ihn seitdem nur noch auf Fotos gesehen. Zuerst hätte ich ihn fast nicht erkannt, alles an ihm sah anders aus, er war hager geworden, streng war seine Stirn in Falten gezogen. Nur seine Augen blitzten noch genauso schelmisch wie damals hinter der Synagoge.

Die Belagerer lauerten nun täglich oberhalb der Stadt. Mutter und Vater wollten nicht fort. Auf keinen Fall werden wir weggehen, sagte Vater, wir bleiben hier, sagte Mutter. Hier ist unser Zuhause. Hier sind unsere Toten. Ich aß nie wieder etwas, das bluten konnte. Mir fiel gar nicht auf, dass meine Mutter über Jahre hinweg die Namen meiner Brüder nicht mehr erwähnte. Wenn sie von ihnen sprach, dann immer als von ihren beiden Kindern, aber auch das geschah in den letzten Jahren ganze fünf Mal. Sie zieht es vor zu schweigen. Bis sie mich unvermittelt mit unserem Familiennamen ruft. Signorina Filipo sagt sie zu mir, neutralisiert mich auf diese Weise, nimmt mir meinen Vornamen weg, bevor sie wieder Dinge von früher richtigstellt, mich korrigiert und einfach behauptet, dass mich meine

Erinnerung wieder einmal getäuscht habe, dass alles anders gewesen ist, ganz anders als das, woran ich mich zu erinnern glaube. Liebling oder Herz, wie sie mich manchmal früher nannte, kommt ihr nicht mehr über die Lippen. Meine Mutter besucht mich hin und wieder in Berlin. Vor einem Jahr fing sie plötzlich an, mir Plastiktüten voller Fotos mitzubringen. Ich habe aufgeräumt, sagte sie, und überreichte mir ohne weitere Erklärungen das erste Kilogramm Polaroids. Ein Blick in die Tüte genügte mir, um zu sehen, dass sie alle in den istrischen Sommern geschossen worden waren. Das Blau des Meeres leuchtete auf jedem Foto. War immer in der Nähe. Wie der Sand. Die Pinien. Die Palmen. Bis zu meinem jetzigen Umzug habe ich versucht, all das zu vergessen. Ich habe damals die erste Tüte einfach an eine Türklinke in Nadeshdas Wohnung gehängt und beschlossen, nicht mehr an den Inhalt zu denken.

Seit fünf Jahren bin ich hier in Berlin zu Hause. Ich beziehe die dritte Wohnung. Noch immer habe ich es nicht gewagt, nach der Familie meiner Großmutter zu suchen. Ich kenne niemanden von meinen deutschen Verwandten. Noch sind es nicht meine Toten. Was habe ich hier? Wer kann ich noch in diesem Netzwerk aus Sprache und Stille, aus Wissen und Erinnern werden? Ich habe hier nur Kartons, keine Toten, nur Lebende. Das erste Mal seit zwanzig Jahren fühle ich mich an einem Ort zu Hause. Immer seltener empfinde ich Schuld, weil ich gerne hier lebe. Manchmal bin ich glücklich wegen nichts. Seit Jahren habe ich mir so das Glück vorgestellt, still und mit geschlossenen Augen erwarte ich es. Die Schwalben liebe ich, Mischa

Weisbands altes Vogelbuch, Nadeshdas Ehrlichkeit, ihr Lächeln, das Lächeln ihres Sohnes, in dem ich die Augen seines Vaters aufblitzen sehe, vor allem, wenn es aus ihm heraussprudelt und er mir auf unseren kleinen Spaziergängen in unserem Viertel auf der Stelle, wie er sagt, *alles* erzählen will, was er in der Schule erlebt hat.

Berlin ist laut und still. Im Hof, wo einige neue und viele alte Bäume wachsen und die Vögel, wie auf einem anderen Erdteil, von den Menschen getrennt leben, ist es überwiegend leise. Ich werde Teil dieses sanften Windes, der die Wipfel im Hof sprechen lässt. Die Vögel höre ich singen, die Kronen sind ihre Häuser. Hier wohnen sie den ganzen Sommer. Die großen Flügeltüren in meiner neuen Wohnung habe ich selbst gestrichen. Der Holzboden ist honigfarben. Ich weiß schon, wo die Dielen knarren. Im ganzen Haus herrscht eine seltsam schöne Stille. Nur die Schritte des westdeutschen Läufers sind manchmal im Treppenhaus zu hören. So beruhigend empfinde ich ihn in seiner Freundlichkeit. Woraus ist die Freundlichkeit entstanden? Wem ist sie geschuldet? Ein leiser erster Abend in meinen neuen Räumen. Sommerluft, aber keine Hundstage, keine Hitze wie früher, nichts, das drückend oder eine Last wäre. Draußen vor meinem Fenster fällt langsam die Nacht in die Wipfel der Bäume. Silberpappeln. Birken. Sogar ein uralter Maulbeerbaum steht im Hof. Mitten in Berlin. In meinem Hinterhof. Anfangs dachte ich, das sei eine Seltenheit, aber von Mischa Weisband weiß ich, dass es mehrere Stellen in der Stadt gibt, an denen Maulbeerbäume stehen. Ich werde sie alle suchen gehen. Genauso wie die Blauglockenbäume. Zeitlebens sind Vögel und Bäume meine Begleiter. Einmal möchte ich eine große Reise machen und alle Bäume meines Lebens besuchen, in alle Länder fahren, in denen sie stehen und ohne mich weiterleben. Werden sie mich erkennen? Die Bäume von Paris. (Mischa, der mir vom Leben zugewiesene Vogelkundler, hat sie mir gezeigt.) Die Bäume von Zagreb? (Tante Jana hat sie mir gezeigt, direkt beim Nationaltheater stehen die seltensten Rosskastanien.) Die Vögel und die Bäume meiner Geburtsstadt. (Das Leben hat sie mir gezeigt.) Die Bäume der Donaustadt. In den Auen. Die Bäume an den Orten meiner Kindheit und Jugend. (Das Leben hat sie mir gezeigt.) Istrien und Großmutters Maulbeerbäume (mit den weißen und roten Früchten)! Ihr Quittenbaum. Die Sauerkirsche. Der Mirabellenbaum. Das Leben. Hat sie mir gezeigt. Das Leben hatte immer ein Gesicht. Einen Namen. War ein Mensch.

Was ist mit den Orten, an denen ich seit meiner Geburt gewesen bin? Versammeln sich die Vögel noch an den gleichen Bäumen wie sie es früher, in meinem ersten Damals, taten? Nein. Nicht in allen Bäumen. In der Kindheit habe ich geglaubt, dass Bäume ewig leben. Als eine Nachbarin gestorben war und wir ihr auf dem muslimischen Friedhof kurz vor Kriegsausbruch die letzte Ehre erwiesen hatten, erfasste mich auf dem Weg nach Hause von Innen heraus eine Einsicht. Ich dachte, dass die Bäume das Gedächtnis der Menschen weitertragen, glaubte, dass sie es bewahren, auch und gerade für die Toten. Dafür aber, stellte ich mir vor, müssen sie immer weiter wachsen und niemand darf sie fällen, unter keinen Umständen. Aber dann ist es Krieg und Winter. Nach drei Jahren geht das Brennmaterial aus. Die Bäume werden gefällt. Winter für Winter. Der Schnee fällt. Die Gassen werden weiß. Der Taubenplatz ist zugig.

Und der Wind pfeift sein beißendes Orgelwerk durch die Luft. Die Menschen verbrennen Reifen und Schuhe, um sich an offenen Feuerstellen etwas kochen zu können. (In Hochhäusern treffen sie Absprachen über die Reihenfolge und die Dauer, sie halten sich bis zum Ende des Krieges daran.) Wind weht. Mützen fliegen weg. Die Menschen frieren. Die Belagerung dauert. Drei Jahre lang. Die Bäume fallen um. Fallen als Tote auf die Straßen. In meiner Vorstellung sind sie gefällte Gedächtnisse, auf dem Asphalt ruhen sie nun. Der Winter ist ohne Gnade. Die Schneeflocken fallen vom Himmel wie ein von langer Hand vorbereiteter Fluch. Auch die Kinder haben keinen Spaß mehr an den Schneeflocken. Wenn sie auf ihren Gesichtern landen, fühlen sie sich an wie kalte Insekten. Schmelzend und böse verdoppeln sie ihr Leid. Die Bäume sind jetzt die Glut im Ofen. Können keine Zeugen mehr sein. Haben keine Ohren. Es sind Schreie zu hören. Menschen, die sich auf dem Taubenplatz getroffen haben, versuchen mit den umliegenden Bergen zu sprechen. Mein Vater hat die Belagerung nicht überlebt. Mutter sagt, er habe geweint, als er mitbekam, dass die Menschen am Anfang zu den Bergen wie zu alten Göttern hinaufgesehen und mit ihnen gesprochen hätten. Das hier ist eine europäische, eine zivilisierte S-T-A-D-T! So etwas haben sie den Bergen sagen wollen. Diese Stadt ist keine Wildnis! Sie gehört zur ZI-VI-LI-SATION! Ich habe meinen Vater nie weinen gesehen. Auch meine Mutter sah es damals zum ersten Mal. Die Leute haben draußen weiter geschrien. Hört ihr uns! Das hier ist eine Stadt! Das hier ist STADT! Das hier ist STADT! Aber die Berge hörten sie nicht. Mein Vater weinte kein zweites Mal.

Die Fotos von damals sind mir heute nicht zufällig in die Hände gefallen. Es ist mein erster Tag in den neuen Räumen, und ich habe das Gefühl, dass die alten Magneten in meiner Erinnerung sich selbsttätig ins Spiel bringen. In der leeren Wohnung wirken die honiggelben Dielen friedlich. Ich wünsche mir plötzlich, dass alles immer so leer bleibt und alles Überflüssige verschwindet, sich nie bei mir einnistet. Was brauche ich wirklich? Welche Farben machen mich glücklich? Und warum? Den Dingen auf den Grund gehen, das will ich tun, nicht einfach immer nur alles sammeln und ablegen. Alle Schachteln und Schatten ansehen. So leben, dass ich in jedem Moment mit einem Koffer verschwinden kann. An nichts hängen. Werde ich es einmal können? Die Kartons sind noch nicht ausgepackt, dabei hatte ich mir fest vorgenommen, heute wenigstens ein paar zu leeren. Die Fotos zwingen mich in die Verlangsamung. Ich halte inne. Ich sehe. Das Sehen ändert alles. Meine erste Stadt. Familienfotos. Paris, Fotos von Arik, der mich in der rue Fagon zusammen mit Nadeshda gemalt hat. Fotos von Nadeshda, sie, mit ihrem narkotisierten Blick, den sie immer hatte, wenn von Arik die Rede war, so als hätte er sie von einem Schmerz erlösen können, den sie aber selbst nicht kannte, den sie nicht kennen konnte und an dem sie sonst damals ertaubt wäre. Fotos von Hiromi an der Philosophischen Fakultät. Wir alle in Sophies Restaurant an der Bastille. Unser täglicher Treffpunkt. Und Fotos von meinem alten Freund Mischa Weisband. Seine Dora, neben ihm.

Immer wieder habe ich Mischa nach meinem Fortgehen gefragt, ob er mich in Berlin besuchen kommt. Ich wollte ihm Berlin zeigen, so wie er mir damals Paris gezeigt hat. Aber unsere Situationen waren nicht vergleichbar. Ich kannte damals die Straßen von Paris nicht, während Mischa in Charlottenburg geboren ist. Als er endlich mit Dora nach Berlin kam, war er es, der mir die Stadt seiner Kindheit und die Maulbeerbäume am Schlosspark und die Blauglockenbäume im Volkspark am Weinberg zeigte. Weder den einen noch den anderen Baum hatte ich in Berlin vermutet. Mischa kannte noch jede Straße, jeden Park, jeden See. Als wir mit Nadeshda und Dora über den Savignyplatz gingen, spürte ich, dass es wirklich stimmte, was sie mir einmal in Paris über ihren Mischa gesagt hatte. Weisband war kein Mensch, der die Straßen und die Sprache seiner Kindheit hassen konnte.

Ich schaue mir das Album aus Istrien an. Hunderte von Fotos. Manche sind mit der alten amerikanischen Brownie meiner Mutter geschossen worden. Sommerfotos eines ganzen Jahrzehnts. Die Plastiktüten, die meine Mutter mir mitgebracht hat, hängen an der Tür des neuen Arbeitszimmers. Vier von diesen Tüten habe ich. Im Laufe der Zeit hat sie mir die ganze Welt von früher überbracht. Ich habe Angst davor, sie anzusehen. Es macht mich traurig, dass meine Mutter alles wahllos in die Tüte gestopft hat. Sie muss zu Hause die Alben regelrecht geplündert und achtlos unsere Sommer in diese Plastiktüten einer deutschen Drogeriekette hineingeworfen haben. Nachträglich legt sich so ein Schatten auf die Fotos. Nichts hat mehr eine Ordnung. Das macht sie immer so, wenn sie sich nicht mit etwas beschäftigen, wenn sie nur wegschauen will, bringt sie erst einmal alles durcheinander. Ob Briefe, Fotos oder Filme, sie packt alles in irgendeinen Karton und wirft es irgendwann fort, ohne noch einmal hineinzusehen. Immerhin hat sie jetzt nichts fortgeworfen. Sie hat es einfach an mich delegiert. Aus ihrer Sicht entfernt. Und sie muss die Forderung nicht einmal aussprechen, die damit einhergeht. Ich spüre, dass mich mein altes Erstickungsgefühl wieder überwältigt. So war meine Mutter schon immer, sie wartet alles ab, redet nicht über das, worüber geredet werden muss. Wenigstens habe ich das schon einmal verstanden. In meinem Kopf ist eine Tür aufgegangen. An die Sommer von damals erinnere ich mich gerne. Mutters Blick weicht mir immer aus, wenn ich anfange Fragen zu stellen. Seit der Krieg vorbei ist, kann sie sehr gut schweigen.

Immer machte jemand Fotos. Jahr für Jahr ging das so, als hätten wir nicht für uns, sondern für unser Gedächtnis Beweise gebraucht, Beweise gemeinsamer Sommertage, Beweise unserer Haut, unserer großen Abendessen und kleinen Mittagsschläfchen. Menschen, die sich einmal nahe waren, sitzend unter Feigenbäumen, das waren wir, so sah das Glück aus, wir mussten nur die Früchte ernten, sie waren so nah, leuchtend und prall in ihrer verlockend violetten Reife. Die Palme hinter dem Haus ist auf einem der Fotos zu sehen. Auch die alte Sommerküche. Die Erdbeeren. Die Pfirsiche. Die gegrillten, die panierten Sardinen. Ich kann den Fisch geradezu riechen. Die Sinne verknüpfen sich mir von alleine. Der schöne alte Marktplatz mit der kleinen Kirche des Heiligen Stefano. Der weiße Stein dalmatinischer Sonneninseln. Die Alten Römer und ihr Imperium, überall Reste dieser anderen Zeit, überall, so sagte es meine Mutter, ein Menschheitsgedanke neben dem anderen. Die venezianischen Fenster, das Glaswerk, istrischer Stein in Venedig, ja, ohne unseren Stein hätten die nichts erreicht, Mutter und ihr Stolz, Mutter und ihre Richtigstellungen. Aber wichtiger und schöner und wilder als alles ist uns Kindern die rote Erde. Sie ist überall. Zwischen unseren Zehen. In unseren Ohren. Nach der Bora ist alles rot, staubig rot unsere Haut, die Erde in den Haaren, Augenbrauen, in der Nase. Ihr seid nicht dreckig, sagt man uns, sondern sauber, die Erde reinigt euch. Wir sitzen unter dem Feigenbaum meiner Großmutter. Und die Früchte leuchten violett, während die Frauen uns die Erde heilig reden. Mehr als Gebete reinigt euch die Erde, sagen sie. Wir lachen. Das stimmt nicht, der Pfarrer wird protestieren. Aber es ist betörend, was sie sagt, wir lieben die Erde mehr als alle Worte, die man uns beibringt, mehr als alle feststehenden Gebete. Die Ortsschilder sind in beiden Sprachen aufgestellt. Das Nachflirren der italienischen Wörter in meinem Kopf, eine besondere Sicht auf die sommerlichen Landstraßen, alles ist doppelt da, das ganze Leben ist immer mehr als ein Singular, die Sprache sagt es, auf den Ortsschildern steht es. Als Kind habe ich ein bisschen Italienisch gelernt und immer wenn ich unglücklich war, wollte ich nach Italien auswandern. Zu den Giovannis und Giovannas. Fort von den Ivans und Ivanas.

Manchmal verschwand ich stundenlang und lief barfuß am Strand, immer die Küste entlang nach Norden, ich wollte es unbedingt zu Fuß bis Triest schaffen. Wenn ich dann nach einer Stunde oder zwei Hunger bekam, kehrte ich wieder zurück und meine Mutter sah es mir an, bemerkte es jedes Mal, dass ich erneut fortgelaufen war und fragte mich, ob ich wieder nach Italien ausbüxen wollte. Sie sah es einfach an meinem Gang, an der ganzen Körperhaltung, in der ich zurückkehrte, entmutigt, unglücklich, über so wenig Ausdauer und Kraft zu verfügen.

Die Fotos, die ich auf dem Küchentisch ausgebreitet habe, sind mir am Morgen förmlich in den Schoß gefallen, als ich die Kisten hochheben und in das andere Zimmer tragen wollte. Jetzt habe ich das Gefühl, dass sie überall sind, dass meine Mutter kiloweise Erinnerung über die Grenze getragen und bei mir in Berlin abgeladen hat. Sichtbar. Unumgänglich. Sie selbst spricht nicht viel über die Zeit vor der Belagerung, aber auch wenig über das, was später geschah. Seit neuestem hat sie begonnen, über die Dinge zu reden, die sich im Frieden ereignen. Das Wort Frieden sagt sie fast in einem für mich neuen abfälligen Ton. Das, was sie jetzt Frieden nennen, sagt sie, und ich spüre ihre Verachtung in jedem ihrer Worte, spüre, dass es so weit war, dass sie jetzt hassen konnte, vielleicht, ohne es selbst zu bemerken. Oder kann man nur so hassen, nur dann, wenn man es nicht bemerkt?

Bei ihrem letzten Besuch hat sie mir fortwährend von meinem Jugendfreund Mateo erzählt. Früher hat er bei meiner Großmutter Inge im Garten gearbeitet. Jetzt ist er einem Verein beigetreten, dessen erklärtes Ziel es ist, die Sprache zu reinigen. Mateo kannte ich aus den Sommern in Istrien. Er war ein sehr schöner schüchterner Junge. Alle Mädchen im Dorf waren in ihn verliebt. Ich auch ein bisschen, aber nicht, weil er schön war, sondern weil er schüchtern war und weil er Philosophie in Mailand studieren wollte und ich einen Verbündeten auf der anderen Seite der Grenze gut gebrauchen konnte. Ein wenig Italien sah ich ihm schon an, ich verlangte, dass er mir Wörter beibrachte und mit mir italienisch redete. Er war es auch, der mir erklärte, was jenes *con sordino i polako* eigentlich hieß, eine Wendung, die die alten Leute auf dem Dorfplatz ständig wiederholten, wenn einer hektisch wurde. Langsamkeit war ihnen heilig. Die Behäbigkeit der Sommer, sie wurde den Alten zur Tugend, und ich lernte von ihnen in meiner Kindheit alles über Bedachtsamkeit, ohne dass sie je das Wort gebraucht oder mir eine Erklärung geliefert hätten. Wenn ich grundlos einem Bus hinterherrenne, denke ich heute noch an ihre Umsicht, bleibe stehen, muss lächeln, weil ich mir vorstelle, dass die Alten mit den Händen abwinkten, wenn sie mich dieserart in Eile sähen, ganz so, als wollten sie mir im Hier und Jetzt sagen, ich sei ein hoffnungsloser Fall. Dabei liebe und übe ich die Langsamkeit, wo immer ich nur kann, lasse ich mich von ihr führen. Sie ist meine große Sehnsucht und eine Lehrerin, ohne die ich nicht mehr sein möchte.

Ich weiß nicht, wie es dazu kam, dass ausgerechnet Mateo ein, wie meine Mutter meint, überzeugter Nationalist wurde. Nichts lasse er auf seine hehre Nation kommen, erklärte sie. Ihr Zorn war geradezu körperlich spürbar. Als ich sie an die Sommer von früher erinnerte, wollte sie nichts davon wissen. Sie verweigerte einfach die Erinnerung an eine Zeit, in der Mateo ein ganz normaler junger Mensch gewesen war. Sie zürnte über alles, was mit der Vergangenheit zu tun hatte, und ich brauchte nur Mateos Namen zu nennen, und ihr Zorn entlud sich wie ein Wasserfall aus großer Höhe. Ihre über Jahre angestaute Wut überforderte mich. Sie wurde mir fremd und ich schwieg. Aber ich dachte an Mateo und jenen Satz von Diogenes, den er so oft zitiert hatte: Die Sklaven dienen ihrem Herren, die Nichtsnutze ihren Begierden. Ist Mateos Angst eine Begierde geworden? Und wenn ja, von welchem Mangel lenkte sie meinen Kindheitsfreund ab?

Die Männer von der Umzugsfirma haben mir alles in den fünften Stock hochgetragen, einen alten Kleiderschrank, den ich auf dem Trödelmarkt auf der Straße des 17. Juni in Charlottenburg gekauft habe, ein Sofa mit prachtvollem Blumenmuster, ein Geschenk von Nadeshda und Großmutters istrischen Tisch. Ich habe die Fotos darauf ausgebreitet. Jetzt gehört der Tisch mir. Eines Tages erklärte Tante Sofija bei einem meiner Wochenendbesuche in Meudon mit feierlicher Stimme, der Tisch sei ihr Geschenk an mich. Ich wusste, wie viel ihr dieses Erinnerungsstück bedeutete. Aber sie war eine großzügige Frau, und die beiden hatten keine eigenen Kinder. Dankbar nahm ich den Tisch an. Onkel Milan und Tante Sofija ließen ihn mir nach Paris schicken. Und als er in Hiromis Wohnung stand, sagte meine Tante, pass auf das gute Stück auf, dein Onkel hat mir an diesem Tisch seinen Heiratsantrag gemacht.

Nun wohne ich zum ersten Mal ganz oben, Berliner Altbau, fünfte Etage, die Vögel haben, von meinem Balkon aus gesehen, ein großes Stück Himmel, der nur ihnen gehört. Sie müssen ihn mit niemandem teilen. Ich zähle die Schwalben. Heute sind fünfunddreißig an meinem Fenster vorübergeflogen. Ich fühle mich von ihnen begrüßt, stelle mir vor, dass ein kleiner blauer Vogel durch meinen Verstand fliegt. Vielleicht kann er mir helfen, in der Gegenwart zu leben. Der Sommer macht es möglich, dass selbst die Erinnerung langsam zu Atem kommt. Ich bin fast ein bisschen fröhlich wegen dieses neuen Atems, obwohl ich entgegen meinem Vorsatz nur die alten Fotos angeschaut und nichts ausgepackt habe. Dabei hatte ich so viele Jahre versucht, die Fotos zu vergessen. Ich gehe in die Küche und setze mich an Großmutters alten Kirschholztisch. Ich betrachte ihn. Er macht mich glücklich. Wenn er ein Gedächtnis hat und meine Theorie aus der Kindheit stimmt, muss ich ihn nur an einer Stelle mit dem Messer anritzen. Dann wird das Kirschholz bluten und erzählen, wird mit allem herausrücken, mit allem, was der Baum in den letzten hundert Jahren gehört und gesehen hat. Aber er schweigt. So wie ich als Kind immer geschwiegen habe, wenn ich nach Italien gehen wollte. Doch ich weiß auch so, dass der Tisch seine innere Zeit hat, die er mit mir teilt. Nicht weil er reden kann. Sondern weil er da ist. Und schweigt.

Es klingelt. Nadeshda bringt mir Blumen, Salz, Brot, Cremeschnitten aus dem Kaufhaus des Westens und roten Klee. Wir sitzen auf dem Boden und trinken Kaffee. Das Erste, was ich in die Wohnung gebracht habe, ist eine kleine Espressomaschine. Nadeshda steht auf, sieht mich lächelnd an, sagt, dass ich es hier schön habe und tritt auf den Balkon. Hier wirst du bleiben, sagt sie. Sie steht da und blickt in den gleichen Himmel, der mir heute fünfunddreißig Schwalben gebracht hat. Ich weiß, dass ich sie liebe, vergessen kann ich noch nicht alles, was zwischen ihr und Arik vorgefallen ist, aber ich trage ihr nichts nach. Ich werde irgendwann alles vergessen haben, nur das Jetzt und dieser eine Moment geworden sein, der mich mit ihr und ihrem Lächeln verbindet. Heute weiß ich, dass es eine Flucht war.

Sie ist regelrecht aus Paris abgehauen. Nadeshda litt, bereute und erzählte mir alles. Wir benutzen nicht das Wort Schuld. Manchmal denke ich, dass uns unsere Bedürftigkeit in eine Falle hat tappen lassen, in Ariks Hinterhalt. Er ist nicht das nachweisliche Böse. Aber er hat die Regeln aufgestellt, ohne sie offenzulegen. Arik hat uns wie willige Marionetten bewegt. Wir waren dieses Holz in seinen Händen. Wir haben mitgemacht. Es tat weh. Damals war es unser Leben. Auch ich habe Nadeshda lange etwas vorenthalten, ohne es zu wissen, ohne zu ahnen, dass ihr Ilja auch mein Ilja gewesen ist, jener Junge, der mir hinter der alten Synagoge meine bis heute liebsten Murmeln geschenkt hat. Ich habe Nadeshda anfangs nie seinen Namen gesagt, zu Beginn, als wir uns alles erzählten und uns die erste Liebe, die erste Zigarette, die ersten Küsse beschrieben. Ilja ist all das für mich. Mein erstes Eintauchen in die warmen Augen eines anderen Menschen. Mein erstes Ankommen im Blick eines Jungen. Nur wusste ich eine ganze Zeit lang nicht, dass mein Ilja auch Nadeshdas Ilja war und er dieser eine besondere Mensch für uns beide gewesen ist. Die Jahre fließen ineinander über, was bleibt, tut nicht mehr weh, was bleibt ist die stillere Seite der Liebe, jener Teil, der die Zeit übersteht.

Ich schaue auf den Boden, dann in Nadeshdas Augen, ich erzähle ihr, dass ich die Schwalben gezählt habe und dass ich das jetzt eine Woche lang jeden Tag tun werde. Heute waren es fünfunddreißig; jeden Tag will ich hier Schwalben zählen, sieben Tage lang, sage ich. Sie lächelt, sagt, du und die Schwalben. Sie gibt mir einen Kuss auf die Stirn. Ich sage, ja, ja, das werde ich tun, und dann, am Ende der

Woche, werde ich alles ausgepackt haben und werde jemand sein; jemand mit einer neuen Adresse und jemand, der alle seine Kartons ausgepackt hat und einen Balkon hat und einen Blick auf den Berliner Himmel und die Berliner Schwalben.

Nadeshda lächelt und raucht auf meinem Balkon. Später will sie Ezra aus der Schule abholen, sie werden bei mir übernachten. Nadeshda trägt ein Kleid, das ich ihr noch in Paris genäht habe, unter Hiromis Anleitung, ein einfaches Sommerkleid, knielang, Baumwolle, warmes Grün, mit winzigen altrosa Blüten. Es passt gut zu Nadeshda, zu ihrer Leichtigkeit, zu ihrer neuen Freude, Kleider zu tragen. Früher hat sie nie Kleider getragen. Aber ich nähe ihr immer ein Kleid, wenn sie sich eines wünscht. Ich arbeite jetzt als Kostümbildnerin für ein Theater am Kurfürstendamm. Nadeshda hat mir den Job vermittelt und ich fahre mit dem Fahrrad jeden Tag von Wilmersdorf nach Charlottenburg. Manchmal, wenn es windig ist und die Kühle des Morgens mein Gesicht streift, denke ich an Mischa Weisband, an seine Dora, ihre Freundschaft, daran, dass diese Straßen die Straßen seiner ersten Kindheitsjahre waren und dass ich ohne Mischa vielleicht für immer Nadeshda verloren hätte. Mischa riet mir damals, nichts zu tun. Bitte einmal nicht handeln. Das sagte er. Nicht handeln. Arik sei, wie er sei, aber Nadeshda sei trotz allem eine echte Freundin, sie sei ein berührbarer Mensch, sie würde mich lieben. Ich wartete, tat nichts, und irgendwann erzählte mir Nadeshda alles. Ich hörte ihr zu. Wir weinten und es dauerte lange, bis ich ihr glaubte, dass es nicht sie war, die Arik angesprochen hatte. Es war Arik, der sie genauso wie mich ins Visier genommen hatte.

zweiter tag

Anfangs ging ich in Paris regelmäßig zu den Vorlesungen. In einem Seminar über Platons Lehrbeispiele lernte ich Hiromi kennen. Sie tippte mir mit dem Zeigefinger von hinten auf die Schulter und bat um Papier. Wir lasen gerade das Höhlengleichnis, in dem es um Menschen geht, die von Kindheit an in einer unterirdischen Höhle gefesselt sind. Sie können sich nicht bewegen, nicht einmal ihre Köpfe. Die ganze Zeit starren sie auf die ihnen gegenüberliegende Höhlenwand. Wenn hinter ihnen ein Feuer brennt und Licht in den Raum wirft, fragte der Professor, was sehen sie dann? Richtig, ging er auch schon selbst zur Antwort über, sie sehen nur die Schatten der Bilder und Gegenstände, die hinter ihrem Rücken an einer Mauer entlang vorbeigetragen werden. Ich gab Hiromi ein paar Blätter, und sie sagte, wenn wir der Welt der verschachtelten Schatten hier entkommen, wollen wir nachher etwas trinken gehen? Ich nickte, und als das Seminar vorbei war, gingen wir den Boulevard Raspail entlang und suchten uns ein schönes Café. So fing unsere Freundschaft an.

Die Schnelligkeit der Stadt überforderte mich. Die Laute, Sätze, Geräusche sprachen auf meinen Spaziergängen förmlich auf mich ein. Meine Lücken nahmen von Tag zu Tag zu. Manchmal spürte ich, wie sich in meinem Kopf ein dumpfer Raum auftat und wie sich danach etwas in mir staute. Wie von unsichtbarer Hand gelenkt, fiel mein Kopf nach hinten. Wenn ich während der Vorlesungen in dieser Haltung kurz die Augen schloss und durchatmete, wusste ich oft nicht, wie viel Zeit vergangen war. Eine, zehn oder dreißig Minuten konnte ich mit geschlossenen Augen verbracht haben. Auch wenn ich in der Stadt unterwegs war, mitten in Paris, fühlte ich, wie die Dumpfheit der drohenden Lücken sich meiner bemächtigte. Und wieder wusste ich nicht, ob ich meine Métro-Station verpasst oder im Café, beim Bäcker, im Museum die Leute mit meinem in den Nacken gelegten Kopf befremdet hatte. Ich ging, sobald ich wieder im Augenblick angekommen war, einfach weiter, tat auch vor mir selbst, als sei nichts geschehen, als sei auch für mich alles im Fluss geblieben, mein Herzklopfen, meine Schritte, das, was sich vor mir in den Straßen abspielte und das, was sich hinter mir ereignete.

Wie meine Eltern geplant hatten, wohnte ich zunächst bei Tante Mila. Einmal schickte sie mich zu ihrem Nachbarn im dritten Stock, weil sie Milch brauchte. Sie meinte, er sei ein netter alter Herr, sehr hilfsbereit. Mischa Weisband öffnete die Tür, wenig später nur zeigte er mir sein Paris, seine Blauglockenbäume, seine Vögel. Wir tranken anfangs jeden Nachmittag einen Tee zusammen und schließlich gewöhnten wir uns an, mittags in Sophies kleinem Restaurant an der Bastille eine Kleinigkeit zu essen.

An der Universität hatte man mir ein Stipendium gegeben. Als ich vor die Kommission trat, die es vergab, spürte ich, dass die Professoren mir wirklich helfen wollten. Zugleich huschte so etwas wie empörte Enttäuschung über ihre Gesichter, als ich ihnen sagte, dass ich bereits vor dem Krieg geplant hatte, hier in Paris Philosophie zu studieren und mich auch schon im Beisein meines Vaters immatrikuliert hatte. Das Sekretariat wurde von einer nervösen Aufregung erfasst, weil irgendjemand sagte, auf diese Weise dürfe das Ganze nicht zu Protokoll genommen werden. Da mein Französisch damals nicht sehr gut war, dachte ich, es liege an dem kleinen Vogel, der während dieser Unterredung mit mir irgendwie ins Zimmer hineingefunden hatte. Aber es stellte sich heraus, dass es nicht an dem Vogel lag. Der Vogel flog offenbar jeden Tag mindestens einmal ins Sekretariat der Philosophischen Fakultät und man hatte sich an ihn gewöhnt. Die Aufregung war ganz allein meiner ehrlichen Auskunft geschuldet, dass ich auch unter anderen Umständen in Paris studiert hätte. Das musste nun im Protokoll gestrichen und das Wort Krieg aufgenommen werden. Ob mir das recht sei, fragte man mich, ja, sagte ich und vergaß in diesem Augenblick, mich in aller Form für das Stipendium zu bedanken.

Das Leben mit meiner Tante war komplizierter, als es aus der Ferne ausgesehen haben mag. Was vorher meine Freiheit gewesen war, wurde nun mein Kummer. Ich wurde das Gefühl nicht los, meiner melancholischen Tante Mila, aller Liebe und Verwandtschaft zum Trotz, auf Dauer lästig zu sein. Sie lebte seit Jahren immer in der gleichen Wohnung im oberen Teil der rue de la Roquette und hing einer unglücklichen Liebe nach. Nur mühsam fand ich heraus, dass es sich um einen Mann handelte, der einen Raub verübt hatte. Sie schämte sich, mir mehr darüber zu erzählen, und ich fragte auch nicht weiter nach.

Anfangs gingen Mila und ich oft zum Boulevard Beaumarchais, sahen uns die Geschäfte und Wochenmärkte an, machten kleine Spaziergänge. An der Bastille kannte ich schon alle Cafés, wo wir einkehrten und etwas tranken, und manchmal gingen wir auch gemeinsam ins Kino. In einem der umliegenden Cafés las ich an den Nachmittagen immer die Zeitung. Ich suchte alles nach Nachrichten von der belagerten Stadt ab, kaute an den Nägeln und bemerkte nicht, dass mich ein Mann dabei die ganze Zeit ansah oder, wie er es später einmal ausdrückte, schon im Visier hatte. Das war Arik, der einen männlichen und einen weiblichen Namen hatte, je nachdem, ob man ihn von vorne oder von hinten las. Jetzt frage ich mich, wie lange Arik mich wohl beobachtet hatte, ob er meine Aussetzer bemerkte oder ob es einfach der Zufall, das Pech oder das Glück war, das ihn mir an jenem Tag in mein Leben brachte. Hinter mir war eine verspiegelte Wand. Ich sah Arik in jenem Moment, als die Sonne auf meinen Tisch fiel, es war sein Schatten, der sich mir als Erstes zeigte. Er trat an meinen Tisch und fragte mich, ob er sich setzen dürfe. Ich hatte keine Lust auf ein Gespräch mit einem Fremden und machte irgendeinen Witz, aus dem hervorgehen sollte, dass ich mich gestört fühlte. Aber Arik lächelte mich nur an und setzte seinen Hut auf, bezahlte seinen Crème und sagte, na, dann ein andermal, ja? Vielleicht bis morgen? Ich sah auf seine Hände, nickte verschüchtert, beinahe gehorsam, worüber ich mich gleich ärgerte. Er wird es als Einladung auffassen und mich morgen wieder ansprechen, dachte ich. Ich glaube, ich hatte ein wenig Angst vor ihm, jedenfalls strahlte er einen Augenblick lang etwas Unheimliches aus. Anderntags zog es mich wieder zu diesem Café, dabei hätte ich ohne weiteres ein anderes wählen können. Meine Verstörung rührte nicht nur von meinem zustimmenden Nicken, sondern auch von der Faszination, die Ariks Stimme und seine großen, starken Hände auf mich ausübten. Es kam mir vor, als hätte ich alles andere an ihm übersehen, diese Hände aber dringend sehen müssen. Am nächsten Tag trafen wir wieder aufeinander. Er stellte sich ein zweites Mal vor, sagte erneut seinen von hinten und von vorne lesbaren Namen. Und dann begann das, was wir später alle, vor allem Nadeshda und ich, die Sache mit Arik genannt haben.

Mit der Métro fuhr ich jeden Tag zum Boulevard Raspail, ich besuchte Vorlesungen und Seminare, schrieb mich in Kurse ein, lernte alles geradezu auswendig, dabei kam es mir absurd vor, überhaupt etwas zu tun. Mit Hiromi saß ich in mehreren Seminaren. Wir hatten uns angefreundet und verbrachten viel Zeit miteinander. Als mir Tante Milas Melancholie zuzusetzen begann, lud sie mich zu sich ein und ich übernachtete immer wieder bei ihr. Ihre Eltern finanzierten ihr eine geräumige Wohnung. Wenige Wochen später zog ich ganz zu ihr. Hiromi wollte kein Geld von mir haben, aber ich handelte mir das Recht aus, für unsere Einkäufe zu sorgen. Wir redeten über Bücher, Musik, Filme und über Liebeskummer von früher. Und mir fiel in diesen langen Nächten mit Hiromi etwas ein, das ich seit meiner Kindheit niemandem erzählt hatte. Es hatte mit Kleidern zu tun, mit meiner Mutter, die mich immer nach ihrer Vorstellung anzog und dann meinem Vater präsentierte, der darüber befand, ob es schön aussah. Manchmal zog sie mich mehrmals am Tag um. Ideen, so nannte meine Mutter das, was für mich diese Verkleidungsorgien waren. Warum hast du dieses Elternspiel vergessen können?, fragte Hiromi verwundert. Ich wusste darauf keine Antwort. Aber mit ihr entdeckte ich eine neue Freude an Stoffen und Mustern. Von Hiromi lernte ich das Nähen von Grund auf. Sie besuchte, neben unserem Philosophiestudium, an den Nachmittagen eine Modeschule. Und alles, was sie dort erfuhr, brachte sie mir geduldig in den Nächten bei. So wurde ich, ohne es anfangs zu bemerken, ganz allmählich zur Kostümbildnerin ausgebildet.

Nadeshda sagt, dass Hiromi und ich die einzigen Menschen auf dieser Welt sind, die sich in Paris beim Nähen über Hannah Arendt, deren Bücher vor mir auf dem Kirschholztisch liegen, unterhalten haben. Ich habe auch einige Kleider in meinen schönen alten Bauernschrank eingeräumt. Nadeshda ist mit Ezra über Nacht bei mir geblieben, und der Junge hat seine Hausaufgaben auf dem Boden, in meinem kleinsten Zimmer, gemacht, das von nun an in seiner Sprache Vögelchenzimmer heißt. Dort ist Ezra am liebsten. Er sagt, das kleine Zimmer sei schon immer das Vögelchenzimmer gewesen und das ganze Blau des Himmels habe Platz in ihm, weil Farben nichts wiegen. Das Zimmer ist im Osten und wenn morgens die Sonne aufgeht, scheint sie zuallererst dort hinein. Ich werde versuchen, es von allen Gegenständen frei zu halten. Der Gedanke an eine solche Leere wirkt beruhigend auf mich. Ein Fenster. Holzboden. Der Blick auf den Himmel. Schwalben, die vorüberfliegen. Und zwei Elstern, die sich in der Dachrinne auf dem Haus nebenan immer treffen. Zwei verliebte Elstern. Im Hof höre ich das Rauschen der Baumkronen, wenn der Wind geht. Ezra sagt, das Vögelchenzimmer sei sein Lieblingszimmer. Und auch daran beruhigt mich etwas so sehr, dass ich vor Glück mit den Zehen wackle, als würden sie von Grashalmen gekitzelt werden.

Wir haben beim Frühstück auf dem Balkon ganze fünfzehn Schwalben gezählt. Ezra weiß schon lange, wie Schwalbenflügel aussehen. Nadeshda war in den letzten Jahren oft mit ihm in Dalmatien, wo sie zur Welt gekommen ist, und ein paar Jahre lang hat Ezra eisern behauptet, dass alle Schwalben (jede einzelne!) im Dorf seiner Mutter geboren werden und sich dann in die ganze große, weite Welt verteilen. Sie fliegen genau dahin, hatte er einmal gesagt, wo sie von den Menschen gebraucht werden. Und als ich nachfragte, woher sie das wüssten, sagte er, dass man sie bestellen könne, dass sie sehr gut hören könnten. Schwalben sind schlaue Vögel. Wir lachten. Ezra hat heute begeistert die Schwalben mitgezählt, so ernsthaft und voller Lust, als ginge es um sein eigenes Leben.

Als Nadeshda und Ezra gegangen sind, habe ich zwei Briefe von Hiromi im Briefkasten gefunden. Aus Tokio. Sie ist nach Japan zurückgekehrt, als ich nach Berlin gezogen bin. Wir haben gemeinsam die Wohnung aufgelöst und viele Kisten gepackt und zur Post getragen. Hiromi schreibt mir oft, aber gesehen haben wir uns seither nicht mehr. Ihre Briefe und Postkarten sind wie kleine Erzählungen, winzige Lebensberichte aus ihrer neuen Straße, aus ihrem Atelier im 35. Stock, wo immer etwas los ist. In einem der beiden Briefe fragt sie, wann ich zu Besuch kommen werde. Beim Anblick ihrer Schrift sehe ich sie unmittelbar vor meinem inneren Auge, sehe ihre Stoffe auf dem Tisch in Paris, sehe sie, wie sie voller Eifer mit Mustern und Skizzen beschäftigt ist. Ich denke an die Geschichte zurück, die sie mir über ihre Mutter erzählt hat, die einmal, als ganz junge Frau und aus einfachsten Verhältnissen kommend, auf einem Markt in einer Kleinstadt eine Händlerin beobachtete. Sie hatte kein Geld, die Marktfrau verkaufte reife, leuchtend gelbe Nashi-Birnen, die sie auf einem violettfarbenen Stoff mit feinem Sternenmuster anbot. Hiromis Mutter liebte den Stoff sehr, sie hatte so gut wie kein Geld, aber kaufte alle Birnen, um sich die Sterne aus der Nähe ansehen zu können. Und am Ende wickelte die Händlerin ihr die Birnen in den Sternenstoff ein und sie bekam ihn auf diese Weise geschenkt. So ist das Leben, hatte meine Freundin damals gesagt. Ich liebte Hiromi für alles, was sie mit mir teilte, aber ganz besonders für diese Geschichte. Sie gehörte zu jenen Menschen in Paris, die ich von Anfang an ins Herz schloss, anfangs, ohne es zu merken. Sie war auf eine so natürliche Weise da, dass ich mir gar nicht vorstellen konnte, sie wieder zu missen. Und alles, was sie sagte, oder die Art, wie sie sich bewegte, lösten in mir ein Wohlbehagen aus, eine Ruhe, wie ich sie selten vorher und nie wieder danach erlebt habe. Hiromis ganzes Wesen schien nahezu ohne Worte auszukommen, aber was gesagt werden musste, war bei ihr sofort benannt. Das gefiel mir auf Anhieb, ich wusste schon damals, wie selten so etwas war. Milas Traurigkeit bedrückte mich zeitgleich dazu, mehr als ich in jenen Tagen zugeben oder verstehen konnte. Kurz bevor ich zu Hiromi zog, war es besonders schlimm. Ich bemerkte, dass meine Tante manchmal heimlich weinte. Wahrscheinlich erzählte sie nichts, weil sie mich mit ihren Problemen nicht belasten wollte. Sie stand lange am Fenster und heftete ihren Blick auf den Baum, der im Hof stand. Und wenn ich mich neben sie stellte und auch aus dem Fenster sah, ging sie weg. Sie hatte einen rätselhaften Blick, lächelte mich bemüht an, fast akribisch, als müsste sie gute Miene zu irgendeinem bösen Spiel machen, dessen Regeln ihr aber nie erklärt wurden. Das Spiel und seine Gesetze waren in ihrem Inneren versteckt. Mir fiel auf, dass ich gar nichts über ihr Leben wusste, eigentlich nur, dass sie die ältere Schwester meiner Mutter war und ebenfalls an der École des Hautes Études studiert hatte und dann wegen einer Liebesgeschichte in Paris hängen geblieben war.

Mila war wortkarg, ich spürte aber, ganz anders als bei Hiromi, dass sich in ihr ein Wortstau an den anderen reihte. Dennoch war sie immer freundlich und kümmerte sich bei meiner Ankunft gleich um alles, was ich brauchte. Sie hatte meine Carte Bleue bereits bei der Crédit Lyonnais abgeholt. Mila trank jeden Tag Wein. Am Anfang dachte ich, es sei einfach üblich in Frankreich, aber die Franzosen tranken anders, auf eine andere Weise. Sie wurden nicht traurig beim Trinken, jedenfalls nicht die, die man in den Cafés und Restaurants sehen konnte.

Wenn wir zu Onkel Milan und Tante Sofija nach Meudon fuhren, empfingen sie uns warmherzig mit einem Tisch voller Speisen. Aber sie kamen auch oft in die Stadt und führten mich zum Essen aus, oder wir gingen lange im Jardin des Plantes oder in der Bois de Bologne spazieren. An den Wochenenden fuhr ich zu ihnen, dann machten wir Spaziergänge im Wald, gingen zu Fuß nach Versailles, durchquerten das Tal der Bièvres, schwiegen in den Wäldern, die Marina Zwetajewa vor lauter Heimweh nicht gesehen hatte.

Tante Sofija war alt geworden, sie weinte immer, wenn die Rede auf meine Brüder kam, und ich hoffte, dass sie nicht mehr darüber sprechen würde. Der Schmerz lag mir wie eine Gräte auf den Stimmbändern, die mir jedes Mal versagten, sobald ich doch den Versuch machte, mit Tante Sofija über die belagerte Stadt zu sprechen. Onkel Milan schüttelte nur verzweifelt und sprachlos den Kopf. Seine grauen Haare hatten etwas anrührend Altmodisches, er trug immer dasselbe Sakko, hatte Falten im Gesicht, das aber trotzdem jugendlich wirkte, und seine Lachgrübchen waren selbst dann zu sehen, wenn er ratlos die Lippen verzog. Wir redeten und redeten, dann brach auf einmal das Schweigen wie ein Dieb zwischen uns ein. Minutenlang gingen wir nebeneinander her, lächelnd, es war etwas geschehen, ich spürte es in jenem Moment, die Tiefe der Zeit und die in ihr gemachten Erfahrungen trennten uns voneinander. Natürlich liebte ich die beiden, doch ich verstand, dass diese Liebe eine erinnerte Liebe war, sie war nicht in diesem Augenblick lebendig. Aber auch wenn sich diese Liebe, wie ich damals dachte, nur unserer Verwandtschaft, unserer Vergangenheit und den Sommern in Istrien verdankte, hatte sie doch etwas Echtes und Tröstendes.

Ich hatte Tante Sofija und Onkel Milan immer nur am Meer gesehen, unter großen Pinien und Palmen, unter Maulbeerbäumen, an üppigen Abendtafeln meiner selbstlosen Großmutter. Wir küssten uns zum Abschied, ich umarmte sie fest. Auf dem Weg zurück nach Paris, als ich im Zug zu Hiromi fuhr, erfasste mich ein starkes Schuldgefühl. Ich bin also frei genug, dachte ich, meine Verwandten als Teil einer abgeschlossenen Vergangenheit zu sehen – mit welchem Recht? Konnte denn Liebe dieser Art überhaupt vorübergehen? Meine Mutter und mein Vater sind in der Stadt geblieben. Keller. Ängste. Granaten.

Hunger. Feuer. Flammen. Überall Flammen. Fensterlose Häuser. Ich hingegen darf in Paris spazieren gehen, kann auf das Konto bei der Crédit Lyonnais zurückgreifen. Ich habe mein Leben. Ich habe ein Stipendium. Ich bekomme Geld, weil die Kommission offensichtlich jemanden retten wollte, aber ich wäre ohnehin nach Paris gekommen, um das zu tun, was ich tat: zu studieren, Bücher zu lesen. Kurz, ich habe überlebt. Während die zu Hause Gebliebenen hungern. Und leiden. Und um ihr Leben bangen. Sie zählen hauptsächlich Granaten und sind mit dem Auflisten von Toten beschäftigt. Ich esse Croissants. Sie schmecken gut. Ich kann sie nicht mit Mutter und Vater teilen. Noch lebt mein Vater. Noch könnte ich ihn sehen und wenigstens zum Abschied umarmen. Aber das wird mir, das wird uns beiden nicht gewährt. Nichts kann ich mehr mit meinem Vater, nichts mit meiner Mutter teilen. Ein Satellitentelefon ist unser einziges Kommunikationsmittel. Wenn wir es schaffen, einander zu erreichen, sagt Mutter, dass unsere muslimischen Nachbarskinder in der Schule von den christlichen Mitschülern, die jetzt meinen, etwas Besseres zu sein, jeden Tag abgefangen werden. Ein neuer Ton zieht in die Schulflure ein. Die zehnjährige Ajla hat meiner Mutter erzählt, was in der Schule Tag für Tag los ist. Am Schultor müssen sie einem christlichen Jungen ihre Namen nennen. Er kennt sie seit Jahren, er kennt auch ihre Namen. Früher war das Kontrollkind schüchtern und stotterte ein wenig. Jetzt ist es mutig. Es erfüllt seine Pflicht. Es ist ein Kontrollkind geworden, das eifrig die Christen durchwinkt. Die Muslime dürfen den Schulhof nicht betreten. Ajla heißt du? Du bist eine ganz Schlaue! Du, Ajla, hau ab, ja?, Muslime kommen heute nicht rein. Das ging ein paar

Tage so. Bis es eine serbische Lehrerin unterbunden hat. Und das Christenkind, das tagelang ein unbehelligtes, mutiges und von seiner Clique bewundertes Kontrollkind war, hat eine saftige Ohrfeige bekommen. Danach konnte Ajla wieder am Schulunterricht teilnehmen. Was aus dem Kontrollkind geworden ist, weiß meine Mutter nicht. Nach der Geschichte mit Ajla hält sie plötzlich inne. Sie hat sich so in ihren Bericht hineingesteigert, dass sie mit einem Mal nicht mehr weiß, was sie noch erzählen soll. Sie sagt immer nur, es ist schlimm, sie bringen die Menschen alle wie Ratten um. Das hört sich an, als sähe sie für sich selbst keinerlei Gefahr und bange nur um das Leben ihrer Mitmenschen. Wie geht es dir denn, frage ich sie, aber dann bricht die Leitung zusammen. Sie ruft noch einmal an. Es klappt. Sie ist durchgekommen. Sie atmet schwer. Sie wird nie wieder ohne Angst atmen können. Ich lerne in diesem Moment körperlich, dass ich mein Leben nicht teilen kann, dass es schrecklich ist, es nur für mich zu haben. Und es behalten zu müssen. Und ohne die anderen weiterzuleben.

1425 Tage dauert die Belagerung, es ist die längste des 20. Jahrhunderts. Es fallen Granaten. Durchschnittlich 329 pro Tag. Das macht 486825 Granaten. Das hier ist EINE STADT, ihr Hurensöhne! Wir lassen nicht zu, dass ihr einen Krieg anzettelt! Wir überlassen unsere Stadt nicht den Barbaren! Wir lieben UNSERE STADT! Ihr elenden Barbaren! Es war auch eure Stadt! Es waren auch eure Straßen! Eure Cafés und Bars! Eure Winter! Eure Sommer! Eure Jahreszeiten! Eure Jugend! Ihr habt in unseren Gassen gesungen und geweint! Die Gassen haben eure Schritte und Küsse und Worte gespeichert! Das hier ist keine Gegend für Heckenschützen! Das hier ist EINE STADT, ihr ewig Kulturlosen, es gibt hier keinen Platz für euch!, haben die Menschen in Richtung der Berge geschrien, als der Belagerungsring zusammengezogen wurde, von Leuten, die selbst von hier stammten, die jede Ecke, jede Gasse, jeden Baum kannten – Medizinstudenten, Flötisten, Kellnern, Metzgern, Kaffeehausbesitzern, Psychologen, Imbissbudenbesitzern, Biologen, Shakespeare-Experten, Kinderbuchautoren.

Die Berge antworten nicht. Sie haben nichts gehört. Berge haben keine Ohren. Heckenschützen hingegen haben Ohren, haben Augen. Aber sie gehören jetzt einer anderen Welt an, sie sind die Herrschenden, die ohne eine Seele auskommen. Blut ist hier das Wasser, das überall fließt. Direkt in die Erde hinein. Blut aus Kinderfüßen. Direkt in die Kartoffelwurzeln. Blut aus Männerohren. Direkt in die Weinberge. Blut aus Frauenhänden. Direkt unter die Salatwurzeln. Blut aus den Fingern Namenloser. Direkt. Direkt. Direkt. Blut aus den Fingerspitzen Liebender. Direkt in die Erde, die das Blut aufnimmt wie sie jede andere Flüssigkeit aufnimmt. Das Sämige des Blutes ist der Erde willkommen. Sie macht das Beste daraus, man sagt, dass Pflanzen, Blumen und Bäume in Kriegszeiten sehr gut wachsen. Die Heckenschützen sind die neuen Götter. Sie haben das Sagen. Die Erde gehört ihnen. Sie haben die Stadt im Visier. Nichts ist so wie es einmal war. Die zivile Ordnung ist wie ein Kartenhaus zusammengebrochen, an dessen Festigkeit, von heute aus betrachtet, nur Hirnamputierte glauben konnten. Ein Jahr später schon erscheint das Wort Zivilisation wie etwas aus einem Science-Fiction-Film, etwas, das ihnen allen nie gehört hat. Das nur eine dumme sentimentale Idee war. Meine Mutter erzählt nichts über sich, aber sie weiß alles über die anderen, hat gehört, dass ein Mann aus der Nachbarschaft in menschliche Gehirne getreten ist, die er vor lauter Hunger zuerst für Tomatenmasse gehalten hat. Alma liegt ihr besonders am Herzen. Die schöne Tänzerin, sagt sie wieder und wieder, die schöne Tänzerin Alma ist angeschossen worden. Sie war das schönste Mädchen unseres Viertels, das haben die alten Leute am Taubenplatz immer gesagt. Auch sie war ein Mensch, den man lieben musste, bei Alma hat man diese Liebe gleich gespürt, weil einem immer das Herz vor Glück klopfte, weil es ein Geschenk war, bei ihr sein und mit ihr reden zu dürfen. Meine Mutter hat sie besonders gern gehabt, schon als Kind war sie so umsichtig, ihr immer eine Flasche Milch aus dem Genossenschaftsladen an der Ecke mitzubringen, sie fragte nicht einmal. Mutter erzählt, dass Alma jetzt in Paris ist, irgendwo im Zehnten Arrondissement. Sie ist bei Verwandten untergekommen. Die schöne Alma ist also ganz in meiner Nähe. Auf einmal wird mir schwindelig. Vielleicht, geht es mir durch den Kopf, saß ich kürzlich mit Alma in der Métro. Vielleicht im selben Kino. Vielleicht in meinem Stammcafé. Vor ein paar Tagen. Vielleicht lasen wir dieselbe Zeitung. Vielleicht hat Arik sie so angesprochen, wie er mich angesprochen hat, genauso zielgerichtet und mit dieser Stimme wie aus einem unbekannten Himmel, fern und nah zugleich, ein Versprechen – aber welcher Art? Vielleicht hat auch sie gehorsam genickt. Es ist möglich. Er hat tatsächlich diesen Riecher für Menschen auf der Kippe. Mischa Weisband hat mich auf diesen Gedanken gebracht, er hat recht, wenn er sagt, dass Arik etwas über den Abgrund weiß, über das Dazwischen, die Durchreise. Arik hat eine Menge vor, immer plant er etwas. Er hat mir erzählt, dass er in die belagerte Stadt will. Er ist Maler. Susan Sontag und Joan Baez waren auch schon da. Sagt er. Als müsse man daraus folgern, dass nun er und jeder Vorstadtfotograf an der Reihe sei, zu den Menschen in der belagerten Stadt zu fahren. Diese Folgerichtigkeit in seinem Kopf ist das Erste, was mich innerlich attackiert. Ich spüre ein Kribbeln in meinem Hinterkopf. In meinen Ohren surrt es, an den Schläfen ist wieder dieser überbordende Druck zu spüren, der den Kopf ringartig umkreist. In der Stirn schließt sich etwas kurz. Ein Picken zwischen meinen Augen. Der Specht pickt am Baum. Die Spatzen picken in den Beeten. Die Stare picken Kirschen. Und wer pickt in meiner Stirn? Mit irgendeinem französisch-deutschen Kulturprotestteam will er in die belagerte Stadt fliegen. Ein Fernsehteam kommt mit, er ist bekannt für solche Aktionen. Die meisten französischen Zeitungen kaufen seine Fotos. Er macht Fotos vor Ort und dann malt er sie nach, so entstehen seine Bilder. Er braucht immer Vorlagen, unzählige Bilder, die ihm das letzte Bild, das, was er dann mit seiner Hand malt, ermöglichen. Arik will ein guter Mensch sein. Wie alle guten Menschen meint er das ganz ernst. Er will von Paris aus schon etwas tun, etwas ausrichten, nützlich sein. Das Vorhaben klingt in meinen Ohren wie eine von Hiromis unzähligen, rührenden Petitionen, die auf dem Küchentisch neben dem *ABC der Wirbellosen*, den Hannah-Arendt-Büchern und den schönen Stoffen aus einer Manufaktur von Jouy-en-Josas herumliegen. Ständig will Hiromi etwas aus der Welt der Insekten retten. Die Bienen zum Beispiel. Oder Bewusstsein schaffen für Termiten. Natürlich auch für Ameisen. Die Behausung der Ameisen, die Behausung der Termiten. Wir müssen in menschlichen Maßstäben denken! So etwas steht auf ihren Petitionen, die sie vor den Kaufhäusern oder an belebten Brücken wie der Pont des Arts austeilt, wo sie mit dem Fahrrad hinfährt und die Leute abfängt, die an den Nachmittagen in den Louvre wollen. Es sind Petitionen, die es nur im Frieden gibt. Das weiß Hiromi. Ich muss das machen, erklärt sie beiläufig. Ich nicke, verstehe, dass sie sich über die Dimensionen ihres Aufbäumens im Klaren ist, dass sie genau weiß, was sie tut. Wir müssen die Bienen und die Termiten retten! Wir müssen uns ihrer Architektur mit menschlichen Maßstäben nähern, sonst werden wir die Mannigfaltigkeit ihrer Kreativität nie verstehen! Unterschreiben Sie! Unterschreiben Sie, meine Damen und Herren! Und während ich Hiromis Sätze lese, vermischen sie sich mit jenen, die wir vielleicht in meiner Stadt vor der Belagerung hätten sagen müssen. Erheben Sie Ihre Stimme gegen die Barbarei! Stehen Sie ein für die Zivilisation! Es betrifft uns alle! Verdammt noch mal! Gehen wir hin! Machen wir die Augen auf! Nehmen wir Anteil! Denken wir mit unseren eigenen Köpfen! Finden wir eine Sprache für das, was wir sehen! Meine Mutter sagt, Alma wird nie wieder in unsere Stadt zurückkehren. Ich werde auch nicht zurückkehren. Das erzähle ich nur niemandem, ich behalte es für mich. Manches muss ich leise in mir tragen, bis ich es verstehe und den Mut gesammelt habe, das in meiner inneren Stille Verstandene zu leben. Mutter und Vater gehen trotz Granatenhagel jeden Tag zum Friedhof. Manchmal auch im Schutz der Nacht, wenn die Soldaten auf den Bergen sie nicht so gut sehen können. So machen es alle, die bei ihren Toten beten oder in Ruhe ihre Toten begraben wollen. Auch zur Markthalle gehen meine Eltern, meistens zum ungünstigsten Zeitpunkt, wenn alle anderen in die Schutzkeller hinabsteigen. Mutter setzt dann ihre Sonnenbrille auf, die wir in der Galerie Lafayette vor dem Krieg für sie gefunden haben. Sie hat wie jeden Tag gleich nach dem Aufstehen ihren schönen roten Lippenstift aufgetragen und geht durch die Stadt, als würde sie flanieren. Sie sind beide lebensmüde. Aber meine Mutter kämmt sich dennoch das Haar, zieht ihr hübschestes Kleid an, knielang, dunkelrosa Stoff in einem Muster aus weißen Blumenkristallen, und dazu ihre schwarzen Samtschuhe mit Absatz. Ich höre die Lebensmüdigkeit in ihren Stimmen. Vor allem Mutter ist es egal, ob sie stirbt oder nicht. Hauptsache, wir sehen gut aus, wenn es soweit ist, sagt sie, aber ihre Stimme bricht weg, ich höre, dass sie nach unserem Telefonat wieder weinen wird, dass sie die Tränen nicht zurückhalten kann und diese Kraft nicht mehr aufbringt, mit der es ihr sonst immer möglich war, alles auszuhalten. Sie weint am Anfang der Belagerung immerzu. Dann hört sie irgendwann damit auf. Selbst wenn sie mir heute über die Zerstörung der antifaschistischen Denkmäler erzählt, weint sie nicht. Dabei weiß ich, dass sie das besonders getroffen und jeder Hoffnung an das Gute beraubt hat. Onkel Milans Arbeit hat sie immer geliebt.

Eine Zeit lang kommen Vaters Briefe noch bei mir in Paris an. Er schickt sie an die Adresse von Tante Mila, die sie mir übergibt. Wir reden und gehen miteinander bei Sophie essen. Vaters Sätze schnüren mir das Herz zu. Sie zerschneiden mich von Innen. Rasierklingen. Der Strom wird ihnen abgestellt. Sie kochen sich etwas im Garten. Der Kirschbaum wird gefällt. Mein Großvater, der Diplomat, hat ihn gepflanzt. Holz ist vonnöten. Großvaters Liebe, Großvaters Diplomatie, sie zählen jetzt nichts mehr. Sie sind immateriell. Belanglose Erinnerung. Es ist kalt in der Stadt. Andere Menschen in anderen Ländern haben andere Sorgen. Die einen haben keine Milch zum morgendlichen Kaffee und deshalb schlechte Laune. Andere wieder haben einen ominösen Schmerz im linken großen Zeh, der erst harmlos erscheint und dann ausufert, der Zeh wird Tag um Tag dicker und die Angelegenheit wird ein richtiges Problem. Ein anderer Mensch verliert gerade seinen Vater, der ihn geliebt hat; in irgendeinem friedlichen Land dieser Welt stirbt er einfach so, bei der Nachspeise, beim Abendessen, nach einem Liebesakt. In Paris essen gerade ein paar hunderttausend Menschen zu Mittag. Französische Frauen stellen für alle anderen Frauen weltweit ein Rätsel dar. Sie essen. Sie genießen. Sie trinken Wein. Und sind rank und schlank und schön und haben Familien, gebären Kinder und bleiben begehrenswert. Was ist nur ihr Geheimnis? Oder leben sie einfach nur gerne? Andere Leute tragen nicht einmal den Ansatz eines Geheimnisses in sich, manche sind einfach nur jämmerliche Betrüger. Manche nur Genießer. Manche Leser. Manche Kaffeetrinker. Alles passiert gleichzeitig. Revolutionen und sexuelle Vereinigungen, Geburten und Operationen, chirurgische Meisterleistungen und Granatenschläge und ein Liebeshinterhalt zieht viele schlechte andere Lügen und neue betrogene, naive Menschen nach sich. Das Falsche. Das Richtige. Echte Gefühle. Unechte Blicke. Alles ist zeitgleich. Alles ist jetzt. Ich laufe durch die Straßen von Paris und sehe lächelnde Kinder. Ich laufe durch die Straßen von Paris und sehe feine Frauen mit schönen Körpern in eng geschnittenen Seidenblusen. Ich laufe durch die Straßen von Paris und sehe Käseläden, Schaufenster, Maronenverkäufer, einmal sogar Bettler und Bettlerinnen, die sich minutenlang vor einem Zeitungskiosk küssen. Sie lösen sich voneinander und sprechen mich an. Krieg, sagen sie auf Französisch, wir sind dem Krieg entkommen. Sagen sie. Bitte geben Sie uns Geld. Wir sind Flüchtlinge. Als ich in meiner ersten Sprache nachhake, stellt sich heraus, dass sie diese Sprache gar nicht sprechen. Sie treiben Handel mit dem Leid der anderen. Aber sie haben dennoch Hunger. Sie könnten einem anderen Krieg oder einer Familienhölle entkommen sein, die nie jemand bezeugen wird. Sonst müssten sie nicht betteln. Oder etwa doch? Ich gebe ihnen Geld und weiß, dass sie nicht aus dem gleichen Land wie ich kommen. Ich sage ihnen nicht, dass ich es weiß. Eine der Bettlerinnen schaut mich eine halbe Sekunde lang entsetzt an, sie weiß, dass ich weiß. Eine Lügnerin. Wie in Zeitlupe erinnere ich mich jetzt an sie. Dann hat sie sich sofort wieder unter Kontrolle. Hat wieder ihr Leidensgesicht aufgesetzt. Alles ist gut. Ihr Außengesicht ist gerettet. Sie weiß, wer sie ist, ich muss es nicht wissen. Wieder spüre ich den Druck in meiner Stirn. Sage ich denn immer die Wahrheit, frage ich mich, die Füße tun mir weh. Ich habe den Eindruck, den Lücken bald entkommen zu können, fühle aber deutlich, dass mich ihr Sog ganz und gar auf mich selbst zurückwirft. Ich laufe und laufe und laufe durch die Straßen von Paris. Sehe Hüte, Kleider, Röcke, Blusen, Ohren, Augen, Münder, Nasen, Brücken, Brücken, Brücken. Eine Stadt, die sich andere ausgesucht haben. Ich nicht, ich habe mir diese Stadt nicht ausgesucht. Aber doch, ich habe mir diese Stadt ausgesucht, sage ich mir selbst, ich habe es doch auch vor der Kommission gesagt, vor allen Professoren, die mir das Stipendium bewilligt haben. Wäre ich auch sonst tatsächlich nach Paris gekommen? Ja. Und doch weiß ich nicht, welches Leben ich gelebt hätte, wenn mir ein anderes möglich gewesen wäre, welches Leben das richtige ist und ob es noch ein anderes Leben unter dem sichtbaren Leben gibt, ob es unter den Schichten der äußeren Welt liegt, die, da sie nicht immer meine war, nie die einzige sein wird. Auf den Boulevards geht das Leben weiter wie bisher. Das Picken in meiner Stirn ist mein stetiger Begleiter. Was wäre, wenn ich gar nichts fühlte? Meine Ohnmacht ist die einzige Gewissheit, die wächst. Das Picken nimmt überhand. Ich setze mich auf eine Bank. Ich will schlafen. Wie lange sitze ich schon hier? Wie lange bin ich schon am Leben? Boulevard Saint Germain. Boulevard Saint Michel. La Coupole. Picasso. Getrude Stein. Hier ist Frieden. Marlene Dietrich. Hemingway. Roland Barthes. Claude Lévi-Strauss. Serge Gainsbourg. Maurice Blanchot, der ein Buch über *Das Unzerstörbare* geschrieben hat, den habe ich am liebsten. Was ist das Unzerstörbare? Was bleibt für immer? Die einen lieben, die anderen können es nicht, sie können nicht lieben. Die Leute gehen an mir vorbei, verschwinden. Passanten kommen und gehen, streiten sich wegen nichts. Kellner sind die Könige in den Cafés, sie sind unfreundlich, weil sie schlecht geschlafen haben. Andere wieder sind freundlich, weil sie in der Nacht geküsst, gestreichelt, geliebt worden sind. Die nächsten sind glücklich, weil sie küssen, streicheln, lieben durften. Die Nacht für den einen war zu kurz. Für den anderen zu lang. Alle sind aufgestanden. Café Crème und Boulevards. Schaufenster. Küsse. Falsche Flüchtlinge. Korrekte Sprachen. Verpönte Infinitive. Rollende Buchstaben. Das ist Luxus. Hier ist Frieden. Ich höre nun förmlich das Picken. In meiner Stirn wird gepickt. Scharenweise picken fremde Vögel und Stimmen und Sätze und Gedanken und Erinnerungen und Bilder und mein ganzes Leben in meiner Stirn. Ich muss hier leben. Dieser Gedanke kommt mir, setzt sich fest, will nicht mehr fort. Dieses Muss belastet mich. Dieses Muss macht mich empfänglich für Details. Sie erscheinen mir lebensnotwendig. Hiromi ist da. Hiromi ist mein Frieden, sie ist immer zu Hause, wenn ich in die Wohnung komme. Ich störe sie offenbar nie. Sie ist ruhig und freundlich und wirkt am Abend mit ihrem schmalen Körper wie Baldrian auf mich. Ihre Augen blitzen kraftvoll, und wenn es wieder um ihre Petitionen geht, redet sie auf einmal viel. Stoffe und Petitionen. Ihre Gebiete. Auf dem Nähtisch, Pythagoras und ein Buch über Pedanios Dioscurides. Sie glaubt an die ausgleichende Kraft des nach Innenblickens. Manchmal komme ich in die Wohnung zurück und sie sitzt da, sieht aus dem Fenster, alles Mögliche geht ihr durch den Kopf, denke ich, aber alles, was ich spüre, ist die Tiefe einer Ruhe, über die ich nichts weiß, die ich nicht habe, die sich mir jedoch sofort vermittelt, die mich gleichsam ansteckt. Und mit einem Mal wünsche ich mir, dass es keine Sprache, keine Laute gibt, nur die Schönheit, denn – auch wenn ich das nie aussprechen würde – sie wird es eines Tages sein, die uns alle retten wird.

Hiromi glaubt an die Stille. Ich weiß nicht, was sie sagen würde, wenn ich so etwas wie das über die Schönheit laut ausspräche. Vielleicht lachen, denke ich, sie kann so laut lachen wie niemand sonst, den ich kenne. Hiromi und ich.

Wir schweigen viel zusammen in dieser ganzen Paris-Zeit. Hiromi ist damals der erste Mensch, der meinen Kindheitstraum wahrmacht. Wir sprechen miteinander, ohne viel zu reden. So vergehen die Monate, ein Denken wie in Watte, wir, zwei in Paris Gestrandete, im Schlaf Wandelnde. Jede von uns ist aus einem anderen Grund hier. Wir leben. Jetzt in Paris. Wir sind hier. Zusammen. Irgendwann werden wir Futur Zwei geworden sein. Wir sind jetzt hier. Wir sind mitten im Leben.

Pflichtbewusst ging ich jeden Tag zur École des Hautes Études. Tag für Tag kam mir mein Studium überflüssiger vor. Wozu studieren wir eigentlich alle, fragte ich Hiromi, die nur weise vor sich hinkicherte. Ich wusste, dass sie mir ohnehin nie eine Antwort auf solche Fragen gab. Stattdessen machte sie einen grünen Tee und sagte, der ist gut, ich habe einen neuen Laden im sechsten Arrondissement gefunden. Und nach dem Tee fuhren wir mit den Rädern ins Quartier Latin, und sie zeigte mir den Laden, in dem es nicht nur Tee, sondern auch Kleidung, Hausschuhe, feine Ess-Stäbchen, Tassen, Teller gab. Ich vergaß ganz schnell meine Fragen und kaufte mir ein Seidenunterhemd. Lachend machten wir uns über die Pont des Arts und durch die Tuilerien auf den Weg nach Hause. Ein Milizionär versuchte, uns mit seiner Trillerpfeife anzuhalten, aber wir entwischten ihm und landeten direkt an der Place de la Concorde. Von dort fuhren wir über die Place de la Bastille und nach Hause zurück. In der ganzen Stadt waren wir die einzigen, die Fahrrad fuhren, auch in unserem Hof fielen wir damit auf. Die Concierge zwang uns, die Räder in die Wohnung zu tragen, damit sie regelmäßig kehren konnte.

Als ich vor ein paar Monaten Mischa Weisband in Paris besucht habe, waren alle Straßen voll von Rädern, sogar Fahrradstreifen entdeckte ich überall.

Jeden Morgen gingen Hiromi und ich zum Boulevard Raspail. Es regnete oft. An allen Nachmittagen ging Hiromi pflichtbewusst in ihre Modeschule. Sie war unermüdlich und scheinbar ohne Pause fleißig. Mir ist nie klar geworden, warum es ihren Eltern nicht genügte, dass sie Philosophie studierte. Die Mode war ein Kompromiss, den sie mit ihr ausgehandelt hatten. Als ich wissen wollte, was der Grund dafür war, zuckte Hiromi nur mit den Schultern. Ich glaube, sie war anfangs erst unglücklich über den Kompromiss, fand aber schließlich mehr Gefallen daran als an ihrer ursprünglichen Idee. Und so kam es, dass in unserer Wohnung immer seltener Philosophiebücher zu finden waren, und Stoffe, Schnittmuster, Scheren und Näh-Utensilien mehr und mehr das Bild prägten. Das wirkte irgendwann ansteckend auf mich. Eines Tages begann Hiromi, mir Aufträge zu erteilen. Ich musste in der Stadt nach ganz bestimmten Stoffen suchen, bis sie irgendwann ihre erste kleine Kollektion fertigstellte. Sie ließ mich kleine Sachen für sie nähen. Ihre Eltern, zwei mir unbekannte Menschen aus Tokio, haben dazu beigetragen, dass ich den Stoffen in jener Zeit mehr als Diogenes in der Tonne abgewinnen konnte. Völlige Unabhängigkeit des Menschen von seiner Außenwelt war für ihn eine Tugend. Einer solchen Idee konnte ich damals nur misstrauen. So unabhängig konnte man doch nicht einmal in einer Tonne sein. Oder konnte man es doch? Und was war mit der Angst? Am Ende, das hatte ich am eigenen Leib erfahren, wollen wir alle leben, wir wollen uns retten.

In der belagerten Stadt gab es jetzt genügend leerstehende Tonnen, in die Diogenes sich hätte setzen können. In Paris auch. Aber hätte er es getan? Wer würde sich freiwillig in eine Tonne setzen, wenn es über ihm Granaten regnet? Die Tonne war ohnehin nur ein Übersetzungsfehler, das lernten wir in einem unserer Seminare, und als ich meiner Mutter am Telefon davon erzählte, wurde ihre Stimme lebendig, wie früher, wenn sie neue Bücher nach Hause brachte und Übersetzungen anfertigte, die sie glücklich machten. Oder hat Diogenes, der Wanderer, in einer echten Tonne gelebt? Ich konnte mir eher einen Übersetzungsfehler als die Tonne vorstellen. Seine Erkennungszeichen waren Wanderstab, Rucksack und Essensschale. Die falschen Flüchtlinge teilten das mit ihm. Aber auch ich, Hiromi, Nadeshda, Ilja, meine Mutter, der kleine Ezra und auf eine besondere Weise auch mein Arik, der am Ende, wie fast alle von uns in Paris, die Gelegenheit bekommen hat, seine alten Schatten abzustreifen. Dieser Gedanke lässt mich nicht los, es kommt mir die Formulierung in den Sinn, dass wir damals alle das Handwerk des Sehens erlernt haben und gerade die Umwege uns zu dem gebracht haben, was wir heute unser Leben nennen. Menschen wie wir tragen heute zwar keinen Wanderstab und keine Essensschale mehr bei sich, können diese Gegenstände aber in verschiedenen Sprachen benennen. Wir können sie mit Wörtern fühlen. Es bleibt, das wurde mir damals klar, nur das fremd, was sich mit dem eigenen Leben nicht vermischt. So unbeschrieben ist kein Mensch. Es ist das Unterwegssein, das die Beschriftung mit sich bringt. Nicht der Wanderstab als solcher. Nicht der Rucksack. Nicht die Essensschale. Oder ist Mischa in Frankreich nach all den

Jahrzehnten immer noch ein Fremder, weil nicht Französisch, sondern Deutsch die Sprache seiner Kindheit war?

Zuhause lagen überall Stoffe, morgens noch ordentlich zusammengefaltet, bunte Baumwollstoffe, gepunktete Seidenstoffe, dicke und dünne Cordstoffe. Ich sah Hiromi stundenlang beim Zeichnen zu. In der Küche lagen ihre Petitionen, nun ging es um kanadische Bären, manchmal auch um die weltweit aussterbenden Bienen. Artikel, die sie kopierte und in die Briefkästen unserer Nachbarn warf, riefen zum Nachdenken auf: »Lautlos sterben weltweit Milliarden von Bienen, unsere gesamte Nahrungskette ist in Gefahr. Doch ein weltweites Verbot einer bestimmten Gruppe von Pestiziden könnte die Bienen vor dem Aussterben retten. Handeln Sie jetzt! Unterzeichnen Sie diese dringende Petition zum Schutz unserer Bienen und Ernährung. Bitte leiten Sie diesen Aufruf an alle weiter, die Sie kennen. Es geht uns alle etwas an!«

Irgendwann brachen in der belagerten Stadt die Telefonleitungen vollständig zusammen. Ich erreichte niemanden mehr. Dann fing ich an, quer durch Paris zu gehen, über die breiten Straßen, über Brücken, immer quer über alles, was da war. Meistens von der Bastille bis zur rue de Rennes im Sechsten Arrondissement, dort traf ich mich mit Hiromi. Irgendwann fiel mir eine Frau vor dem Kino auf, die immer zur gleichen Zeit wie wir dort eintraf. Das war Nadeshda. Ich hielt sie zuerst für eine Russin. Wir freundeten uns schnell an. Bald war klar, dass sie nicht aus Russland stammte. Am ersten Abend gingen wir zu dritt etwas essen. Nadeshda war Physikerin und hatte Bibelwissenschaften studiert, aber alles wieder aufgegeben, weil sie, wie sie sagte, Geschichten erzählen wollte. Ich verstand erst überhaupt nicht, wie sich die Physik, die Bibel und das Erzählen in einem einzigen Kopf vereinigen konnten, wahrscheinlich war sie der einzige Mensch, dem das gelang. Obwohl es beinahe hoffnungslos war, versuchte ich es dennoch immer wieder, in die belagerte Stadt durchzukommen. Ich wählte abwechselnd die Nummern meiner Verwandten, rief Nachbarn an, ehemalige Lehrer, unseren alten Bäcker, am Taubenplatz, oberhalb der Synagoge. Wer immer mir einfiel, den rief ich an. Immer mit dem gleichen Ergebnis, keine Verbindung. Fast alles, was später geschah, erfuhr selbst ich nur aus Zeitungen. Dennoch gab ich nicht auf, sogar die Nummer unseres halbtauben Tantchens Alina wählte ich. Aber auch sie meldete sich nicht und war vielleicht auch längst gestorben. Als ich an einem solchen Nachmittag das Wählen aufgab und durchatmete, klingelte das Telefon. Es war Arik. Er wollte mich treffen und wartete kaum zehn Minuten später vor der Wohnung auf mich. Fortan saß er täglich in meinem Café, lächelte, war einfach da, bestellte einen Crème für mich. Einige Tage später fragte er, ob er mich zum Essen einladen dürfe. Andere Freunde, sagte er, kämen auch mit. Wir verabredeten uns zum Aperitif in einem Café, das er ausgesucht hatte. Es hieß *Le Mars* und befand sich in der Nähe der Pont Mirabeau. Von meiner Mutter wusste ich, dass sich Paul Celan von dieser Brücke in die Seine gestürzt hatte. Obwohl ich nicht weiter darüber nachdenken wollte, lief mir bei der Vorstellung eines solchen Todes sofort eine Gänsehaut über den Rücken. Es war ein kalter Schauer, der sich kurz über meine Aufregung legte und mir sagte, dass Arik ein gänzlich fremder Mann für mich war. Irgendetwas daran beunruhigte mich, aber genauso gefiel mir das neue Gefühl des Unbekannten, weil es das Neue war, etwas, das ich noch nie selbst erlebt hatte.

Ich öffnete die Tür zum Café. Lächerlich laut klopfte mein Herz. Drinnen wurde geraucht. Arik saß allein an einem Tisch und trank schon Wein. Ich trat an ihn heran, er zog mich gleich an sich, legte seinen Arm um meine Taille. Ohne ein Wort setzte ich mich zu ihm. Arik bestellte mir etwas mit Gin. Es kamen Leute vorbei, die ihn erkannten. Unterwürfig verbeugten sie sich vor ihm, während sie ihm Stift und Papier, einen Zeitungsartikel oder auch ein Buch hinhielten, mit der artig formulierten Bitte um ein Autogramm. Ich staunte über die Lässigkeit, mit der er ihren Bitten entsprach und auch dass es ihn nicht störte, fremde Bücher zu signieren. Aber später erfuhr ich, dass es Kataloge von seinen Ausstellungen waren und seine Fotos in verschiedenen Tageszeitungen erschienen, da er manchmal auch Reportagen über Krisengebiete schrieb. Nach langer Zeit hatte mich wieder jemand umarmt. Elektrik, das war alles, was mir möglich war zu denken. Seine Berührungen. Wie sehr mir die Nähe eines Körpers in all diesen Stunden, Tagen, Wochen, Monaten des Abschieds und Abstands gefehlt hatte, merkte ich erst jetzt. Ariks Freunde tauchten nicht auf. Eine eigenartige Ruhe überkam mich. Sie war dumpf, dem Gin abgerungen, flirrend legte sie sich auf mich, zusammen mit Ariks Fingerkuppen, mit seinen Berührungen, ohne die ich fortan nicht mehr leben wollte. Ich stellte keine Fragen. So hat sie angefangen, unsere lange Geschichte.

Wir aßen in einem indischen Restaurant, tranken zwei Flaschen Wein, Rosé, den ich vorher nie getrunken hatte. Und ich hatte noch nie über drei Stunden hinweg ohne Unterbrechung einem Menschen in die Augen gesehen. Irgendwann küsste er mich. Ich glaube, es war noch vor der Nachspeise. Seine Finger glitten über mein Gesicht, meine Ohren, meinen Mund. Einerseits nahm ich alles genau wahr, andererseits löschten seine Berührungen alle anderen Empfindungen in mir aus. Es war, als ginge er mit seinen Fingern strategisch vor, als berührte er mich, um mich von Innen her umzuprogrammieren. Es schaltete etwas in mir ab. Vorher hatte ich dieses Etwas wie ein zusätzliches Gewicht mit mir herumgetragen. Jetzt war eine Lücke da, ein Loch in mir, in das die Schwere hineingefallen war. Arik schob mich ein Stückchen von sich weg, sah mich an, begutachtete mich, zog mich fest an sich, sagte, du hast ein schönes Kleid an, dieses Violett passt gut zu deinen grünen Augen. Seitdem sind neun Jahre vergangen. Noch immer kann ich mich an Ariks Fingerkuppen erinnern. Seine Hände kamen mir wie die Verlängerungen aller Hände vor, die mich je berührt hatten. Es war mein Körper, nicht mein Kopf, der all das von Arik wollte. Ich kannte ihn nicht und konnte alles in ihm sehen. Nach dem Essen verabschiedeten wir uns an der Métro. Und dann sagte er, wenn du das nächste Mal genauso brav bist, werde ich dich mitnehmen, zu mir nach Hause. Später glaubte ich, mir diesen Satz eingebildet zu haben. Aber Wort für Wort kamen mir am Ende immer wieder in den Sinn, es war der Rhythmus, seine merkwürdige Verlangsamung, die mich an ihm störte, die Worte selbst aber klangen, vor allem im zweiten Teil des Satzes, wie eine verlockende Einladung, die mich an irgendetwas von früher erinnerte. Nach Ariks Verschwinden begriff ich, was es war, und ich verstand, dass Liebende sich einander am Anfang alles sagen, was sie am Ende ihrer Geschichte einlösen.

Auch beim nächsten Mal trafen wir uns an der Pont Mirabeau. Er bestimmte das, und ich war anfangs einverstanden, weil er die Stadt besser kannte. Wir bestellten wieder Wein. Nach zwei Gläsern stand Arik plötzlich auf, er musste irgendwohin, hatte es eilig, redete kaum, ganz anders als bei unserem ersten Treffen. Beim nächsten Mal gingen wir zu einem Chinesen in der Avenue Émile Zola, ich dachte an sein Buch *Nana*, das ich mit fünfzehn aus dem Regal meiner Mutter gezogen und in den Sommerferien gelesen hatte, ohne richtig zu verstehen, worum es eigentlich ging.

Arik versuchte mich zu überreden, wieder Fleisch zu essen. Er fragte mich aus, über die Zeit vor dem Krieg, und ich erzählte ein wenig, aber nicht alles, weil ich nicht wollte, dass er auf die Belagerung zu sprechen kam. Nach dem Chinesen gingen wir in eine Bar, in der Lieder aus den Achtzigerjahren gespielt wurden, und wir tranken dort Wein. Als wir von den Hockern aufstanden, war mir schwindlig und Arik sagte, er nehme mich jetzt zu sich nach Hause. Er reichte mir seine Hand. Wir gingen Richtung Brücke, es war, als hätte ein alt gewordener Gott meinen Körper erwählt, sich Arik zu ergeben. Der Schwindel hielt an. Das Klopfen in meiner Stirn kündigte wieder die Absencen an. Ich erinnere mich noch heute daran, dass ich versucht habe, Ariks Augen genauer zu sehen. Alles andere wackelte wie ein Testbild, aber seine Iris sah ich, sie hatte etwas mich Prüfendes. Und dann nahm ich nur noch alles verschwommen wahr, wie unter Wasser in einem Schwimmbecken, wenn ich versuchte, auf dem Rücken zu schwimmen. Ich kam nie zu meinem eigenen Rhythmus, weil die anderen Schwimmer das Wasser in Bewegung hielten. Es war spät, wir überquerten die Brücke. Die Seine schimmerte eisig zu uns herauf. Er küsste mich plötzlich mit einer Wildheit, die mir Angst machte, drängte mich an einen Pfeiler, und noch bevor ich richtig begreifen konnte, was genau vor sich ging, hatte Arik mir die Strumpfhosen und den Slip heruntergezogen, und im Stehen versuchte er, in mich einzudringen. Ein Bus und mehrere Autos fuhren vorbei, einige hupten. Erst ein paar Tage danach begriff ich plötzlich, was geschehen war. Für mich war in der Situation selbst alles ein Rätsel gewesen, ein undefinierbares und hektisches Hantieren mit Händen und Kleidern. Und dann fiel mir noch ein, dass Arik mir Komplimente wegen der Farbe meiner Strumpfhosen gemacht hatte, ein sattes Olivgrün, das ihm schon in der Bar aufgefallen war. Der vom Fluss kommende kalte Wind hatte mich schließlich aus meiner Trance gerissen. Ich versuchte, Arik von mir zu schieben. Er ließ es nicht zu, hielt mich an den Handgelenken und am Nacken fest. Unbeirrt führte er seine wuchtigen Bewegungen aus. Dann küsste er mich, küsste meinen Mund, meine Nase, meine Ohren. Du bist schön, sagte er, drückte mir einen Fünfzig-Franc-Schein in die Hand, komm morgen wieder her, lass das mit der Métro, nimm dir ein Taxi. Er hielt das nächste freie Fahrzeug an und schob mich hinein, ohne mich zu fragen. Ich zitterte. Langsam ging Arik weg, wieder in Richtung der Avenue Émile Zola. Er und sein heller Leinenanzug wurden ein Teil der alles verschluckenden Dunkelheit. Ich sah ihm eine Weile nach, sein Anzug leuchtete. Als das Taxi um die Ecke bog, wurde er ein Punkt in der Nacht und ich war wieder auf mich selbst zurückgeworfen.

Ich ging am nächsten Tag nicht zur Pont Mirabeau, wo wir uns wieder im Café *Le Mars* verabredet hatten. Er rief mehrmals an. Ich nahm nicht ab. Dann bereute ich es, nicht mit ihm gesprochen zu haben, und wählte seine Nummer. Jetzt nahm er nicht ab, entzog sich mir. Dann und deshalb fing das an, was ich später Ariks doppelbödige Beharrlichkeit nannte.

Ich hielt die Szene auf der Brücke für ein Missverständnis, für etwas, das er gar nicht hatte tun wollen, und deutete seine Unerreichbarkeit als Zeichen seiner Scham. Er musste sich doch schämen. Etwas anderes konnte ich mir nicht vorstellen. Hatte er meinen betrunkenen Zustand ausgenutzt? Ich würde ihn fragen, ihn darauf ansprechen müssen. Aber wie und wann? Dann überkamen mich Zweifel. Hatte ich mir im betrunkenen Zustand alles nur eingebildet? Ich hätte mich wehren können – und ich fragte mich, ob es nur der Alkohol oder eine alte Angst war, die mich davon abgehalten hatten. Merkwürdigerweise fiel mir in diesem Moment das Wort Wiederholung ein, doch fand ich nicht heraus, warum, und ich begann, mich für den Vorfall auf der Brücke zu schämen. Nadeshda fiel auf, dass mit mir etwas nicht stimmte, aber ich sagte nur, dass ich jemanden kennengelernt hätte. Hiromi erzählte ich gar nichts. Sie hatte gerade selbst Liebeskummer und war seit Monaten in eine komplizierte Dreiecksbeziehung verstrickt, mit einer Frau und einem Mann. Die beiden waren, wie sich später herausstellte, ein Paar, das sich getrennt und in der Zeit mit ihr wieder zueinander gefunden hatte. Hiromi erzählte spärlich darüber, sie hielt sich an die Fakten, aber ich bemerkte, wie ihre Ruhe, die ich für einen festen Teil ihres Wesens gehalten hatte, zerbröckelte. Irgendwann sagte sie, es sei alles vorbei. Und als ich nach dem Grund fragte, sagte sie nur, es sei einfach mit ihr und mit ihm zeitgleich vorbei gewesen.

Lange hatte ich darüber nachgedacht, was auf der Brücke vorgefallen war. Irgendwann war es zu spät, Hiromi von Arik und jener Nacht zu erzählen. Auch Nadeshda wollte ich keine Einzelheiten offenbaren, tischte ihr aber eine harmlosere Variante der Geschichte auf, in der Ariks Lust wichtiger war als seine Grobheit, und die in mir entstandene Unsicherheit erwähnte ich gar nicht. Ich glaube, ich nannte ihr anfangs nicht einmal seinen Namen. Dann nahm ich sie eines Tages zu ihm mit. Wahrscheinlich glaubte ich, dass Arik mich wieder treffen, mich wieder, und dieses Mal ganz bestimmt zärtlich anfassen, mich verstehen und wieder umarmen würde, wenn sie mitkäme. Dann würde er sehen, dass ich nicht allein in dieser Stadt lebte, dass ich andere Menschen kannte, andere Menschen mich liebten und ich nicht nur ihn hatte, der mich einfach in ein Taxi gesteckt und von sich geschoben hatte, wohl um mich zu vergessen. Wir mussten nur wieder, sagte ich mir, miteinander sprechen, dann konnten wir auch endlich das Missverständnis ausräumen.

Nadeshda und ich verabredeten uns, aus verschiedenen Richtungen der Stadt kommend, an einer Métrostation. Wir fuhren bis zur Place d'Italie und klingelten bei Arik in der rue Fagon. Erst als wir vor seiner Tür standen, bemerkten wir, dass wir beide dunkelblaue Seidenblusen trugen.

Sie hatten fast den gleichen Schnitt. An der Tür gab mir Arik einen Kuss auf die Stirn, warf einen neugierigen Blick auf Nadeshda und machte uns Tee, bevor er uns in unseren Blusen malte. Wir mussten uns mit dem Rücken zu ihm auf Holzstühle setzen und uns dabei an den Händen halten. Wir taten das, ohne nachzudenken, kichernd und kindisch. Bald schon bat er uns, die Blusen auszuziehen. Wieder malte er uns, unsere nackten Rücken, die nackten Schultern, Nadeshdas kleine Muttermale, die ich bei dieser Gelegenheit zum ersten Mal sah. Diese winzige Milchstraße aus Muttermalen schmückte ihren schönen weißen Hals besser als jede Kette. Es war lange Zeit still hinter uns. Malte Arik uns überhaupt? Oder sah er uns nur an? Sollten wir uns umdrehen? Ich schaute auf unsere blauen Blusen, sie lagen auf dem Boden, und als ich, einem ersten Impuls nachgebend, aufstehen wollte, spürte ich einen leichten Schwindel. Ich schloss die Augen, atmete mehrmals ein und aus. Das Schwindelgefühl und der Druck in meiner Brust blieben. Es fühlte sich an, als würde sich mein Atem neue Wege suchen. In meiner Brust verkrampfte sich etwas, ich fühlte mich eingesperrt. Platzmangel. Luftnot. Atmen, ich musste doch durchatmen können. Nein, es ging nicht, es tat weh, ich verspürte Stiche, kleine Blitze, die Atemzug für Atemzug immer schneller, immer schärfer wurden. Ich wollte nicht mehr dort sitzen, wusste aber nicht, ob ich einfach aufstehen, mich anziehen und verschwinden sollte oder ob er eine Erklärung verlangen würde, wenn er meine Absicht bemerkte, ihm und seinen uns sezierenden Blicken zu entkommen.

Eine Mischung aus Angst und Unruhe erlaubte es mir schließlich, mich aus der Pose zu lösen. Halb nackt saß ich mit Nadeshda vor einem Mann, den ich kaum kannte. Wir hatten ihm beide gehorcht, reflexartig waren wir seinen Aufforderungen gefolgt. Nichts kam mir jetzt, da ich aufstehen wollte, verstörender vor als das. Die Unheimlichkeit, die von Arik, von seinem Atelier und der Situation mit Nadeshda in diesem Moment ausging, wurde mir schlagartig bewusst. Seine Aura hatte uns erst eine Viertelstunde zuvor blind für uns selbst gemacht. Ich zog mich schnell an. Ende der Sitzung, sagte ich, ich muss einen Kaffee trinken. Nadeshda zog sich ebenfalls an, und hektisch verabschiedeten wir uns von Arik. An der Tür zwinkerte er uns auf eine Weise zu, als würden wir drei uns alle schon sehr lange kennen. An der Schwelle seiner Wohnung war mir einen Moment lang übel. Ich war froh, dass Nadeshda bei mir war, dass wir jetzt zu zweit fortgehen konnten, und hielt mich an ihrem Arm fest. Schweigend gingen wir zu Hiromi. In ihrer bewährten Ruhe kochte sie für uns und stellte Nadeshda unzählige Fragen. Sie musste ihr alles zur Physik beantworten, es ging um Einstein, Atome, chemische Bindungen, Ionenfallen, es war ein wildes Durcheinander von Fragen und Antworten, während Misosuppe, Sobanudeln und Tofu auf den Tisch wanderten. Wir saßen bis spät in der Küche, am Fenster, redeten und beschlossen irgendwann in den Untiefen der Nacht, dass Nadeshda zu uns ziehen sollte.

Nadeshda und ich sprachen in Paris nicht mehr über jene merkwürdige Sitzung bei Arik. Weder erwähnten wir unsere nackten Schultern noch die auf dem Boden liegenden dunkelblauen Blusen, die wir nie wieder zur gleichen Zeit trugen. Wir schwiegen uns so lange über den Vorfall aus, bis wir irgendwann das Gefühl hatten, das vergessen zu können, was uns im Atelier in der rue Fagon geschehen war. Ich wollte Arik wiedersehen, verstand aber nicht warum. Was wollte ich von ihm? Er rief nicht an. Ich wollte nicht warten, aber etwas in mir fing mit dem Warten an. Ein großer Magnet in mir wartete auf ihn und seine Zuwendung. Dieser Magnet ersetzte mich und wartete nun an meiner Stelle auf Arik. Das Warten legte sich lähmend auf meine Bildwelt. Und ich ließ mich von ihm in Beschlag nehmen, vielleicht gerade deshalb, weil ich wissen wollte, wohin es mich führen würde.

Wochenlang hörte ich nichts von Arik. Dann rief er plötzlich an und erzählte von seinem Vater, der die Familie früh verlassen und mit einer Nachbarin ein neues Leben begonnen hatte. Nun trafen wir uns fast jeden Tag, redeten, gingen spazieren, und es gelang mir nie, ihn auch nur einmal über den Vorfall auf der Brücke zur Rede zu stellen. Über das Bild und die Situation im Atelier sprach ich auch nicht. Arik war gesprächig und küsste mir zärtlich die Ohren, immer wieder die Wangen, und ich lernte an einem Sonntag in seiner Wohnung auf der Place Dauphine einen blinden Fotografen kennen. Er stammte aus Rumänien, kam mit seinem Blindenstock und hatte Fotos von den Brücken in Paris gemacht. Atemlos sah ich mir die Fotografien an und konnte nicht fassen, dass sie von einem Blinden stammten. An einem anderen Sonntag kochte Arik für mich und einen italienischen Kriegsreporter, der wiederum einen amerikanischen Übersetzer und seine schottische Frau mitbrachte. Ich lernte diese Menschen ein wenig kennen, hatte aber keine Ahnung, woher Arik sie alle kannte und wie und wann sie Teil seines Lebens geworden waren. Es fiel mir nur auf, dass sie alle aus dem Ausland stammten, kein einziger von ihnen lebte in Paris. Kurze Zeit nach dem ausgelassenen Mittagessen mit den Ausländern musste Arik plötzlich verreisen. Er rief mich an und bat mich, nach seiner Post und seinen Blumen zu schauen. Als er seine Tasche packte, dachte ich an die Brücke, dachte, dass ich jetzt etwas sagen, dass ich ihn noch vor seiner Reise darauf ansprechen musste. Doch ich brachte kein Wort heraus, weil ich mit einem Mal Angst hatte, es laut zu sagen und dabei meine eigene Stimme zu hören. Wie würde das Ganze klingen? Die Sache würde ich noch einmal für mich durchdenken – zwischen uns bestanden keine Absprachen, woher, sagte ich mir, sollte ich das Recht nehmen, ihm Vorwürfe zu machen. Und jetzt erschien mir meine eigene Wahrnehmung übertrieben, sogar pedantisch und ich dachte, dass ich in der Zwischenzeit durch mein Schweigen und das lange Überlegen unglaubwürdig geworden war, dass ich mich sogar lächerlich machen würde.

Arik überreichte mir sanft lächelnd seine Schlüssel und sagte, er hätte das seit Jahren nicht mehr getan, es sei ihm unmöglich geworden, sie einem anderen Menschen anzuvertrauen. Etwas daran und an seinem fast flehenden Gesichtsausdruck schnürten mir die Kehle zu. Zum ersten Mal spürte ich unter allen seinen Masken eine tiefe Hilflosigkeit, die mich überraschte, und ich sah sie ein weiteres Mal noch deutlicher, als ich ihn Jahre später vor seinem Herd stehend, nur mit einer Unterhose bekleidet, ertappte. Er hielt eine Flasche Schnaps in der Hand und setzte zu einem Schluck an. Ich wusste in jenem Augenblick, dass es vorbei mit uns war, dass ich ihn doch noch würde verlassen können.

Wie zufällig war ich damals vor seiner Abreise nah an sein inneres Versteck gelangt, ich hatte an etwas gerührt, das durch die Verachtung der Anderen in Selbstverachtung umsprang. Später beschrieb ich ihm einmal dieses Gefühl, das ich an der Schwelle gehabt hatte. Und er sagte sofort, ich hätte das Gesicht eines Flüchtigen gesehen, eines im Traum davonrennenden Mörders. Ein Mörder muss rennen, sagte er, verstehst du das? Es war unheimlich, dass er so etwas sagte, aber er meinte das nicht ernst, es war nur ein Traum, den er seit Jahren träumte, er war selbst dieser Mörder. Ich stotterte etwas zusammen, verwundert, dass er mir auf einmal seine Träume erzählte. Wie er denn darauf gekommen sei, mir diesen Traum zu erzählen, fragte ich, aber er schwieg, küsste mich zärtlich auf die Stirn, bevor er seine braune Lederreisetasche in die Hand nahm und im Treppenhaus verschwand.

Zehn Tage lang kümmerte ich mich um seine Wohnung an der Place Dauphine. Als er zurückkam, gingen wir essen. Arik sprach über sein neues Bild und über das, was er bei Édouard Manet liebte, was er von seinem Blick auf Farben und Formen gelernt hatte. Ich nahm an, dass er irgendwo in Frankreich unterwegs gewesen war und dort über all das nachgedacht hatte. Fotos habe er auch jede Menge gemacht, sagte er, für eine Wochenzeitung werde er eine Reportage schreiben und sie dort veröffentlichen. Ganz nebenbei erwähnte er, dass er in der belagerten Stadt war, dass er dort war, wo ich zur Welt gekommen bin, dort, wo die Menschen meines Lebens Tag für Tag beim Brotkaufen und Gemüseabwiegen umkamen, während ich seine

Blumen und seine Post an einem der teuersten Plätze von Paris versorgte.

Ich bekam Angst vor ihm und verließ das Restaurant, ohne ein Wort zu sagen. Als ich mich umdrehte, sah ich, dass er sich noch ein Getränk bestellte. Seine Kälte versetzte mir einen nachhaltigen Stich, in jenem Moment hasste ich ihn. Stundenlang irrte ich durch die Straßen von Paris. Ich begriff, dass der italienische Kriegsreporter mit ihm gereist war und das Abendessen eine Art Besprechung gewesen war. Ich hatte dabeigesessen, aber sie hatten mich nicht eingeweiht. Anderntags bekam ich unter der Dusche Krämpfe und fing an zu bluten. Als das Rot sich auf den weißen Fliesen ergoss, hielt ich mich am Duschvorhang fest. Langsam trocknete ich mich ab und zog mich an. Ich verließ die Wohnung, um mir in der Apotheke ein Schmerzmittel zu kaufen.

Ich unternahm lange Spaziergänge an der Seine, traf mich mehrmals in Meudon mit meinem Onkel Milan und meiner Tante Sofija. Wir sammelten Beeren und Kräuter in den Wäldern. Sie kannten seit Jahren die besten Plätze. Ich erzählte ihnen nichts von dem, was ich mit Arik erlebt hatte. Immer wieder überfiel mich ein Schwindel, der Druck in meinem Kopf nahm zu und die Lücken in meiner Erinnerung tauchten öfter auf, als wollten sie mich vor größerem Leid beschützen. Ein paar Tage später tat mir der Bauch wieder weh. Hiromi rief einen Krankenwagen. Die Ärzte waren ratlos. Sie konnten nichts finden. Ein Test ergab, dass ich höchstwahrscheinlich schwanger war. Am dritten Tag fiel ich auf dem Flur in Ohnmacht. Es hieß, ich hätte eine Eileiterschwangerschaft. Als die Ärztin mir erklärte, was passiert war, dachte ich, dass die Zellen das

Gleiche mit meinem Körper gemacht hatten wie Arik mit meinem Kopf. Sie hatten sich auf einem Nebenweg in mir eingenistet, sie belagerten mich von Innen, und ich erfuhr, dass man daran sterben konnte. Ich schämte mich, Hiromi und Nadeshda erzählte ich nichts davon, und auch Arik wollte ich es nicht sagen. Ich glaube, damals entwickelte ich mein ganz eigenes System der Selbsttäuschung, das immer mit dem Wort *wenn* einsetzte, mit meinen Fragen und Zweifeln – *wenn* ich es nicht erzähle, dann ist es nicht geschehen und ich selbst werde mir eines Tages die Lüge als Wahrheit abnehmen, werde nicht mehr den Unterschied zwischen dem einen und dem anderen kennen. Vielleicht glaubte ich, mir auf diese Weise selbst entkommen zu können, aber vielleicht glaubte ich auch gar nichts, und als ich verstand, dass ich mich hätte wehren können und auch in meiner neuen Sprache, in jeder Sprache dieser Welt eine Stimme hatte, war die Geschichte mit Arik vorbei.

Zu den Vorlesungen ging ich fast gar nicht mehr. Tante Sofija und Onkel Milan besuchten mich manchmal in Paris. Zufällig waren sie da, als ich nach Monaten wieder einmal meine Mutter erreichte. Sie nahmen mir den Hörer ab und wollten sie überreden, die belagerte Stadt zu verlassen. Aber sie wurden genau an dieser Stelle unterbrochen und die Leitungen waren wieder für Wochen gekappt. Damals wussten wir nicht, dass es gar keinen Weg mehr aus der Stadt heraus gab. Zum ersten Mal seit Kriegsausbruch war ich froh, nicht mit meiner Mutter reden zu müssen. Mit Mischa Weisband traf ich mich jeden Tag an der Bastille. In Sophies kleinem Restaurant gab es eine winzige Speisekarte, und es machte uns nichts aus, uns täglich zwischen zwei Gerichten zu entscheiden. Das Übermaß an Auswahl überforderte mich in Paris ansonsten die ganze Zeit. Dora kam auch manchmal zu unserem Mittagessen dazu, und die beiden erzählten mir aus ihrem Leben, aus der Zeit, als sie in meinem Alter waren. Wir machten Spaziergänge an der Seine, auf denen ich mich zwischen ihnen einhakte. Es gelang mir, in diesen Momenten, Arik vollständig zu vergessen.

Nadeshda und ich hörten manchmal in der Wohnung Nachrichten, wir kannten bald alle an Jugoslawien interessierten Journalisten von Radio France namentlich. Einer sendete besonders gute Berichte. Es stellte sich heraus, dass er mit dem Schriftsteller Danilo Kiš befreundet war und ein Buch über Njegoš, den bedeutendsten montenegrinischen Dichter, geschrieben hatte. Das wusste aber natürlich niemand in Frankreich. Der Mann war nur als sehr guter Kriegsreporter bekannt. Genützt hat ihm das durchaus. Der Krieg machte ihn zwar nicht gerade reich, aber als Nadeshda ihn eines Tages interviewte, weil sie für einen deutschen Radiosender ein Porträt über seinen Freund Kiš schrieb, konnte sie sehen, dass er nicht gerade rechnen musste, um am Ende des Monats seine Miete bezahlen zu können. Sie fragte ihn, ob er gut mit seiner Arbeit über die Runden komme. Er zeigte auf die neuen Schuhe seiner Tochter und sagte, naja, ohne die Kriegsreportagen trüge sie jetzt noch immer ihre alten aufgerissenen Turnschuhe. Es war nichts Neues für uns. Viele verdienten sich in der Zeit des Krieges einiges dazu, und als der Krieg irgendwann zu Ende war, fiel das Zubrot wieder weg. Aber es gab Leute, denen in der Zwischenzeit der Krieg ein neues

Auto möglich gemacht hatte, eine größere Wohnung, bessere Anzüge.

Nadeshda, Hiromi und ich trafen uns auch fast jeden Tag zum Mittagessen in Sophies kleinem Restaurant. Die Besitzerin grüßte uns nun alle mit unseren Namen. Im Vorderbereich des Restaurants hatte sie einen kleinen Gemüseladen. Dort verkaufte sie ihre stadtbekannten bunten Alleskönner-Kapseln, sie bot Misosuppe und Säfte an, die fast so teuer waren wie ein ganzes Mittagessen. Nadeshda und Hiromi waren immer in Eile, sie hatten sich neu verliebt, und ich schaffte es nicht, sie für mehr als zwei Stunden in meiner Nähe zu halten. Kaum waren sie da, blickten sie schon auf die Uhr und rechneten herum, welchen Bus sie nehmen mussten. Auf Mischa Weisband konnte ich jeden Tag zählen. Er kam immer pünktlich in Sophies Restaurant. Mischa trug am liebsten rote Wollpullover oder violettfarbene Hemden, dazu weit geschnittene Cordhosen. Wir warteten oft zusammen beim Gemüse und den teueren Säften auf einen Tisch. Hin und wieder setzte sich Sophie zu uns. Einmal machte sie mich auf eine junge Frau aufmerksam, die genau wie wir jeden Tag kam. Sie komme aus meinem Land, sagte Sophie, sie reise weiter nach Amerika, ob ich sie nicht einmal ansprechen wolle.

Anfangs widerstrebte mir das und es fiel mir schwer, einen mir unbekannten Menschen anzusprechen und auf ihn zuzugehen, nur weil uns eine Muttersprache verband. Als ich sie dann am nächsten Tag wieder sah, zögerte ich nicht mehr. Ich sprach sie an. Sie hieß Silva, und ich hätte ihr am liebsten ausgeredet, nach Amerika weiterzureisen. Aber sie hatte schon das Ticket für den Flug.

Genau wie ich und die schöne Alma hatte auch Silva Verwandte im Elften Arrondissement. Sie konnte kein Französisch, dafür aber ein bisschen Deutsch aus ihrer Schulzeit. Mischa und ich fragten sie, ob wir uns dazusetzen dürften. Sie lächelte uns mit ihren veilchenblauen Augen an. Schon nach einer Stunde hatte ich das Gefühl, Silva von früher zu kennen. Sie wollte einen Monat bleiben. Ich zeigte ihr alle Cafés rund um die Bastille, die ich selbst schon kannte. Kurz bevor sie nach Saint Louis flog, erzählte sie mir von ihrer Flucht, von der Donau, den Auen. Sie sagte, sie erinnere sich an alles, es klang wie eine Warnung, keine weiteren Fragen zu stellen. Das tat ich auch nicht, ich hörte ihr nur zu, ohne die Lücken, die es in ihrer Geschichte gab, zum Thema zu machen. Heute bin ich mir sicher, dass sie mir tatsächlich alles erzählt hat, jedenfalls alles, woran sie sich erinnern konnte, bevor sie nach Amerika flog, wieder zu anderen Verwandten. Sie lebten dort seit dem Kriegsausbruch. Im Zentrum von Saint Louis hatten sie eine kleine Bäckerei aufgemacht, die sich nach kürzester Zeit etablierte. Ein amerikanischer Nachbar verdächtigte allerdings ihren Lieblingscousin, in der Garage selbstgemachte Wurst zu räuchern. Der gesetzeskundige Nachbar hatte sich bereits bei der Stadtverwaltung über den Geruch aus der bosnischen Garage beschwert, klingelte immer wieder an der Tür von Silvas Cousin und brachte lautstark seinen Unmut zum Ausdruck. Alle hatten Angst und waren besonders nett zu ihm, denn er trug eine Waffe, aber sie sahen zum Glück von ihrer üblichen Strategie ab und machten nicht den Versuch, ihn mit der Wurst aus der Garage zu bestechen. Der gleiche Mann brachte dann in der Jagdsaison Hirsche und Rehe in seinem großen Auto nach Hause.

Das wiederum versetzte Silvas Verwandtschaft in Aufruhr. Wir kaufen unser Fleisch wenigstens im Supermarkt, sagten sie, und Silvas Tante weinte, so liebe Tiere könne sie niemals essen. Das war die Welt, die Silva nach ihrem Monat in Paris erwartete. In Amerika gab es ein neues Flüchtlingsgesetz, und sie schätzte sich glücklich, dass sie zu den ersten zählte, die davon profitierten. Mit einer Garantie ihrer Verwandten, im Notfall für sie aufzukommen, durfte sie einreisen, dann einen Antrag auf die Greencard stellen. Ihr Englisch sei ganz gut, sagte sie, schließlich könne sie jedes Lied von David Bowie auswendig. Wir lachten, Lieder und Bücher, das wussten wir von früher, waren für Südeuropäer mehr als nur einmal Nahrung und Brücken für ein neues Leben gewesen. Einmal war in Istrien eine beliebte Sängerin gestorben, die aus dem Nachbarort meiner Großmutter stammte. Als sich die Nachricht von ihrem Tod verbreitete, gingen Hunderte von Menschen aus den umliegenden Städten, Weilern und Dörfern zu ihrem Haus und sangen dort die ganze Nacht ihre Lieder. So nahmen sie Abschied von ihr. Es waren Lieder, mit denen sie selbst groß geworden waren.

Sophie hatte ihre ganze Kundschaft im Blick und wusste immer, wer gut zu wem passte. Deshalb freute sie sich, als sie Silva, Mischa und mich ins Gespräch vertieft sah. Aber einmal verschätzte sie sich und setzte eine Frau an unseren Tisch, die wir Parfümella nannten. Die Dame roch immer nach dem schweren *Opium* von Yves Saint Laurent, sie legte allem Anschein nach jeden Morgen eine halbe Flasche auf. Wir bekamen kaum Luft, wenn sie in unserer Nähe Platz nahm, uns grüßte und anfing, ihren Tempura-Fisch zu essen. Sie aß hastig, aber konzentriert, nahm sich ihren Teller wie ein militärisches Terrain vor, arbeitete strategisch Stück für Stück ab, stand dann entschlossen auf, zog ihren Rock zurecht und erlöste uns von ihrer Aura, die sich wuchtig bis zu unseren Nasen und Mündern ausgebreitet hatte. Mischa und ich lächelten uns erleichtert an, Silva winkte ab, als wolle sie sagen, es gebe Schlimmeres. Wenn Parfümella einmal nicht auftauchte, redeten wir darüber, wie wohltuend für uns ihr Ausbleiben war.

Ich schaue mir das Foto an, das ich damals von dem schönen Baum, von Silva kurz vor ihrer Abreise und von Mischa Weisband gemacht habe. Es war ein Blauglockenbaum, der sich hinter Sophies Restaurant befand. Wenn ich in Paris bin, besuche ich nicht nur meine Verwandten dort, ich gehe auch immer zu Mischa und seinem Baum. Dann esse ich wie immer bei Sophie zu Mittag, die mich noch erkennt und bei der ich wie ein Stammgast anschreiben darf, wenn ich gerade kein Geld dabei habe. Dabei weiß sie, dass ein ganzes Jahr vergehen kann, bis ich wieder auftauche. Mir sind weitere Fotos in die Hände gefallen, als ich die Kisten aufheben und auf dem Kirschholztisch abstellen wollte. Alle Zeiten haben sich in mir vermischt, alle Städte, alle Sprachen. So vieles davon wollte ich sortieren. Vorzeigbares, eine glaubwürdige Chronologie, habe ich noch nicht zusammengestellt. Und je mehr ich darüber nachdenke, desto weniger überzeugt mich genau das, ich misstraue der geordneten Abfolge meiner Erlebnisse. Die Zeit ist eine einzige große Lüge, sie stellt mich innerlich auf den Prüfstand und lässt mich fragen, wer ich denn ohne sie bin – ohne die beweisbaren Jahre und Etappen und Kreise meines Lebens. Was von der Zeit ist wesenhaft, was bleibt? Meine neue Wohnung ist noch beinahe leer. Ich habe zum ersten Mal das Gefühl, dass mir diese Leere entspricht, dass zu viele Möbel, zu viele Dinge, zu viele Farben mich stören und dass ich hier endlich begreifen werde, was seit meiner Kindheit so beharrlich in meiner Stirn klopft. Ist es die Zeit? Jene Räume, die mich zwischen den Uhrzeigern filtern und spiegeln, ohne mir einen Namen für alles zu nennen? Süße Torheit Außenwelt. Wirklichkeitssplitter. Scherben. Das vollständige Bild entzieht sich fast immer. Ich bin. Im Schlaf. Findet mich der Zusammenhang. Dort finde ich statt. Dort ist der Transitbereich zwischen zwei Scherben. Zum Hier. Bin ich einmal ganz. Der leuchtende Faden, der alles verbindet, ist über meinem Kopf. Ich muss ihn nur finden. Ich gehe von Land zu Land, von Sprache zu Sprache, von Stadt zu Stadt. Aber wie bleibt der Faden ganz, wie bleibt er in Bewegung schön und leuchtend und mein Faden? Der Ganzheit vertrauen. Ihr. Entkommen. Splitter. Meine Zusammensetzung. Auf einen Ozean, ein Meer sehen. In die Weite. Nicht so wie Silva auf die Donau-Auen sah. Aber. Wie. Leben. Wir. Wenn. Wir. Nicht. Nur. Etwas. Oder. Jemand. Überleben. Hier ist eine neue Welt. Mein Faden hat mich mit ihr vernäht. Ich bin ein Teil der Leuchtspur. Verfugt in Abläufe, eingesetzt in die Schichten der Vergangenheit. Abläufe von eins bis zwei bis drei bis vier und wieder zurück von vorne, Abläufe, Zahlen, Statistiken, Ansagen, auf die sich alle geeinigt haben, die einen leiten in ein *wie man leben soll*. Der Sinn der Linearität, unerfragt, ist unter dem Asphalt begraben worden. An der Biegung der Seine, eine Bettlerin, ich denke an sie, eine alte Frau, die mich fast erschlägt, mit ihrem Stock, weil ich ihr zehn Francs zuschieben will – während sie schläft. Sie denkt, dass ich ihr etwas wegnehmen will. Ich lasse vor Schreck den Schein fallen. Und renne weg. Plötzlich ist das naheliegende Menschliche etwas, das vollkommen unmöglich ist. Ich rette mich in ein Café an der Ecke. Wenigstens mache ich mich hier nicht verdächtig, weil ich in den Augen der anderen grundlos lächle.

Neuerdings ist Grün mir eine Trost spendende Farbe. Die Räume in meinem Kopf sind langgestreckt. Flure dazwischen. Flüsse und Gräben. Brücken. Venezianisches Glas. Weißer Stein, leuchtend in der Sonne. Altgriechische Mythen. So viel Platz in meiner weitflächigen Erinnerung. Erlöschende Landschaften zum einen. Herausragende Täler und abgetragene Meere zum anderen. Ich denke an die Pannonische Tiefebene, Silvas Heimatgegend, aus der sie geflüchtet ist. Sie hat es geschafft. Sie ist ihrem Mörder entkommen. Dabei hatte das Schicksal sie schon an seine gierigen Augen verkauft. Ich erinnere mich an diese Tiefebene, auch an die Augen von Bomba erinnere ich mich. In der Zeitung haben sie oft genug ein Bild von ihm abgedruckt.

Als Kind war ich mehrmals in der Donaustadt. Wir haben das Lebensmittelkombinat besucht, ein Verwandter arbeitete dort. Meine Erinnerung ist ein großes Haus. Zimmer an Zimmer weitet sich in meinem Kopf. Sie sagen mir hier, das liege an meiner Herkunft, die mich verfolgt. Aber ich weiß, dass mein leuchtender Faden überhaupt keinen Pass hat. Ich lächle nur. Seit langem korrigiere ich niemanden mehr. Hinterland. Karst. Berge. Das Meer. Immer wieder das Salz jener uralten, flimmernden Sommerluft. Dort komme ich her. Aus dieser Luft. Mein Kopf ist autonom, er weiß, dass nun alle Pässe überall schon gestempelt sind. Aber in den Zimmern, in der Nacht, fliegen andere Vögel. Zeitüberdauernde alte Vögel. Und am Ende der Tage, aller Tage, muss ich mich vor meinem leuchtenden Faden beweisen. Gut, ein Pass hat Vorteile. Wir sind uns einig, auch eine schlichte Auskunft zum eigenen Namen, der Adresse, der Telefonnummer kann im Alltag weiterhelfen. Wo alle Namen einfach auszusprechen sind, ist keiner mehr der Unbekannte. Vielleicht ist das ein Problem und ein Glück in einem. Die Naht dazwischen könnte Trost spenden. Ich habe meine Augen geschlossen. Auf einem Felsen stehend, sehe ich das Meer. Die Bilder der Nacht schlafen, ruhen sich aus. Ich mache die Augen auf und die Lücken haben mich verbunden. Sie sind noch jenseits der Sprache. Wieder wirft mich der Tag auf meinen Personalausweis zurück. So schnell fällt es sich nicht aus dem Alphabet heraus.

Ich beschließe, meinen Traum von einem Vögelchenzimmer wahrzumachen und den kleinsten Raum in meiner neuen Wohnung leer zu lassen. Davon erhoffe ich mir Ruhe. Einen Transitbereich zwischen Nacht und Tag. Der Faden kennt den Weg ins Innere. Das Vögelchenzimmer soll so bleiben, einfach nur ein Raum sein, kein Gegenstand, kein Gedanke soll ihn verstellen. Ezras Wort soll auch bleiben. Ich gehe hinunter auf die große Straße, am türkischen Kiosk vorbei und kaufe in einem vietnamesischen Blumengeschäft gelbe und weiße Rosen. Ich stelle sie in das kleine Zimmer. Ich will in diesem Zimmer nur atmen und in den anderen Räumen arbeiten und leben. Tag und Nacht reichen sich im leeren Zimmer die Hand. Was ich auf gar keinen Fall will, ist in diesem Dazwischen an Arik zu denken, und doch geht er mir gerade hier überhaupt nicht aus dem Kopf. Zwei Schwalben fliegen vorbei. Die sechzehnte, die siebzehnte an diesem Tag. Bevor ich schlafen gehe, schreibe ich Hiromi eine Postkarte: »Ich habe heute siebzehn Schwalben gesehen und jede einzeln nach Tokio geleitet. Schau mal aus deinem 35. Stockwerk raus. Es sind schnelle Vögel.« Morgen will ich die Postkarte einwerfen. Ich stelle mir Hiromi vor, ihr Lächeln, ihre schönen Augen. Maronibraunes Leuchten. Außen ruhig. Alles unter Kontrolle im 35. Stockwerk, wo sich ihr Atelier befindet. Wie immer hat sie alles perfekt organisiert, sie hat mir ein kleines Video geschickt – ihren Tagesablauf, aufgenommen mit dem Handy: Aufstehen – fünf Uhr, zu Bett gehen elf Uhr. Der Tag, durchdacht. Ein Ablauf, an dem nichts verändert werden darf. Alles läuft immer nach Plan.

Und im Innern, das Gegenfeuer. Hiromis Feuer. Sie wieder, verstrickt in tausend komplizierte Liebesdinge. Ich erinnere mich noch sehr genau an einen Satz, den sie immer sagte, wenn ich Genaueres über das wissen wollte, was sie gerade in ihren Beziehungen erlebte. Was ich heute vor mir sehe, ist vielleicht mein Gesicht von morgen. Das ist mein Lieblingssatz von Hiromi. Sie hat ihn in Paris mehrmals gesagt, stets mit einem schelmischen Lächeln.

dritter tag

Weltvermehrung. Und ihre Verschiebung ins Einzelne. Durch Wörter. Durch Sprachen. Durch das beruhigende Zählen der Berliner Schwalben. (Heute sind es vierzig an der Zahl, ein paar Rauchschwalben, leuchtend blau, sind auch dabei und im nächsten Sommer leben sie vielleicht in München, Paris, Moskau oder Tokio.) Durch meine Erinnerung. Durch meine alten Notizhefte und die in ihnen versteckten und schon mit der Niederschrift meiner Gedanken alt gewordenen Wahrheiten. Durch Fragen. Das Dazwischen bleibt, sagt Nadeshda, weil es sich verwandelt. Sie hat mir erzählt, dass sie das von ihren nach Amerika ausgewanderten Großeltern gelernt hat. Dabei ist Nadeshda ihnen nie begegnet. Bei der Einreise auf Ellis Island haben die beiden alten Menschen Abschied von ihren dalmatinischen Namen genommen. Ivan und Milena hießen sie noch auf dem Schiff, jetzt waren sie John und Marilya. Sie störten sich nicht daran. Ihre neuen Namen gingen ihnen in allem voraus.

Über die Verwandlung hat auch Silva mit mir gesprochen, als ich mich in Sophies Restaurant an der Bastille zu ihr setzte. Aber dieses Wort von Nadeshda, die ihre Gefühle immer gleich in Gedanken umformulierte, hat sie nie benutzt. Alles, was Silva mir über sich erzählte, handelte davon, wie sie zu ihrem neuen Leben nach dem Fall ihrer Stadt kam. Erst hatte sie geglaubt, dass sie die letzten Jahre einfach vergessen könnte, dass sie die Lücken in ihrer Erinnerung nutzen würde, bis sich mit der Zeit an ihre Stelle etwas anderes setzen würde. Aber die Bilder von der Donaustadt sind immer wieder zu ihr zurückgekehrt. Zuerst das Schimmern des Wassers. Dann der vereiste Fluss in jenem eisigen Dezember. Die unheimliche Stille danach, eine Stille, aus der heraus sie wie in Zeitlupe die Beine eines Uniformierten vor sich sah. Sie kauerte im Gebüsch, dem lauten Pochen ihres verräterischen Herzens ausgeliefert. Die anderen Männer, die sie jetzt alle am Flussweg entdeckte und die sich gegenseitig mit dem Wort Tiger riefen, nannten ihn Bomba. Er brüllte die Befehle. Jetzt stand sie vor ihm. Sie wusste, dass sie in seinen Augen eine Zeugin war. Aber Bomba tat ihr nichts, Bomba, den später alle auf der anderen Seite der Donau einen Helden nannten, ließ Silva laufen.

Sie erzählte mir nicht, warum, sagte nicht, warum sie am Leben geblieben war und alle anderen getötet wurden. Aber Bomba tat ihr nichts. Anfangs hat Silva in Sophies Restaurant nur über ihre Kindheit gesprochen, über die Pannonische Ebene, die Schmetterlinge, die Libellen, über das Flirren und Surren in den Donau-Auen und über das Baden in den langen Sommern am Fluss. Das erinnerte mich an Istrien, an jene hellen Tage im Licht, die uns alle im Glück wie in einem alten festen Sattel hielten. Damals schien uns allen die Gemächlichkeit der Nachmittage unter den Feigenbäumen unendlich sicher, weil alles an ihnen zeitlos war und die Vergänglichkeit uns über Jahre hinweg mit ihren Verlusten schonte. Wir wussten nicht, dass genau das, was vorbeigeht, zum Kostbarsten im Leben zählt, und wir hatten keine Ahnung, dass die Vergänglichkeit nur dann wehtut, wenn man nicht um sie weiß oder gegen sie ankämpft. Zugleich hatten wir etwas erfahren, das über den Schmerz hinausging, wir kannten die ruhige Beständigkeit der Sommer, und das war und blieb ein in uns für immer eingeschriebenes Glück. Selten sah jemand auf die Uhr. Wir aßen, wenn wir Hunger hatten, und gingen schwimmen, wenn wir uns nach kühlendem Wasser sehnten. Auch Silva kannte dieses Zeitmaß, wer im Süden groß geworden ist, kennt die Langsamkeit, mit der sich unsere Körper in den Sommern bewegten, ganz besonders an den unter der prallen Sonne flimmernden Hundstagen, an denen, so sagten es die alten Frauen im Dorf meiner istrischen Großmutter, nur Kinder zur Welt kommen, denen später alles geschenkt wird, weil sie den Mut haben, in der größten Hitze des Jahres ihre Seele auf die irdische Reise zu schicken.

Ich kannte Silvas Donaustadt vor der Zerstörung. Mitte der Achtzigerjahre fuhren wir öfter nach Slawonien. Das dortige Lebensmittelkombinat war bekannt im ganzen Land. Anfangs, als Silva sich im Gebüsch versteckte, sah sie einige Vögel und Störche in den Donau-Auen, sie stellte sich vor, dass sie mit ihr redeten, ihr etwas mitteilen wollten. Die Vögel flogen aber fast alle davon. Es war ein kalter Tag. Sie hatte einen Schuh verloren, aber sie suchte nicht nach ihm, weil sie Angst hatte, dass man sie bemerken würde. Von der Donau wehte ein eisiger Wind herauf. Der Himmel war stahlblau. Alle Schatten standen wie Gegenstände vor ihr. Messerscharf. Die Konturen, so greifbar, so nah, dass es aussah, als könnte man sich einfach an die Schatten lehnen. Die dagebliebenen Vögel, ein kleiner Rest nur, der ihr aber Hoffnung schenkte, tat das auch. Die Vögel lehnten sich mit ihren Schnäbeln an die Schatten. Die Donau glitzerte, am Morgen war sie noch ein stolzer alter Fluss gewesen. Jetzt war sie alt und schwanger. Silva wagte nicht zu atmen. Der Fluss war voller Leichen. Ein Grenzfluss, an dem sich die Vorkommnisse von früher wiederholten. Aus dem Nichts tauchten Bagger auf. Die Leichen wurden ins Wasser gehoben, sie versuchte wegzusehen, aber sie konnte nur gelähmt auf die Donau starren und denken, dass die einzelnen Gliedmaßen doch bestimmt schon in Novi Sad waren, dort einen Angler erschrecken und dann im Unterlauf, am Eisernen Tor, im Banater Gebirge einen Menschen entsetzen könnten, der vielleicht, hatte sie gedacht, gerade erst der rumänischen Gedankenpolizei entkommen war, die ihn über Jahrzehnte ausspioniert, die seine Frau vom Fahrrad gestoßen hatte und die ihn am Ende irgendein Papier unterschreiben ließ, auf dem stand, dass Kichererbsen Fleisch sind. Silva dachte an den Verlauf der Donau, an ihre wilde Beharrlichkeit, mit der sie die Grenzen, Sprachen und Länder ignorierte, die immer weiter floss, wie sie es seit Urzeiten getan hatte. Silva lag im Gebüsch und hörte die Wucht der Donau, sie trug ihre Last weiter, kümmerte sich nicht um sie und dieses Gebüsch, nicht um ihre Erinnerungen, nicht um ihre Angst, nicht um ihr lächerlich laut klopfendes Menschenherz, Temperaturen, Gedanken und Krankheiten waren dem Fluss egal. Die Donau floss ihrem Ziel entgegen, wuchtete ihre Eingeweide nach vorne, war eine unermüdliche Arbeiterin, die sich auf ihrem Weg zum Schwarzen Meer von nichts und niemandem aufhalten ließ.

Als Silva mir von den kalten Dezembertagen erzählte, wurde mir schlagartig klar, dass die Donau schon immer ein Grenzfluss gewesen war, ein Fluss, an dem es ganz leicht passieren konnte, dass ein Mensch innerhalb eines einzigen Lebens zu einem anderen Land, einer anderen Nation, einem anderen Pass gezählt wurde. Bomba kämpfte dafür, dass seine Leute einen neuen Pass bekamen. Seine Stimme überschlug sich, der Wind schluckte sein Gebrüll. Im Gebüsch knackte es. Silvas Bein war eingeschlafen. Sie musste sich kurz bewegen und fiel dabei um wie ein Holzklotz. Sie hatte gehen wollen. Nur ein paar Schritte. Es war ein Gehen wie in Watte. Bomba hörte es. Die Watte war zu weich. Er stand vor ihr. Sie sah seine weißen Zähne. Und riesige Augen, die sie inspizierten. Er lächelte sie an. Bomba forderte sie auf, mit ihm zu kommen. Sie folgte ihm so, wie die Männer ihm gerade noch gehorcht hatten. Hast du dich verlaufen, Kleine, fragte er sie. Sie nickte, obwohl das nicht stimmte und sie hier keineswegs zufällig war. Als sie nach links sah, erblickte sie einen Leichenhaufen. Alles Männer. Nackt. Keine Frauen. Keine Kinder. Die gelben Bagger schafften sie ins Lebensmittelkombinat. Sie bemerkte den Firmennamen auf dem Bagger. Ein deutsches Unternehmen. Ihr war schwindelig. Was dann passierte, erfuhr ich nicht mehr. Mitten im Satz brach ihre Erzählung ab. Die Erinnerung an die Bagger schien Silva vollständig aus der Bahn geworfen zu haben. Planmäßig verließ sie Paris.

In Saint Louis hat sie gleich neben der Bäckerei ihrer Verwandten ein Restaurant eröffnet. Wir schreiben uns oft, sie erzählt mir, was auf ihrer Speisekarte steht, was sie wieder streicht und was sie neu ausprobiert. Sie sagt, dass sie nur noch in englischer Sprache träumt, dass sie sehr gut ihre neue Sprache spricht, dass sie keine Toten in der neuen Sprache hat. An jenem Tag in Sophies Restaurant hat sie mir nicht erzählt, warum Bomba sie laufen ließ. Diese Lücke wird für immer eine Lücke bleiben. Aber sie sah, was mit jenen Leichen geschah, die nicht in der Donau landeten. Bomba, den seine Untergebenen Meister nannten, verfütterte sie an hungrige Schweine im Lebensmittelkombinat. Das habe ich erst viele Jahre später erfahren. Es stand in der Zeitung, als Bomba lange nach dem Krieg in einem Belgrader Hotel erschossen wurde und seine Leute eine Ikone von ihm und seiner Ehefrau, einer Sängerin, die in den Neunzigerjahren Millionärin geworden war, anfertigen ließen.

Ich setze mich in das leere Zimmer. Heute sieht es viel größer aus als an den Tagen zuvor. Es scheint sich auszudehnen. Vielleicht ist es aber auch der Himmel. Das Blau, das mich von draußen anschaut. Die Sonnenstrahlen, die es erhellen. Der schöne alte Dielenboden leuchtet. Ich denke an den Honig, den Nadeshda mir mitgebracht hat, von ihren Verwandten aus den bosnischen Bergen. Maglić. Und Bjelašnica. So heißen die Berge. Die Leute ziehen in den Sommern hinauf und kümmern sich um die Bienen. Niemand muss die Bienen hier retten. Der Krieg hat den Bienen nichts getan. Sie brauchen Hiromis Petitionen nicht. Es scheinen gesunde, fleißige, unermüdliche Bienen zu sein. Die Farbe des Honigs wirkt jedes Mal frischer, wenn ich das Glas hervorhole und mir wie früher als Kind ein, zwei Teelöffel auf eine Weise gönne, als würde ich den Honig heimlich essen.

Statt in dem kleinen Zimmer an nichts zu denken, wie ich es mir vorgenommen habe, denke ich hier an alle und alles, denke an die Donau, an jenen Dezember, in dem sie im Übermaß Sauerstoff produzierte und eine Müllhalde wurde, in deren Gedärmen es rumorte. Andere Schichten kamen jetzt im Fluss zum Tragen. Der Sand der Pannonischen Ebene. Die Sanduhr, die für alle dort etwas abzählte, auch für mich, auch jetzt, da ich davon weiß, zählt diese alte Uhr etwas ab, das, so hoffte ich, als Silva mir damals davon erzählte, nie wieder passieren und für immer aus der Zeit fallen würde. Der Sand rieselte für die Toten weg. Aber auch für die Lebenden. Und auf allen Uhren bewegten sich die Zeiger zeitgleich. Tick. Tack. Tack. Tick. Im folgenden Frühjahr, als das Eis aufbrach, presste die Donau ihre Eingeweide aus dem Becken heraus. Der Fluss trat über die Ufer und die Toten wurden eins mit dem Land der Vorfahren. Ich frage mich, was Silva damals genau geschehen ist, was sie in der von ihrer Erinnerung ausgelassenen Lücke sah, bevor Bomba sie laufen ließ. Ich stelle mir vor, dass anderntags die Frösche wieder in den Auen quakten und die Weckrufe der Hähne wie immer zu hören waren. Nichts hielt sie davon ab. Nur dass niemand mehr da war, der sie hätte hören können. Vielleicht stand ein Esel am Rand der Wiese, allein, herrenlos, bis zu den Knien im Sumpf. Er wusste nicht, wohin, wusste nicht weiter. Seine Augen waren mit Schlafsand verklebt. Matzel, Matzel, alles war vereitert. Da stand er, der Esel, rührte sich nicht von der Stelle, er hatte niemanden mehr, dem er hätte treu sein können. Katzen. Gänse. Kühe. Klappernde Störche. Hungrig knurrende Hunde. Das Leben an der Donau ging weiter. Wasser fragt dich nichts, hatte Silva mir gesagt, als wir uns zum Abschied in Sophies Restaurant noch einmal gegenübersaßen. Wasser fließt nur, sagte sie, es fließt einfach immer nur weiter, und trägt alles fort. Sie hatte an diesem Tag ein langes blaues Kleid angezogen, ihre blonden Haare fielen ihr tief in den Rücken und sie lächelte. Sie ist so schön, dachte ich, mein Gott, in Amerika wird sie jedem, der ihr in die Augen sieht, auf der Stelle und für alle Zeiten das Herz brechen. Vielleicht sogar das Leben retten.

Ich wusste, dass ich Silva nie wiedersehen würde. An diesen schmerzlichen Zustand des fortwährenden Abschieds hatte ich mich in Paris längst gewöhnt. Kaum war ich neuen Menschen begegnet, brachen sie wieder auf und flogen fort, nach Amerika, Australien, Kanada, um etwas Neues zu beginnen. Anfangs schrieben wir uns alle, aber dann hörte es auf und alle Briefe blieben fast zeitgleich aus. Ich wunderte mich darüber und deutete es solange als Treulosigkeit, bis ich verstand, dass die Anderen jetzt, da sie nicht mehr schrieben, in ihrem neuen Leben angekommen sein mussten. Glück erfüllte mich, und ich war dankbar, dass sie ihr Unterwegssein mit mir geteilt, mich in jenem Moment in ihre Augen blicken hatten lassen, in dem sie nur sie selbst waren: einzelne Menschen, auf dem Weg in ihre Zukunft – ohne die Sicherheit einer festen Adresse, ohne Beruf, ohne schöne Kleidung, nur sie in ihrem Wesen sah ich, nur ihre Münder, ihre Wangen, nur die Farbe ihrer Augen.

Nicht alle in Paris Gestrandeten waren wie Silva auf dem Weg ins Neue. Einige waren aus einem anderen Grund nach Frankreich gekommen und wollten das Alte behalten. Nadeshda und ich suchten immer nach Cafés, weil wir etwas Neues entdecken wollten und wir auf diese Weise auch noch die Stadt erkundeten. Auf einem unserer Spaziergänge machten wir eine merkwürdige Entdeckung. In der Nähe der Bastille stießen wir in einem Bistro auf eine Gruppe von Leuten, die sich Club der Visionäre nannten. Ich kannte diesen Namen, Arik hatte Fotos von den Männern gemacht und sie in einer großen Tageszeitung veröffentlicht. In mediterraner Lautstärke proklamierte die Gruppe ihre sogenannten Visionen. Hier simulierten sie kollektive Anfälle von Nostalgie. Offenbar war keiner von ihnen in den letzten Jahren selbst im Land gewesen, sie hatten den Krieg nicht miterlebt. Der Sprecher des Clubs gab sich weltmännisch und erzählte den anderen, dass er in Sonoma County und in Saint Louis gelebt hätte. Nadeshda und ich sahen uns an und bestellten uns einen Kaffee. Wir wollten beide hören, was der Mann noch über sich berichten würde. Jedes Clubmitglied musste sich vorstellen. Der Sprecher, Zoki Zaritsch, hatte sich Ende der Siebzigerjahre, als man schon längst ins Ausland reisen konnte, aus reiner Langweile zu einem Großonkel nach Kalifornien aufgemacht und blieb erst einmal dort. Doch der alleinstehende Onkel erwies sich als tyrannisch und Zoki nahm Reißaus, landete in Saint Louis als Fensterputzer. Als er von den Unruhen in seiner Heimat hörte, war er gerade dreiundzwanzig Jahre alt. Mit seinen letzten Ersparnissen flog er zurück nach Europa, um zu kämpfen. Aber man ließ ihn nicht einmal ins Land. Alle Männer waren an den Fronten, niemand brauchte mehr Freiwillige. Die belagerte Stadt war unerreichbar. Ein anderer Onkel half Zoki, nach Frankreich zu emigrieren. Er nutzte sein Talent für das Spiel, so seine Worte, besann sich auf seine Fingerfertigkeit und wurde Hütchenspieler. Auf diese Weise kam er an etwas Geld. Immer wieder sprach Zoki in seiner Rede von einem Filmregisseur, den er sehr bewunderte. Er nannte ihn den Großen Meister. Wir wussten, wen er meinte, aber bevor er seinen Namen nannte, fingen alle an, sich mit Sljivovitz zu betrinken. Von Visionen und Sprachen früherer Zeiten war nicht mehr die Rede.

Nadeshda und ich verließen das Bistro, ohne viel darüber zu sprechen. Ich glaube, wir haben damals beide verstanden, dass nur noch Scherben von unserer Vergangenheit übrig geblieben waren. Niemand konnte sie mehr aufheben und zu einem Mosaik zusammenfügen. Die Scherben würden sich immer weigern, im alten Bild eingeschlossen zu sein. Wir sprachen über die Fotos, die Arik von Zoki Zaritsch und seinem Club gemacht hatte. Ich verstand nicht, woher Nadeshda die Bilder kannte, ich fragte auch nicht nach. Vielleicht hatte sie sie in der Zeitung gesehen. Nadeshda hat mir in Paris nicht alles über Arik und sich erzählt. Erst als sie nach Berlin fuhr, gab sie mir in einer merkwürdigen Andeutung zu verstehen, dass sie ihm noch vor der Sitzung mit den blauen Blusen begegnet war.

In Berlin wurde Ezra mein kleiner Freund. Ich nahm ihn auf Spaziergänge mit und er nannte mich immer Ara. Du bist meine Ara, sagte er, Ara, du bist meine große Freundin. Es beruhigte mich, dass er da war, dass es ihn gab, und wenn er angstlos auf große Hunde zuging, machte es mich glücklich, ihn so zu sehen und zu wissen, dass seine Neugier stärker war als die Furcht vor dem unbekannten Tier. Ich dachte an den Tag in Bièvres, daran, dass ich mein Kind nicht wie Nadeshda ihres behalten hatte. Sie hatte an Abtreibung und Adoption gedacht, sich aber für sein Leben entschieden. Es war ihr gelungen, Ilja aus ihrem Kopf zu entfernen und nur an das Kind zu denken. Da hatte sie gespürt, dass sie es behalten musste, obwohl Ilja längst wieder und dieses Mal für immer nach Bakersfield zurückgegangen war. Er wusste nichts von Ezra und hätte ihr, davon ist Nadeshda überzeugt, zu allem geraten, nur nicht dazu, das Kind zu behalten.

Jeden Nachmittag ging ich mit Ezra spazieren. Wenn Nadeshda noch an ihren Büchern schrieb oder Termine in anderen Städten hatte, kümmerte ich mich um den Jungen. Manchmal fuhren wir zur Krummen Lanke, aßen Eis und Fritten am See, das Wasser schimmerte nur so vor lauter Libellenflügel. Es überraschte mich, dass sie Ezra Angst machten. Er spielte gerne mit anderen Kindern, oft blieben wir draußen, bis der Saum der ersten Dunkelheit heraufzog. Dann machten wir uns auf den Weg nach Hause, wo Nadeshda bereits wartete. Ich lieferte den Jungen ab, ließ die beiden allein, und ging noch etwas trinken. Dann wartete ich auf das Herabdrängen der Nacht, die sich an den warmen Tagen wie ein weicher Samtüberwurf auf alles legte. Und wenn ich auf diesen Spaziergängen an Arik dachte, wurde der Nachtsamt pelzig. Meine Haut juckte, und ich eilte wieder nach Hause zurück, bewegte mich mit hastigen Schritten, als ob mir das Dach über dem Kopf einen anderen Schutz in der Welt bieten und mich vor meiner Vergangenheit retten könnte. Ich habe Nadeshda damals nichts von der Sache im Krankenhaus erzählt. Als wir in Berlin darüber sprachen, sagte sie, das hätte alles für sie geändert.

Obwohl ich Arik nach jenem Vorfall nicht mehr über den Weg traute, wollte ich ihn dennoch sehen, ich wollte sein Gesicht anschauen, wenn ich ihm erzählte, was im Krankenhaus geschehen war. Ich glaube, ich hoffte in jenem Augenblick auf ein Wunder, eine Metamorphose. Aber Ariks Gesicht blieb reglos. Wir saßen in seiner Küche an der Place Dauphine und blickten auf die Seine hinunter. Er stand auf, ging zur Anrichte, öffnete die obere Schublade, nahm einen Umschlag heraus und überreichte ihn mir. Was ist das?, fragte ich. Das ist Geld, sagte er. Was soll ich mit Geld? Nimm es, sagte er, es sind dreitausend Francs. Es wird dir bald wieder gut gehen. Ich sah auf den Briefumschlag. Arik strich mir übers Haar. Es tut mir leid, dass du das erlebt hast, sagte er, mit leiser Stimme, wie konnte das geschehen, ich habe immer geglaubt, es sei alles in Ordnung. Ich sah auf den Boden. Er küsste mich auf die Stirn, sagte, dass er mich vermisst habe, warum ich nicht früher gekommen sei und ihn nicht aus dem Krankenhaus angerufen hätte. Ich sah ihn an, kein Wort kam mir über die trockenen Lippen. Wir umarmten uns, legten uns auf den Boden. Die Sonne schien auf unsere Körper. Er strich mir immer wieder über den Kopf, ganz lange und zärtlich, als sei mein Kopf der Grund für meine Einlieferung ins Krankenhaus gewesen. Bald schliefen wir ein. Als wir aufwachten, hatte er es zum ersten Mal nicht eilig, wieder zu seinen Fotos und Bildern zurückzukehren. Arik wollte, dass ich bleibe. Zuerst glaubte ich, mich verhört zu haben. Du könntest bei mir bleiben, wiederholte er, ein paar Wochen oder solange, wie du magst. Ich pflege dich. Und ich mache Tee für dich. Und Suppe. Wir lachten. Und ich blieb ein paar Wochen bei Arik. Ich verstand nicht, dass es falsch war, ich wollte bleiben, um alles mit ihm zu erleben. Arik sagte, beim nächsten Mal werden wir das Kind behalten. Irgendwann verschwand er aufs Land. Manchmal übernachtete er bei einem Verwandten in der Nähe von Versailles, rief von dort an, fragte, ob alles in Ordnung sei, ob ich genug von allem hätte, Milch, Butter, Brot. Ich sagte, ja, ja, alles da, mach dir keine Sorgen. Schließlich kehrte ich zu Hiromi und Nadeshda zurück. Und versuchte, ohne Arik auszukommen, wenigstens in Gedanken. Aber je mehr ich meine Loslösung von ihm ersehnte, desto stärker wuchs in mir der Wunsch, ihn zu berühren, besonders dann, wenn ich an seine Hände dachte. Meine Sehnsucht war ein selbsttätiger Magnet, sie zwang mich, zu ihm zurückzukehren. Jedes Mal bereute ich es dann, dass ich nachgab und mich mit ihm traf, seine Anrufe annahm, wieder bei ihm übernachtete, nur um am nächsten Morgen wie ein Kind fortgeschickt zu werden, damit er keine Zeit verlor und in sein Atelier gehen konnte. Wenn ich einige Tage blieb, flüchtete er aufs Land, um dort zu malen. Das Erschreckende an Arik waren aber nicht seine Handlungen, es war die Beiläufigkeit, mit der er Dinge tat oder unterließ, sagte oder verschwieg.

Den Umschlag mit dem Geld hatte er mir an jenem Nachmittag heimlich in die Handtasche gesteckt, und als ich ihn Monate später in einem Seitenfach entdeckte, war Arik wieder aufs Land verschwunden. An den Markthallen von Châtelet traf ich auf eine Wahrsagerin, die mir die Zukunft vorhersagen wollte. Na gut, dachte ich, was soll schon schiefgehen, vielleicht habe ich gar keine. Über Wahrsagerinnen hatte ich immer nur gelacht, doch dieses Mal interessierte es mich, was die Frau zu sagen hatte. Und als sie die belagerte Stadt erwähnte und seine Wohnung an der Place Dauphine beschrieb, von einem medizinischen Notfall sprach und von einem Mädchen, das ich eines Tages zur Welt bringen würde, unterbrach ich sie und stand auf. Sie verlangte Geld und drohte, mich zu verfluchen, schließlich habe sie in meine abgründige Seele, in ihre Spiegel und Böden schauen müssen. Ich zitterte, sie hatte es geschafft, mir Angst zu machen. Ihr großer Mund kam mir noch größer vor, schien zu wachsen, machte mir Vorwürfe. Sie habe ihre Arbeit gut gemacht. Die sei über alle Maßen anstrengend. Ich beschloss, ihr fünfzig Francs für ihren Monolog zu geben, er hatte acht Minuten gedauert, das schien mir eine angemessene Bezahlung. Ich wollte sie endlich loswerden. Der Schlund schimpfte laut auf mich ein und begann, ja, ich hatte richtig gehört – mich nun scharf zu verfluchen. Ich drückte ihr hundert Francs in die Hand, was dazu führte, dass sie mich auslachte und in drei zukünftige Generationen hinein verdammte. Ob ich denn für immer mein Unglück besiegeln, sie beleidigen, mich auf Kosten anderer Menschen bereichern und mein Geld wie eingelegtes Sauerkraut horten wolle, rief sie, ließ nicht locker, überhäufte mich mit Flüchen. Nach einer Viertelstunde hatte sie mir zweitausend Francs aus der Tasche gezogen. Zu Hause sah ich in den Umschlag. Es waren noch tausend Francs drin. Als ich später Arik traf, war ich geradezu dankbar für die Ruhe, die er ausstrahlte. Ich lehnte mich an seine Schulter und sagte nichts, roch das Waschpulver an seinem Pullover und wünschte mir mehr von dieser Art Frieden.

Jetzt, da ich zurückschaue, fällt mir auf, dass Arik die Ruhe und das Schweigen wie die Aureole eines Heiligen mit sich herumtrug. Niemand durfte ihm zu nahe kommen. Er hat uns eine Haltung wie in der Kirche abverlangt, meint Nadeshda, wenn man Kind ist, ergeben betet und immer einen gebotenen Abstand zum Heiligen hält. Dabei heißt es doch, dass Vater und Sohn eins sind. Seine sakrale Aura wollte aber Arik gar nicht schützen, nur den Mann unter ihr verstecken, der er war: einer, der in Unterwäsche Schnaps aus der Flasche trank. Ich war der genügsame Fisch, der ganz von alleine in sein Netz gehen wollte. Arik verschwand manchmal, ohne sich zu verabschieden. Einmal kehrte er sogar erst nach zwei Monaten zurück und dann kaufte er mir als erstes eine weiche Daunendecke. Er wusste, dass ich nie eine richtig warme besessen hatte. Er war in das teuerste Kaufhaus gegangen und man hatte ihm gesagt, es sei die derzeit beste Decke, die man in ganz Frankreich bekommen könne. Ich war glücklich. Arik sagte, du wirst nie wieder frieren. Damit hatte er sogar recht, aber das lag nicht an der Decke. Sie hat es nicht mit mir nach Berlin geschafft. Ich habe mir eine neue gekauft. Deutsche Decken sind nicht nur genauso warm, sie sind sogar schadstoffgeprüft. Hier gibt es ein Amt, das die hormonellen Auswirkungen von Schadstoffen untersucht. Die neue Decke habe ich sofort ausgepackt. Die ersten Nächte waren aber viel zu warm, und ich habe ein Laken benutzt, wie im Süden.

Auf meinem Küchentisch liegt eine Tageszeitung. Auf der ersten Seite steht, dass Deutschland fünfhundert Euro im Monat für einen Grundschüler und dreitausend für einen Straftäter ausgibt. Ich lege die Zeitung weg und gehe ins leere Zimmer. Etwas in mir verlangsamt sich beim Atmen. Was wohl die Vögel sehen, wenn sie etwas in den Blick nehmen? Ob es einen Unterschied macht, wenn sie auf echte oder nur aufgemalte Reben zufliegen? Vor dem Fenster fliegen die beiden Elstern vorbei. Ich denke zum ersten Mal, dass sie endgültig vorbei ist, die Zeit, in der ich Heimat nur aus dem Koffer kannte. Seit Jahren atme ich nur, um zu überleben. Jetzt will ich an einem Ort bleiben. Ich spüre ihn schon, den anderen Atem. Er kommt aus der Mitte des Lebens und zeigt mir, dass ich nicht mehr davonkommen muss, längst in Sicherheit bin. Diesen Gedanken hatte ich schon einmal in Paris, er kam mir kurz nach Silvas Abreise. Ich ging in diesen Tagen wieder mehr mit Mischa Weisband spazieren. Wir sprachen über Silva, und ich erzählte ihm von den Erlebnissen in den Donau-Auen, von jenem Augenblick des angehaltenen Atems, den sie nie vergessen konnte. Ich weiß, wie es ist, wenn einem der Atem stockt. Jahrelang hat er sich an meinen Stimmbändern gerieben. Mischa sagte, dass wir viel über einen Menschen erfahren können, wenn wir wahrnehmen, auf welche Weise er atmet. Er war überzeugt davon, dass jeder Mensch, den wir treffen, auf eine geheimnisvolle Art ein innerer Teil von uns selbst ist. Mit dem Atem sind wir verbunden, von ihm getragen, weil es nur eine Luft gibt, nur die eine Quelle, aus der wir versorgt werden. Wer bin ich ohne die Quelle, aus der alles kommt? Wer bin ich ohne die anderen? Niemand. Es gibt mich nur so, in einem Zusammenhang mit Menschen, Orten und Landschaften. Aber damals hatte mir Mischas Aussage Angst gemacht. Er sagte, die Spiegel machen dich nicht austauschbar, im Gegenteil, sie machen dich unverwechselbar. Ich glaube nicht, dass ich das in jenen Tagen verstanden habe. Vielleicht war auch mein Fehler, dass ich immer alles durchdenken wollte und davon überzeugt war, über das Denken an eine auf Dauer sättigende Wahrheit zu kommen. Aber lebte ich so? Nein. Ich ließ mich am wenigsten von meinem Kopf leiten. Es war immer mein Körper, der mich in Situationen brachte, aus denen es kein Entkommen mehr gab. Mein Kopf hat Arik abgelehnt. Und meinem Körper ist es zu verdanken, dass ich die Welt nicht mehr in Gut und Böse aufteile. Es stimmt, was Mischa Weisband sagt, niemand kann es fassen, dieses Herz hinter der versteckten Naht. Als mein alter Freund das Geheimherz erwähnte, nannte ich ihn einen Dichter. Nein, sagte er mit schelmisch blitzenden Augen, er sei kein Dichter, sondern ein Dieb, das habe einmal einer seiner Lieblingsschriftsteller gesagt. Schelmisch lächle ich jetzt, in Erinnerung an ihn fällt mir ein, dass mich damals nichts so beeindruckt hat wie Mischas Satz von den zubeißenden Gedanken: Ich will keine zubeißenden Gedanken mehr, ich will Gedanken, die den Atem erleichtern. Vielleicht hat er auch das von seinem Lieblingsschriftsteller gestohlen? Bis heute liebe ich Mischa für seine Fähigkeit, die Dinge nicht zu ernst zu nehmen und genau daraus die Leichtigkeit für das Wichtige zu ziehen. Er ist das Gegenteil eines gleichgültigen Menschen. Und Arik? Es war vielleicht gerade seine Gleichgültigkeit, die mich und Nadeshda ansprach, wir wollten seine Kruste aufbrechen, sie berühren, ihn aufrühren. Wie viel Aufmerksamkeit aber verdient Arik noch? Das hat Mischa Weisband mich immer wieder gefragt, wenn meine Gedanken um die Zeit an der Place Dauphine kreisten. Er wartete meine Antwort nicht ab. Gar keine, sagte er. Nadeshda ist hier, sie ist deine Freundin, sie ist es trotz allem immer gewesen. Er sprach, wie es seine Art war, ganz langsam, als hätte nichts Eile, nichts eine Dringlichkeit, als sei für alles Zeit genug.

Das Vögelchenzimmer muss gestrichen werden, in einem ganz hellen Blau. Vielleicht hilft mir das Blau, zu neuem Atem zu finden. Die Gedanken kennen keine Zeit. Mein Gedächtnis springt mich wie ein wildes Tier an. Es kommt mir im leeren Zimmer wie ein uraltes Gefängnis vor, das alle seine Zellen zeitgleich öffnet, die Gedanken reiten auf unzähmbaren Pferden davon. Sie gehören mir nicht. Die Pferde. Die Gedanken. Die Atmung stockt. Es ist mir unmöglich, hier nur zu sitzen, wenn die weißen Wände mich wie die Ewigkeit anstarren. Das Weiß blendet mich, es kommt meinem Denken und meinem Abschied vom Denken wieder und wieder dazwischen. Ich muss das Zimmer blau anmalen. Nadeshda hat versprochen, Farbe zu besorgen. Das war von Beginn an ihre Aufgabe – Farbe in meinen Alltag zu bringen. Sie ist immer das hellere Leben. Sie kann über alles reden. Über das Vergessen. Und über das Erinnern. Nadeshda kann alles von Innen ins Außen hinüberretten, ohne es durch Worte zu zerstören. Im Gegenteil, manchmal habe ich bei Nadeshda das Gefühl, dass ihre Sätze kleine Rettungsanker und Vorratslager für ihren inneren Frieden sind. Sie setzt ihre Kommas und Punkte so, dass sie jeden kleinen Kranken mit ihrer Syntax heilen kann. Ihr eigener Atem. Sie hat ihn gefunden. Seitdem sie Ilja verlassen hat und sie ihr Kind aufzieht, ist sie noch schöner geworden. Für Nadeshda ist die Sprache das, was für mich mein leeres Zimmer ist. Meine Rettung kommt nicht durch die Sprache. Anfangs tat mir im Vogelzimmer jeder erinnerte und erinnernde Satz körperlich weh. Und jetzt, wenn alles still ist, überfällt mich die Wucht der Imagination. Der neue Atem führt zu neuen Fragen. Die vergangenen Tage brechen aus den Gefängniszellen meines Kopfes aus, schieben den neuen Atem an, schlittern aus dem Gedächtnis in meine Stirn und direkt in mein Denken hinein. Es pocht in der Stirn, in dem Kopf, an den Schläfen. Das Pochen wird immer lauter. Ich wehre mich, so gut ich kann, ich will mich aufbäumen gegen das alte Picken. Jeden Tag, alle Tage – die Angst überwinden. Die Aussetzer. Die Lücken. Aber der geübte Vogel pickt in meiner Stirn, pickt nach den Samenkörnern meines Lebens. Ich werde die Türen offen halten. Ich werde die dunklen Zimmer nicht schließen. Ich werde hier, in dieser neuen Wohnung, in diesen neuen Räumen das Sehen erlernen. Mischa und Nadeshda sagen, dass das Sehen alles ändert. Sie beim Wort nehmen, das will ich tun. Ich mache die Augen zu, das Vögelchenzimmer habe ich gerade geputzt. Es ist friedlich in meinem Kopf. Das Picken kommt wieder. Ich spüre, wie es sich in mein Denken drängt, mich zwingen will, den Lücken auszuweichen. Menschengesichter, ich sehe sie, alle, die mir einmal begegnet sind, wie viele werden es gewesen sein? Ich versuche, sie zu zählen. In der Schulzeit bleibe ich stecken. Zu viele Menschen. Gesichter aus der Kindheit und Jugend, Gesichter aus Paris. Ihre Körper erscheinen vor meinem inneren Auge, ihre Geschichten, all die kleinen Dinge, Sätze und Situationen, die mich mit ihnen verbunden oder von ihnen getrennt haben. Sogar der Club der Visionäre taucht auf. Zoki Zaritsch, der auf seine Greencard verzichtete, um in den Kampf zu ziehen, ich sehe ihn vor mir, mit erhobener Hand lobt er den Großen Meister, einen Regisseur, dessen Filme er anpries und der eine Vorliebe für Diktatoren hatte. Und Silva, die jetzt in einem Restaurant in Saint Louis für hungrige Amerikaner kocht, sie fällt mir auch immer wieder ein. Ich sitze da und schaue dem Gefängnis in meinem Kopf zu. Ich mache die Augen auf. Und wieder zu. Das Vögelchenzimmer ist da. Es wird bleiben. Diese beruhigende Leere wird mich jeden Morgen begrüßen. Ich spüre das Gewicht, das die Bilder in mir hinterlassen haben, und stelle mir vor, dass ich sie alle in Koffer packe. Sie verstaue. Ich werde wieder und wieder in jeden Koffer hineinsehen. Und mir überlegen, ob ich all das, was sich in ihnen verbirgt, noch brauche. Vielleicht sehe ich zum ersten Mal alles so genau, weil es still ist, weil ich noch nie eine solche Stille erlebt habe, weil in den letzten zwanzig Jahren alles um mich herum laut war. Der Abschied. Die Belagerung meiner Geburtsstadt. Der Tod meines Vaters. Der unaussprechbare Tod. Sein Tod. Ich kann nie über ihn reden. Jedes Mal, wenn ich es versuche, verschlägt es mir die Sprache. Und der Tod meiner Brüder. Mein Weiterleben. Das Absterben der eigenen Kindheit. Und Jugend. Und der ersten Liebe. Ilja, der mir den ersten Kuss meines Lebens gab, dieses Lebens, das ein Leben im Frieden war. Die Synagoge. Iljas Geschenke, die Murmeln. Und dann, am Ende, mit Vehemenz, auch das vorläufige Absterben der ersten Wörter, Sätze, der Sprache, die sich zurückgebildet hat wie ein Mensch, der im Alter immer kleiner wird. Nur die Ohren wachsen weiter. Was ist vom alten Steigbügel, Hammer und Amboss übrig? Erst war es leicht gewesen. Ich konnte ohne das Gedächtnis der erstbenutzten Wörter leben. Ohne ihre Archive kam ich gut aus, konnte weiteratmen, auf Bedeutungen verweisen, die jetzt ohne mich auskamen, so wie die deutschen Wörter lange Zeit ohne Mischa Weisband und seine alten Erinnerungen ausgekommen waren.

Neulich im Supermarkt hat mich ein altes Wort hinterrücks überfallen. Es war einfach da, hatte sich nach vorne gedrängt, seine Schichten von Staub hatte das Wort abgeschüttelt und mich überrascht. Kurz darauf konnte ich ein paar Adjektive nicht mehr erinnern, was ein Zittern in mir auslöste, eine neue Lücke entstand, und ich bekam ungeheure Angst vor dem Vergessen. Und das Zittern legte sich über meine neuen Sprachen, es legte sich einfach quer, alles war mir entfallen.

Der Vorfall im Supermarkt hatte mir gezeigt, wie wenig es brauchte, in den Sog des Vergessens zu geraten. War es das, was Nadeshda meinte, als sie sagte, dass wir das Vergessen erlernen müssen? Aber was trennt mich von dem einen, was verbindet mich mit dem anderen Wort? Ist es etwas, das mit einer Urschicht der Töne gekoppelt ist? Und warum hören sie nicht alle Menschen, alle Tage, ihr Leben lang? Das alte Archiv der Wörter, dem meine Abkehr egal war? Stimmen geliebter und ungeliebter Menschen. Sie sind auch da. Aber was heißt das genau? Ist es überhaupt möglich, sich an Stimmen aus der Vergangenheit zu erinnern? Vor ein paar Tagen war ich mir ganz sicher, dass das geht, dass es nie vorbei sein wird, weil die Erinnerung eine solche Lücke niemals zulassen würde. Aber ich weiß nicht einmal mehr, wie sich meine Brüder angehört haben, und wie meine eigene Stimme als Kind klang, welche Farbe Ariks Stimme hatte, wenn ich bei ihm war. Und wie mochte Hiromis Stimme jetzt klingen, wenn sie nur noch Japanisch sprach? Hiromi, die mich in ihrer Güte nicht nach dem Krankenhausaufenthalt ausfragte, die mir einfach zuhörte. Stimmen, diese wandlungsfähigen Rätsel, woher kommen sie eigentlich? Manchmal sehe ich einen Menschen an, und ich höre seine Stimme, und sein Mund bewegt sich verlangsamt, und sein Gesicht sieht aus wie ferngesteuert.

Ein weit größeres Rätsel sind aber immer die Stimmen von früher. Das Ohr verweigert sie mir. Es kennt keine Grammatik. Das Geräusch des Meeres legt sich über die Syntax. Wie oft ist etwas in meinem Leben vorübergegangen? Wie viele Menschen habe ich bisher kennengelernt? Wie viele von ihnen erinnern sich an mich, an ein Lächeln von mir, an einem Sommertag, in einer Nacht? Wie viele Küsse habe ich anderen gegeben? Wie viele Umarmungen habe ich zugelassen? Wie viele Fingerkuppen habe ich betrachtet? Wie viele Ohren? Augen? Münder? Wie viele Briefe habe ich erhalten, wie viele habe ich geschrieben? Wie oft habe ich Mischa Weisband, meiner Tante Mila, meiner Tante Sofija, meinem Onkel Milan Glück geschenkt? Wie oft habe ich Hiromi zum Lachen gebracht? Wie viele Beziehungen habe ich verabschiedet? Wie oft habe ich mit Menschen gebrochen? Wie viele Male war ich mein eigener Prinz Jussuf von Theben? Wie viele Lieder habe ich für andere gesungen? Wie viele Tische waren mein Eigentum, das Eigentum meiner Familie? Wie viele Liebesbriefe habe ich geschrieben? Wie viele Briefkästen in wie vielen Städten und Ländern waren mit meinem Namen beschriftet? In wie vielen Sprachen habe ich von Berührungen geträumt? (Von Nähe und Hunger, von Sex und Liebe.) Wie viele Seen habe ich schon aus der Ferne entdeckt? In wie viele Flüsse bin ich getaucht? Wie oft bin ich gegen den Strom geschwommen; in einem Fluss; im Leben? Wie vielen Menschen habe ich Pflege in Krankheit und Not versprochen? Wie viele dieser Versprechen habe ich gehalten? Wie viele Bücher haben mein Leben verändert? Wie viele Worte habe ich mir ausgedacht, um anderen etwas zu sagen, das ihnen keiner vor mir und keiner so gesagt hat wie ich? Wie viele Städte habe ich allein besucht? Wie viele mit einem anderen Menschen? Kann ich mich an die Falten um Mund und Augen meiner Großmutter aus Istrien erinnern? Habe ich je etwas von ihrem Kummer mitbekommen? Konnte ich ihre Falten jemals zählen? Oder habe ich sie immer nur als etwas Ganzes, als einen Teil ihres Lächelns, ihrer Lächelgewohnheiten gesehen? Oder habe ich es doch getan, als Kind, und kann mich nur nicht mehr erinnern, was meine Zählung ergab? Warum habe ich mich nie bei meiner Mutter beschwert, warum habe ich ihr nie widersprochen und Vater meine Kleider abnicken lassen? Warum war ich ihre Puppe und habe doch selbst nie mit Puppen gespielt? Und warum fällt es mir schwer, mich an meine eigene Feigheit zu erinnern, an Dinge in der klaffenden Lücke, die ich nie aussprechen werde, da die Zeit für sie für immer vorbei ist? Wie oft habe ich als Mädchen überhaupt gelacht?

Es gibt die Fotos. Sie beweisen das mit dem Auge gelebte Leben. Oder sind Fotos nur Lückenfüller für ein Gedächtnis, auf das wir uns alle einmal geeinigt haben? Und das ausgelegt ist mit vielfältigen Gerüchen, die vom Wesentlichen ablenken? Schafgarbe, Lavendel, Bockshornklee, Blüten, Blüten, Blüten – in Istrien. Ein für allemal sind sie unterwandert von Klängen erster Chansons, Lieder, Geburtstagsständchen – wie also an den Grund kommen? Wie der Zählung der Sanduhr entkommen? Das Rieseln verbirgt sich in allem. Die Uhrzeiger gehen mit. Tick. Tack. Tack. Tick. Matzel. Matzel. Schlafsand in meinen Augen. Ein Stein fällt in eine Zisterne, die Glocken läuten, ein Kind schreit um sein Seelenleben (bin ich dieses Kind, das schreit und das von niemandem gehört wird?). Eine Hand gibt ihm eine Ohrfeige; erfolgreich, seine Tränen sterben. Nur ein Hund ist Zeuge. Stumm. Und wenn er sprechen könnte, würde er nicht reden. Schicksalsnähte entstehen immer in Abschieden. Der Hund läuft über die Straße. Die Luft surrt vor Insekten. Reifen quietschen. Hochsommer. Stechende Hitze, die Heimat der Schlangen. Erinnerung und Gegenwart. Erweckungen. Tarnungen. Verdunkelungen. Raum für Raum ein neues Leben, ein Unterleben. Das Vögelchenzimmer muss mein Helfer werden. Die Klänge sortieren im Zurückdenken ihre Bedeutungen. Ein stark abgekühltes Denken überkommt mich und mit ihm der Wunsch, die Bilder doch für alle Zeiten zu ersticken. Warum? Als Antwort fällt mir nur eine andere Frage ein: Wozu noch Satzzeichen, wenn wir doch am Ende ins Vergessen driften?

Das Vergessen hat ein Tempo. Die Satzzeichen sind Brücken. Ruhige Vögel. Auf einem Ast sitzend. So wie ich in meinem leeren Zimmer auf dem Boden. In der Stadt, im Dachgiebel singen die Vögel. Sie wünschen sich nichts. Oder doch? Sie zwitschern so laut, dass es zwecklos nicht sein kann. Aber warum zwitschern sie? Was sagen sie? Meisen. Amseln. Rotkehlchen. Feldlerchen. Zaunkönige. Singdrossel. Bachstelze. Zilpzalp. Hier ist mein Revier. Das sagen sie, in den frühen Morgenstunden, wenn wir noch schlafen, wenn wir noch träumen, anderswo sind und Ausschau halten nach einem anderen Leben, auf einem anderen Planeten, Traum für Traum. Die Vögel besprechen ihren Ort, sagt Mischa. Und im Frühling beherrschen sie noch immer nicht die Syntax der Menschen, aber sie singen sich ihre Vogelhochzeit ohne Diskussionen herbei. Vielleicht sind unsere Satzzeichen die Pausen auf dem Weg zu einem ureigenen Atem, der direkt hinter den Stimmbändern auf uns wartet. Im Anfang. War das Wort. Das uns alle beschützte. Vor der Unermesslichkeit der Welt ist nur im Anfang Rettung. Wenn wir den Anfang verraten, sind wir verloren. Das Ende schließt sich im Kreis. Wird zum Beginn. Und auch das Wetter kommt und geht. Aber das Licht bleibt. In der Kammer, die meine Erinnerung ist, wird es hell, weiß, weit und leise. Der Baum wächst nach oben. Aber auch nach unten. So bin ich dem Sommer und seiner Güte anheimgegeben. Eingestillt. Das Atmen wird leichter.

Das neue Leben wartet nicht in der Vergangenheit. Die Zeit, sie ist eine Kofferträgerin, eine Freundin also, dieses Mal. Der Weg führt ins Ungewisse. Es wächst bei jedem Vergehen immer noch der Baum in die Zukunft, wir wissen es, nichts wird bleiben und alles wird bestehen. Ins Unsichtbare hinein gehen die wissenden Schritte. Die Dielen leuchten honigfarben. Ich bin am Leben. Ich bin. Komm mit, die Zukunft wartet. Sie ist da. Überall. Hinter dem Gatter der Kindheit und an einer Brücke über der Seine, unter einem Maulbeerbaum in Charlottenburg, in deiner Küche, am alten Kirschholztisch, auf dem Balkon, unter den forschenden Blicken der eiligen Schwalben.

vierter tag

Heute musste ich weinen. Unten, auf der Straße. Vor allen anderen Leuten, die auch da standen. Ich war die einzige. Nicht einmal die Besitzerin des kleinen Hundes ließ sich dazu verleiten. Zum ersten Mal seit Jahren flossen mir die Tränen die Wangen hinunter, ohne dass ich irgendetwas tun konnte. Als ich den Hund sah, musste ich an Arik denken, an den Abschied, der mir selbst nach dem ersten Krankenhausaufenthalt und der Sache mit dem Umschlag nicht gelungen war. Irgendwann bin ich dennoch zu ihm gezogen. Die meisten Sachen ließ ich aber bei Hiromi und übernachtete auch zwischendurch immer wieder bei ihr. An der Place Dauphine lebte ich in Ariks Räumen, die voll mit seinen Dingen, Büchern, Erinnerungen, Postkarten waren. Ich sah mir nichts genauer an, aber es war nicht zu übersehen, dass kein Platz für mich und meine Dinge war. Ein paar Wochen später räumte er ein Zimmer mit Blick auf die Seine für mich. Und zwei Jahre lang wohnten wir zusammen. Immer wieder verschwand Arik für ein paar Tage, flüchtete sich aufs Land, kam dann unangekündigt und glücklich zurück. Und wenn er da war, schliefen wir wie Kinder zusammen auf dem Teppich in der Sonne ein, Arm in Arm, gingen auf den Markt, kauften viel zu süße Marmelade und fuhren an den Wochenenden in die Bretagne, ans Meer, wo Arik eine Wohnung gekauft hatte. Eines Tages brachte er einen Hund mit und wir lernten auf den Spaziergängen mit ihm alle Leute aus der Nachbarschaft kennen.

Wir nannten den Hund Gustave und er war klein und schwarz und schön wie ein vollkommener Knopf. Wir aßen Muscheln und gingen stundenlang mit Gustave spazieren. Ich las von morgens bis abends Bücher. Wir ließen einige unserer Sachen in der Bretagne. An die Universität ging ich schon lange nicht mehr regelmäßig. Hiromi sah ich, wenn ich in Paris war, in den Seminaren und nachts brachte sie mir noch immer alles bei, was sie an den Nachmittagen in der Modeschule lernte. Ich war sehr gerne ihre Schülerin.

Wenn Arik und ich am Meer waren, sprang seine Nähe fast immer in sofortige Zärtlichkeit über. Er ging einkaufen, brachte frische Pasta, Karotten, Zwiebeln und Muscheln mit, und wir blieben den ganzen Abend auf dem Balkon und aßen, bis wir müde wurden. Manchmal ging ich morgens allein an den Strand, nahm Gustave mit, der die Wellen anbellte. Das Lachen und Laufen erschöpfte mich. Ich hinterließ Fußabdrücke im Sand und dachte an die Sommer in Istrien, an das einfache Glück, das einem nur Wasser und Sand schenken kann. Irgendwann fiel mir auf, dass ich zunahm. Arik sagte, wir behalten das Kind, es ist ein Meereskind, ein Kind der Bretagne. Er ging gleich los und kaufte alles für das Kind, den Kinderwagen, das Bett, die ersten Hosen. Dabei wussten wir nicht einmal, ob es ein Mädchen oder ein Junge werden und ob dieses Mal überhaupt alles gut gehen würde. Als Arik dann sogar mit

Schuhen auftauchte, fiel mir die geschäftstüchtige Wahrsagerin jenes traurigen Tages an den Markthallen ein, die mir an die zweitausend Francs abgeluchst hatte. Es war das unverdaute Unglück von damals, das durch die Erinnerung an sie wieder in mich eintrat. Ich erzählte Arik von dem Briefumschlag, dem Geld und dem wilden Blick der Frau, die mich in nur wenigen Minuten paralysiert und wie eine Warze besprochen hatte. Sie hatte mir das Geld aus der Tasche gezogen und vorausgesagt, dass ich wieder schwanger werden und ein Mädchen bekommen würde. Er sah mich wütend an. Und wird es ein Mädchen?, fragte Arik ungehalten. Er war den ganzen Tag fort gewesen, wirkte jetzt teilnahmslos, erschlagen, als hätte er in diesem Moment zum ersten Mal verstanden, dass er wirklich Vater werden würde. Dass es einen anderen Menschen geben sollte, der es vor ihm gewusst hatte, nahm ihm auf eine rätselhafte Weise die Vitalität. Seine Begeisterung hatte sich in Luft aufgelöst. Er ließ den Kopf wie in Trauer fallen, auf eine Art, als hätte ihm die Wahrsagerin das Anrecht auf die Vaterschaft aberkannt. Ich hatte das Gefühl, im Wasser zu stehen und mich nicht mehr von der Stelle rühren zu können.

Ich wusste nicht, wohin mit meinen Augen, da fiel mein Blick auf den Spiegel. Das Meer war in ihm zu sehen. Wir wollen es so sehr, dachte ich, wir wollen uns lieben, wir wollen, dass es gut wird, dass wir uns endlich Liebende nennen können, nicht nur vor den Anderen, sondern auch vor uns selbst. Arik fuhr abrupt zurück nach Paris und nahm, ohne mich zu fragen, Gustave mit.

Ich blieb am Meer. Als ich einige Tage später an die Place Dauphine kam, war Arik nicht da. Er hatte mir auch keine Nachricht hinterlassen. Ich ging zu Hiromi und erzählte ihr wieder keine Einzelheiten, nur dass Arik den Hund mitgenommen hatte, wahrscheinlich auf eine Reise, erwähnte ich. Hiromi packte einen Stoff mit einem Vogelmuster aus und sagte, ich nähe dir ein Kleid mit winzigen Schwalben. Auf den ersten Blick sah das Muster wie ein bewegtes Meer aus. Es wurde ein sehr schönes Kleid, anfangs war es viel zu weit für mich. Aber nach zwei, drei Monaten passte es perfekt und noch heute kann ich es mit einem Gürtel tragen. Wo ist Nadeshda, fragte ich und Hiromi sagte, sie sei für ihr neues Buch zu einer Recherche aufgebrochen, Chicago sei der letzte Ort gewesen, von wo sie sich gemeldet habe, nun sei sie wohl auf dem Weg nach Bakersfield, Kalifornien.

Hiromi und ich gingen fast jeden Tag in das kleine Restaurant zu Sophie, und Mischa Weisband kam mit seiner Dora dazu. Von Arik keine Spur. Nach zwei Wochen rief er an, er klang nahezu fröhlich. Er war in Norwegen. Es gehe ihm gut, meinte er, Wandern sei das Beste für ihn. Das ist mein Sport, sagte er, ich bin stundenlang immer nur gegangen. Es sei schön gewesen, an die eigenen Grenzen zu kommen und müde zu werden. Wirklich müde, Arjeta, verstehst du? Ich sagte, ja, sagte zwei Mal, dass ich das verstehe. Am folgenden Tag trafen wir uns in einem Café in der rue Bonaparte und aßen eine Kleinigkeit zu Mittag. Ich fragte nach Gustave. Er ist in Norwegen geblieben, sagte Arik, ich habe ihn verloren. Ungläubig sah ich ihn an. Du hast Gustave verloren? Ja, sagte Arik, aber so dramatisch ist das nicht, Tiere sind schlau, sie suchen sich ihre Herren selbst aus und nicht umgekehrt, das ist nur das, was wir alle denken.

Ich konnte es nicht begreifen, dass er Gustave nach zwei Jahren einfach so aufgegeben und offenbar nicht einmal nach ihm gesucht hatte. Als ich wortlos aufstehen wollte, zog er mich zärtlich an sich, komm, sagte er, was ist denn mit dir, komm doch wieder nach Hause. Ich weiß nicht, wo mein zu Hause ist, sagte ich, bei dir ist es wahrscheinlich nicht. Dummkopf, sagte er, wie kannst du so etwas Dummes sagen. Ich schloss die Augen und wusste nicht, ob ich bleiben oder gehen sollte. Bei mir, sagte er, du bist bei mir zu Hause. Ich wusste, dass das nicht stimmte, auch wenn es schön klang und in jenem Moment auch ehrlich. Aber immer wenn Arik so etwas sagte, klang es schön und ehrlich und das war das sichere Zeichen, dass er bald wieder fliehen würde. Er hielt es nicht lange an einem Ort aus. Mit der Zeit hatte ich die mathematische Präzision seiner Fluchtbewegungen begriffen, hatte verstanden, dass auf die zärtlichen Momente immer ein Ausbruch folgte. Dann fuhr er entweder zu seinem Onkel Clément oder reiste unangekündigt ins Ausland. Es waren Fluchten eines Eingesperrten, die er brauchte, ohne die er nicht hätte weiteratmen können. Er war wie ein gejagtes Tier, getrieben von einer sonderbaren Kraft, die ihn blind für seine Umgebung machte. Einmal zog er sich mitten in der Nacht eilig an, kurz nachdem wir uns geliebt hatten, ging weg, ohne ein Wort zu sagen. Was sollte ich tun? Ihn verlassen, von ihm fortgehen, Reißaus nehmen? Das wollte ich. Aber wohin dann? Wohin hätte ich gehen können? Wohin geht ein Mensch, wenn er nichts mehr zu verlieren hat? Wieder in ein neues Land? Der Gedanke war verlockend. Aber ich wollte bleiben und Arik verstehen. Als Nadeshda von ihrer Rechercheireise zurückkam, merkte ich, dass ich mich aus der Verlorenheit, die von Arik und unserem Leben ausging, nicht mehr retten konnte. Ich erzählte ihr zu meiner eigenen Überraschung an diesem Nachmittag alles über Arik und mich. Ihre Miene verdunkelte sich und sie fing an zu weinen. Sie umarmte mich zitternd, fühlte sich warm an, wie eine meiner Katzen aus den Kindheitssommern bei meiner Großmutter. Nadeshda bat mich unter Tränen, mit ihr nach Berlin zu gehen. Aber Nadeshda, ich bin schwanger, ich kann doch jetzt nicht fortgehen. Vielleicht ändert das Kind etwas, sagte ich, und glaubte meiner eigenen Stimme nicht. Ich hatte Angst, wollte es behalten, und doch spürte ich in mir eine Gleichgültigkeit dem Kind gegenüber, die mir Sorgen machte. Nadeshda sah mich eindringlich an. Denkst du, dass du ihn so ändern kannst, fragte sie. Ich schwieg. Sie hatte etwas in mir getroffen, das ich mir selbst noch nicht eingestanden hatte. Du wirst Arik nie ändern können, sagte Nadeshda, niemand kann das tun, ich weiß, wovon ich rede. Schon gar nicht die Liebe wird das können, erst recht die Liebe nicht, und schon gar nicht euer Kind, gerade das Kind nicht! – das einzige, was dieser Mann kann, ist, sich jedem zu entziehen, der ihm zu nahe kommt. Du, Arjeta Filipo, du bist ihm zu nah. Und du bist nicht stark genug, so etwas zu überstehen. Ich wusste nicht, warum Nadeshda mir all das sagen konnte. Aber es fühlte sich richtig an. Ich hörte an jedem ihrer Worte, dass es stimmte und wusste, dass Arik immer so bleiben würde, ein Mann auf der Flucht vor sich selbst. Er suchte nur nach Nähe, um sich wieder abstoßen und fortgehen zu können, in eine noch weitere Ferne. Ich glaube, ich stellte mir damals vor, dass unser Kind tatsächlich etwas an ihm und für ihn ändern würde, dass ein Kind das nicht automatisch macht, musste ich später am eigenen Leib lernen.

Ich war im vierten Monat schwanger. Nadeshda ließ mich nicht mehr aus den Augen. Wir trafen uns jeden Tag. In dieser Zeit träumte ich zum ersten Mal den Marienkäfertraum. Und als ich dann das Kind zur Welt brachte, kam Arik nur kurz im Krankenhaus vorbei. Ein Junge also, sagte er, ist es geworden. Ich hätte lieber ein Mädchen gehabt, fügte er leise hinzu. Ich schwieg und sah ihn nicht an. Es ist aber ein Junge geworden, sagte ich. Dein Junge, sagte Arik, du wolltest unbedingt einen Jungen haben. Du wolltest unbedingt ein Kind, sagte ich, und er sagte, ich will mich nicht streiten, aber wenn du mich brauchst, ruf mich einfach an, ja? Ich fahre ans Meer, ich habe an einem neuen Bild noch einiges zu tun. Melde dich oder komm mit, wenn du willst. Er küsste mich auf die Stirn und ging. Als die Tür zuschlug, wusste ich, dass er mir dieses Mal mit seiner Kälte geholfen hatte und ich nicht mehr zu ihm zurückkehren würde.

Hiromi und Nadeshda kamen mich im Krankenhaus besuchen. Meine Verwandten kamen mit Geschenken. Auch Mischa Weisband machte mir mit einem großen bunten Blumenstrauß seine Aufwartung. Als ich aus dem Krankenhaus kam, eröffnete Nadeshda mir, dass sie beschlossen hatte umzuziehen. Ich gehe nach Berlin, sagte sie, ich habe schon eine Wohnung gemietet. Und zwei Wochen später war sie fort. Insgeheim wartete ich doch noch auf Ariks Anruf. Aber er ließ nichts von sich hören. Ich ging mehrmals in die Wohnung an der Place Dauphine, nahm, was ich von meinen Sachen tragen konnte, mit. Hiromi half mir mit allem, sie richtete in Nadeshdas altem Zimmer alles für das Kind ein, nähte Kleider für mich und für den Jungen. Nadeshda meldete sich lange gar nicht aus Berlin und rief dann irgendwann mit Neuigkeiten an, sagte, komm doch auch nach Berlin, ich will nicht, dass du in Paris lebst, hörst du? Ich wusste nicht, was mit ihr los war, warum sie so fluchtartig abgereist war. Sie hatte in Berlin sogar eine Arbeit für mich gefunden. Nadeshda hatte zwar immer wieder darüber gesprochen, dass sie es nicht lange in Frankreich aushalten würde. Aber mir war das wie eine kleine, vorübergehende Lustlosigkeit vorgekommen. Und ich hätte nie gedacht, dass sie tatsächlich gehen und uns alle zurücklassen würde. Was aber hielt mich nun überhaupt noch hier? Hiromi plante bereits ihre Rückkehr nach Japan,. in ein paar Monaten würde auch sie fort sein. Und was sollte ich in Berlin tun? Ein Theater am Kurfürstendamm sucht noch eine Mitarbeiterin für die Kostümbildnerin, sagte Nadeshda, du kannst, wenn du willst, schon in zwei Monaten anfangen. Ich wollte darüber nachdenken, wusste aber nicht, dass Nadeshda schon längst in meinem Namen zugesagt hatte. Als wir auflegten, dachte ich, dass sie verrückt geworden ist. Das Kind in meinen Armen kam mir immer fremder vor, so klein und weit von mir und meinem Leben entfernt. Was konnte ich für dieses Wesen tun? Wie würde ich es bloß nur lieben können, wie machten das andere Frauen? Ich wusste nicht, ob es wirklich stimmte, dass jede Mutter sofort das Neugeborene liebt, und wenn ja, war ich eine Ausnahme? Das Kind war zu früh gekommen und im Krankenhaus hatte man es mir fast zwei Wochen vorenthalten. Erst vor kurzem habe ich gelesen, dass Mütter, die ihr Kind nach der Geburt sofort in die Arme schließen, so gut wie nie einer Adoption zustimmen würden.

Unten auf der Straße überfällt mich die Erinnerung an die Augen des Kindes. Ich habe es weggegeben. Es hatte blaue Augen. Die Augen von Arik. Ich habe es weggeben müssen. Der kleine Hund ist tot. Wie gelähmt stehe ich vor dem toten Tier und Entsetzen erfüllt mich. Das letzte Mal habe ich geweint, als ich die Papiere für die Freigabe meines Kindes zur Adoption unterschrieben habe. Danach habe ich nie wieder geweint, auch nicht, als Mischa Weisband kam und mir half, den Jungen nach Bièvres in die rue Léon Mignotte zu seinen neuen Eltern zu bringen. Es war ein regnerischer Tag, der Regen und die Tränen, die ich hinunterschluckte, passten gut zusammen.

Alles in mir wehrt sich, an die Zugfahrt von damals zu denken, an das kleine atmende Bündel in meinem Arm und daran, dass wir länger als vorgesehen in Meudon Val-Fleury gewartet haben und später von Clamart aus noch ein Stück zu Fuß gegangen sind, bevor wir schließlich in den Bus nach Bièvres umstiegen. Ausgerechnet an jenem Tag gab es Streik, die meisten Vorortzüge fuhren nicht. Es hätte alles viel schneller gehen können, die Hinfahrt, die Übergabe, die Rückfahrt. Als wir in Paris einfuhren, regnete es. Mischa saß am Fenster, hielt wortlos meine Hand und sah nach draußen. Er hätte mein Vater sein können. Ein weißhaariger alter Mann, der freundlich lächelte. Hiromi kochte am Abend eine Suppe für mich. Wochenlang lag ich im Bett und dachte an Arik, an seine Kälte, die letzten Sätze, die er zu mir gesagt hatte. Er hatte das Kind nicht einmal angesehen. Er hat einfach nur irgendetwas geredet und ist dann gegangen. Unser Sohn ist im letzten Monat vierzehn Jahre alt geworden. Noch immer rechne ich nach. Ich weiß auf den Tag genau, wie alt er ist.

In Berlin regnet es heute nicht wie am Tag der Bündelübergabe. Es ist ein sonniger Sommertag. Ein kleiner Hund ist heute in meiner Straße überfahren worden. Ein kleiner schwarzer Hund, den die Besitzerin, noch kurz bevor die Reifen quietschten, Viola oder Lola und dann mit einem Wort wie Stein gerufen hat. Ich weiß nicht mehr, wie der Name war, mit dem sie das Tier zu sich rief. Nur ihre Stimme, die schon von ihrer panischen Suche Kunde hatte, ist mir noch im Ohr. Eine Panik, die sich der Frau bereits bemächtigt hat, als sie noch nicht wissen kann, dass sie das Tier für immer verloren hat. An das Nichts. Oder an einen Gott, der nicht einmal einen Bauch hat, der niemanden in sich aufnehmen kann. Auch Viola oder Lola oder irgendetwas mit Stein nicht.

Als ich das Tier auf der Straße verenden sah, fühlte ich mich wie an jenem regnerischen Tag in der rue Léon Mignotte, als hätte man mir meinen Namen zweigeteilt oder als hätte ich unten auf der Straße einen oder mehrere Buchstaben meines Namens verloren und den Rest nicht mehr sinnvoll zusammensetzen können. Weil die Buchstaben sich mir entzogen haben, weil sie bei dem toten kleinen schwarzen Hund waren. Ich höre die Stimme meiner Mutter, in meiner Erinnerung tönen ihre Worte nach. Ara, Ari, Arjeta, ach Liebes, wo bist du nur bloß wieder? Das sagt Mutter in meinem Gedächtnis, das in diesem Augenblick mein An-sie-Denken ist. Hatte sie jetzt in diesem

Moment eine eigene, eine wirklich tönende menschliche Stimme? Oder war es meine eigene Stimme, die an ihre Stelle trat? Wo war ich nur immer, wenn sie mich in der Kindheit brauchte und so nach mir rief? Die Abfolge ihrer Kosewörter. Sie ist immer die gleiche. Ein Singsang, der mich manchmal beruhigt, manchmal unheimlich anweht, manchmal aus dem Nichtstun herausreißt und mich mir selbst entreißt.

Sie rief mich so, seitdem ich klein war. Im Alter von drei Jahren dachte ich, dass mein Name mit Ara beginnt und mit Liebes endet, dass all diese Wörter ein Name sind, mein mir von der Natur zugeteilter Name, und ich all das bin, was die einzelnen Wörter sagen. Noch heute, wenn mich ein Fremder nach meinem Namen fragt, erklingt die Kosenamenreihe als Ganzes in meinem Bewusstsein und ich brauche eine Weile, bevor ich sie kappe, bevor ich sage, dass ich Arjeta heiße. Ich zittere, als ich wieder im fünften Stock und in meiner Wohnung ankomme. Ich war unten auf der Straße dem Zittern wie einer Krankheit ausgesetzt. Der Hund war tot, niemand konnte ihn mehr zum Leben erwecken, und wie von einem fernen Licht erhellt, sah ich meinen eigenen Körper vor mir, genauer, schärfer als je zuvor. Damals in der Kindheit und Jugend hatte ich in meiner Vorstellung immer das Fortgehen geübt, besonders wenn meine Mutter mir die Kleider aufs Bett legte und es mir untersagt war, etwas anderes als das anzuziehen, was sie für mich ausgesucht hatte. Und wenn ich nur den Versuch unternahm zu protestieren, vergaß ich die Endungen der Verben und manchmal die Verben selbst. Gehen, denken, leben und verblühen wurden zu Leerstellen in meinem Kopf. Ich konnte mich an nichts mehr im Dazwischen erinnern. Die Lücken, kleine und große, gingen mit mir, redeten mit mir, ich wusste um sie, aber ich war nicht in der Lage, sie zu fühlen. Auch dann nicht, wenn Mutter mich packte und schüttelte. Zum sofortigen Reden aufforderte. Lange Zeit habe ich geglaubt, dass ich kein Recht mehr habe, über meine Kindheit nachzudenken. Zu viel ist in der Zwischenzeit geschehen, und jedes Mal, wenn ich mich über meine Mutter zu ärgern beginne, denke ich daran, dass sie weiß, wie es sich anfühlt, über menschliche Gehirne zu gehen. Mein Unmut verschwindet. Der Kummer bleibt. Zwanzig Jahre später drängt alles selbsttätig wieder an die Oberfläche und ich muss lernen, mich meinen eigenen Lücken zu stellen, sie zu sehen, das Schaltwerk der Bilder und Gedanken zu finden, die in ihnen vergraben liegen. Meine eigene Kälte gehört dazu. Warum konnte ich mein eigenes Kind weggeben? Nadeshda sagt, es liegt an den Lücken, daran, dass ich nicht gelernt habe, mich ihrer Sprache und dem Gefängnis in meinem Kopf zu stellen. Bomba fällt mir ein, seine gierigen Augen. Nadeshda geht sogar noch weiter und sagt, nicht Arik habe mich ausgesucht, es sei umgekehrt gewesen.

Manchmal ahne ich, wie sehr sie recht hat. Ich gehe durch das, was ich mein Leben nenne, und habe nicht einmal einen Schlüssel zu meinem eigenen Kopf. Ich komme mir vor wie jemand, der jahrelang versucht hat, vom Keller aus den Himmel zu sehen und dabei etwas über das Tageslicht zu sagen. Aber darf ich jetzt, nach allem was in der belagerten Stadt geschehen ist, überhaupt an so etwas wie meine damaligen Absencen denken? Ich weiß, dass ich im Vögelchenzimmer eine Ahnung davon bekommen habe, auf welche Weise das Sehen alles ändert. Doch außer Scherben habe ich nichts. Ich will keine Aufrechnung, will nicht alles nur auf die Vergangenheit zurückführen, so wie es die Männer an der Bastille im Club der Visionäre taten. Ich habe das Gefühl, dass auf diese Weise die Vergangenheit erst recht auf sich pocht und jederzeit meine Gegenwart in Beschlag nehmen kann. Immerhin, die Risse in meiner Erinnerung kommen seltener. Jetzt verstehe ich, dass ich, genau wie jene Durchreisenden, die ich während des Krieges in Paris traf, nichts anderes habe als mich selbst: meine Wangen, meine Augen, meine Haut, meine Hände, meine Finger, meine Beine, meinen Mund, meine Ohren. Und doch ist das, was ich bin, nicht nur mein Körper, nicht nur meine bloße Existenz.

Als ich dabei war, mein neues Arbeitszimmer einzurichten, fiel mir etwas auf. Der Tisch stand links vom Fenster wie bei meinem Vater. Sogar die Himmelsrichtung stimmte mit der Anordnung überein, die mein Vater in seinem Arbeitszimmer hatte. Eine eigenartige Wärme erfüllte mich, als ich das bemerkte. Ich wehrte mich nicht mehr dagegen und spürte eine Mischung aus Furcht und Freude in mir aufkommen. Auch Vater hatte an den Wochenenden immer in seinem Arbeitszimmer gesessen und seine wissenschaftlichen Artikel geschrieben. Mutter klopfte an seine Tür, schob mich stolz zu ihm, schob mich über die Schwelle und zu seiner Anerkennung hin. Er nickte, schaute über seinen Brillenrand auf meine Kleider-Kombination des Tages und segnete sie ab, wortlos, manchmal mit leuchtenden Augen. Ich kam mir dabei immer entfremdet und verkleidet vor, fühlte mich wie bei einer nie enden wollenden Prüfung. Mutter klopfte mir lobend auf die Schultern, so als hätte ich Anteil an dieser großen Sache, die mein Aussehen war.

Ohne Unterlass ging es um meine Schönheit, nie um meine Sehnsucht, nie darum, ob mir etwas wehtat. Ich vermisste meine Großmutter in Istrien und malte mir Tante Sofijas und Onkel Milans Rückkehr aus. Wie gerne wäre ich mit den beiden nach Paris gefahren. Monatelang träumte ich immer in der Sonne vor unserem Haus, dass sie mich zu sich holen würden. Aber sie schrieben nicht einmal Briefe am Anfang. Mutter meinte, die Briefe würden bestimmt abgefangen werden. Es blieb mir nur die Hoffnung, dass sie eines Tages doch noch durchkamen. Bis heute bin ich erstaunt, dass ich selbst nicht auf die Idee kam, ihnen zu schreiben, wenigstens einen Versuch zu unternehmen, mit den beiden in Verbindung zu bleiben. Im Hals steckten die Wörter fest, ich übte nie, sagte nie mit lauter Stimme, was ich fühlte. So kam es zu einem bleiernen Wortstau in mir, und wenn ich später versucht habe, etwas von diesem Stau auszudrücken, hat mein Herz so laut geklopft, dass ich vergaß, was ich sagen wollte. Lächerlich laut klopfte mein Herz, ich schämte mich, es nicht unter Kontrolle zu haben. Ich kann nicht sagen, dass das, was meine Mutter ewig meine Schönheit nannte, mir dabei auf irgendeine Weise behilflich gewesen wäre, im Gegenteil – ich hasste es, dass ich auffiel, dass die Leute in unserer Straße meine Augen liebten, dass mein erster Lehrer vor der ganzen Klasse verkündete, mich adoptieren zu wollen, weil ich das schönste Kind weit und breit sei und meinen Mund mit dem von berühmten Schauspielerinnen verglich. Bevor ich eingeschult wurde, machten meine Eltern hin und wieder, vor allem an den Sonntagen, Fotos von mir. Sie archivierten Mutters, wie es hieß, geschmackvolle Kombinationen, um mir später, oder wie sie sich ausdrückten, »in meiner Zukunft«, an die sie allem Anschein nach jetzt schon immerfort dachten, zeigen zu können, was für ein schönes Kind ich war. Meine Haut juckte, aber ich hatte keine Zeit, um etwas zu sagen. Ich wünschte mir, unsichtbar zu sein, zu verschwinden, nicht gesehen zu werden. Meine Mutter hatte andere Pläne. Sie brachte mich zum Theater, Freunde vermittelten mich an einen bekannten Regisseur. Ich wurde nicht gefragt, schluckte meine eigenen Fragen hinunter. Sie vereinbarte alles, schließlich ging ich hin, damit sie, wie sie es formulierte, ihr Gesicht wahren konnte. Fortan war ich von morgens bis abends verplant. Und dann ging es, ganz und gar anders als in den Sommern in Istrien, immer mit dem Blick auf die Uhr irgendwohin. Alles wurde mit der Kamera dokumentiert.

Meine Mutter hatte sich von einem Verwandten aus Amerika sogar einen besonderen Fotoapparat schicken lassen, eine alte Brownie, die auf der Küchenkredenz stand und immer mit dem Auge nach vorne ins Innere des Raumes zeigte. Selbst wenn nicht fotografiert wurde, fühlte ich mich von diesem großen Kameraauge verfolgt, das in meiner Vorstellung wie eine Waffe auf mich gerichtet war. Die Fotos landeten in großen Familienalben, die wir uns hin und wieder ansahen. Ich verschwand in den Kleidern und Blusen, Röcken und Tüchern, die meine Mutter für mich ausgesucht hatte und musste mich auf den Fotos regelrecht suchen.

Jetzt sehe ich mir auch diese Bilder an, die sich irgendwie über die Jahre gerettet haben und in der Plastiktüte meiner Mutter gelandet sind. Es wundert mich, dass meine Mutter sie mir gebracht hat, und mir kommt der Gedanke, sie bestehe auf diese Weise darauf, dass ich sie mir anschaue, noch genauer, noch länger, und dass ich endlich selbst sehe, wie schön ich war, wie sehr sie recht hatte, und wie gut sie sich um meine Kleider gekümmert hatte. Denn daran hält sie bis heute fest – es ging ihr nur um meine Schönheit. Es gibt Wahrheiten, die Lügen sind, und dennoch weiß ich, dass sie versucht hat, aufrichtig zu sein. Meine Mutter hat ihre eigenen Lücken.

Ich besitze bis heute keine Kamera. Fotos, die von mir oder den anderen in Paris gemacht wurden, verschwanden in Kisten und Kästchen. Ich habe ein ganzes Schachtelsystem entwickelt, in dem ich sie ablegte. Irgendwann vermischte sich alles mit den istrischen Fotos. Die Bilder aus der Stadt scheinen einem ganz anderen Leben zu entstammen. Langsam lerne ich, dass gerade sie zu mir gehören. Wie gerne ich mich davongestohlen hätte, wenn Mutter mich vorführte, wird mir nun hier vollständig klar, in einer Stadt, in der ich keine eigenen Toten habe. In Berlin habe ich nur Lebende, nur neue Freunde. Menschen, die meine Vergangenheit nicht kennen, die mir alles glauben, die nicht wissen, wie meine Grundschule hieß, wer mein erster Freund war, wie meine Brüder aussahen. Sie wissen nicht, wie wir gelebt haben und wie weiß unser Weißbrot wirklich war (sehr weiß), wie beruhigend es sein konnte, über den langen Flur unseres Hauses oberhalb der Synagoge zu schleichen, wenn meine Eltern an den Sonntagen noch schliefen und wenn die heilige Siesta gehalten wurde und der Duft von Mutters Apfelkuchen durchs Haus zog und wir Kinder die Hölle in Kauf genommen hätten, wenn man uns nur erlaubt hätte, den noch warmen Kuchen zu essen.

Niemand konnte so gut deutschen Käsekuchen backen wie meine Mutter, niemand wusste damals, was überhaupt Quark war, aber sie wusste sogar, wie einfach er aus Joghurt herzustellen ist. Als junge Frau hatte meine Mutter zuerst in Paris und dann in München Sprachen studiert. Ihre bayerische Vermieterin brachte ihr das Kuchenbacken bei und selbst meine deutsche Großmutter, die nie auf den Gedanken gekommen war, einen Käsekuchen zu backen, war beeindruckt. Mein Großvater, der sehr schöne Hände hatte, war Diplomat des alten Königreichs Jugoslawien und ging zusammen mit dem späteren Nobelpreisträger Ivo Andrić im Oktober 1940 nach Berlin. Nur ein halbes Jahr später griff die deutsche Wehrmacht Jugoslawien ohne Kriegserklärung an – als erstes bombardierte sie Belgrad. Da kurz darauf der jugoslawische Staat zerschlagen wurde, bestand plötzlich kein Bedarf mehr an einer diplomatischen Vertretung, und mein Großvater kehrte nach Hause zurück. Unter Tito wurde er dann doch noch einmal Diplomat. Wieder ging er nach Deutschland, wo er meine Großmutter kennenlernte, gemeinsam reisten sie weiter nach Paris. Großmutter war in Berlin-Schöneberg zur Welt gekommen und wohnte in der Nähe des Winterfeldtplatzes. Das Büro meines Großvaters lag im gleichen Gebäude der jugoslawischen Gesandtschaft wie vor dem Krieg. Die neue Volksrepublik Jugoslawien nutzte das Haus noch einige Jahre, dann zog dort die Militärmission ein. Das Gebäude befindet sich im Tiergarten, ich habe es nach meiner Ankunft gesucht. Hier in Berlin erfuhr ich, dass der letzte jüdische, einst von den Nazis enteignete Besitzer, der Chemiker und Industrielle Paul Bartholdy-Mendelssohn, nach dem Krieg Klage vor dem Obersten Verwaltungsgericht erhoben hatte – auf Rückerstattung des durch Enteignung und Zwangsverkauf verlorenen Familieneigentums.

Mein Großvater war, so drückte er es aus, seinem Land immer verbunden, und doch fühlte er sich von ihm und der wechselhaften Geschichte seiner Grenzen richtiggehend verflucht. Alles in allem hielt er sich an seinen Mentor, den zukünftigen Nobelpreisträger, der ebenfalls weder ohne noch mit seinem Land glücklich werden konnte. Die Diplomatie wurde sein Lebensprinzip. Mitten im Zusammenbruch Jugoslawiens starb er, für uns alle überraschend, in Havanna. Meine Großmutter wollte am Schluss nicht mehr auf seine diplomatischen Reisen mitgehen, sie verbrachte viel Zeit allein in Istrien. Das Angebot, seinen Leichnam nach Istrien überführen zu lassen, lehnte sie aus für uns alle unerfindlichen Gründen ab. Eine Erklärung blieb sie uns schuldig. Schließlich war es meine Mutter, die sich irgendwann doch darum kümmern wollte und der es wichtig war, dass er in unserer Stadt begraben wurde. Als herauskam, dass mein Großvater in Havanna eine andere Frau und mit ihr vier Kinder hatte, drei Söhne und eine Tochter, ließ auch sie von ihren Bemühungen ab. Von da an wurde in meiner Familie nur noch in geheimnisvollen Andeutungen über ihn gesprochen. Das war deshalb leicht, weil Krieg war und alle genug andere Sorgen hatten. Der Krieg, hat später meine Mutter gesagt, habe sie alle gezwungen, im Hier und Jetzt zu leben, da sei keine Zeit für sentimentale Gefühle gewesen. Und das Hier und Jetzt war für sie, so sagte sie, eine einzige Sekunde, in der man sein Leben verlieren oder retten konnte. Bis heute benutzt sie dieses Argument, um nicht über sich selbst reden zu müssen. Der Augenblick ist ihr großes metaphysisches Schwert, das sie immer hervorholt, wenn in mir Fragen aufkommen und ich wissen will, wie es war, damals, als sie ohne meine Brüder und kurz darauf auch ohne meinen Vater allein in unserem Haus leben musste. Statt mir eine Antwort zu geben, brachte sie bei einem ihrer Besuche wieder eine Plastiktüte voller Fotos mit. Da kommt sie, ging mir am Flughafen durch den Kopf, mit unserem Leben in einer Tüte, steht vor mir und lacht.

Großmutter hatte in Istrien nicht die gleichen Probleme wie die Menschen in der belagerten Stadt, sie konnte sich den Luxus eigener Empfindungen leisten. Wenn später die Rede auf Großvater kam, schwieg sie sich beharrlich aus. Aber das hatte sie im Grunde auch schon vor dem Krieg getan, und wenn ich fragte, warum sie nicht mehr zu ihm wolle, sagte sie, dass ihr alter Kirschbaum sie brauche. Der Kirschbaum steht nicht mehr. Mateo, ihr Gärtner, hat ihn nach dem Krieg einfach gefällt, ohne sie um Erlaubnis zu bitten. Sein Verein hatte keine Heizung. Keiner hat sich über seinen Eigensinn, der früher Diebstahl geheißen hätte, in diesem Verein gewundert. Mit dem neuen Land kamen neue Regeln. Meine Mutter sagt, die hätten jetzt alle andere Sachen zu tun als sich um fremdes Eigentum zu kümmern.

Meine Mutter war in ihrer Kindheit und Jugend an Orte gekommen, die sie ohne meinen Großvater im kommunistischen System nie kennengelernt hätte. Andere Sprachen lernte sie auf Großvaters Diplomatenstationen. Wir wussten alle um die aus der Diplomatie entstandenen Privilegien, hatten aber nie das Schicksal von Onkel Milan vergessen. Wir fanden einen Platz in alledem, ohne wegzuschauen, aber wir wollten auch ganz normal leben. Meine Großmutter war die einzige, die es tatsächlich schaffte, sich aus der Politik herauszuhalten. Da wir eine gemischte Familie waren und keine Religion zu verteidigen hatten, gefiel uns unser Leben zwischen dem Festland und der Küste. Unser Familienstammbaum war weitverzweigt, schon wegen unserer deutschen Großmutter kam uns das normal vor, ganz zu schweigen von Vaters Verwandtschaft aus der Bukowina. Später, als unsere Stadt belagert wurde, wunderten sich alle, dass wir je miteinander in Frieden hatten leben können. Und auch uns, als wir von den Lagern erfuhren, die sich in unmittelbarer Nähe unserer Stadt befanden, kam das alte Leben wie ein Wunder mit Verfallsdatum vor. Wir hätten uns vorher nie vorstellen können, dass ein Mensch, der mitten unter uns, in unserer Stadt gelebt hatte, genau diese Stadt, die auch einst seine Stadt war, von den umliegenden Bergen beschießen könnte.

Ich denke an Mischa Weisband, daran, dass er sich als Kind verstecken und unter einem anderen Namen leben musste. Niemand hatte sich vorher so etwas vorstellen können. Die Gedanken sind mit der sichtbaren Welt, davon ist Mischa überzeugt, durch eine lange Schnur verbunden. In Paris habe ich oft versucht, Genaueres von ihm darüber zu erfahren. Aber mehr wollte er mir dazu nicht offenbaren. Er sprach über Vorstellungskraft und betonte, dass alles, was Menschen sich ausdenken, wahr werden könne und dass der Gedanke selbst diese Tat sei, die später als Handlung in der Welt sichtbar werde. Wie genau das vor sich ginge, das konnte oder wollte er mir nicht sagen. Über seine Kindheit hat er nicht viel gesprochen. Über manches, sagte er, müsse man einfach schweigen. Damit meinte er das Land seiner Geburt. Einmal hat Mischa aber eine Ausnahme gemacht und mir von einer deutschen Biologin erzählt, die ihm mit ihrem Umzug in ein Altersheim eine Reise nach Berlin vereitelte. Ein paar Jahre nach dem Mauerfall hatte er sich entschieden, in die Stadt seiner Kindheit zu reisen. Den Koffer hatte er schon gepackt. Mischa erzählte mir darüber und ich schwieg und hörte ihm zu. In Paris redete er nie wieder über seine Vergangenheit.

fünfter tag

Eine zarte Person war sie nicht. Ihr Name war Karin Magnussen. Sie hätte auch Isländerin sein können. Aber sie kam in Bremen und nicht auf einer Vulkaninsel zur Welt. Sie liebte Schmetterlinge. 1908. Im gleichen Jahr annektierte Österreich-Ungarn Bosnien, ein Gesetz über Nummernschilder für Fahrräder trat in Frankreich in Kraft, der Mathematiker Hermann Minkowski hielt in Köln einen aufsehenerregenden Vortrag über Raum und Zeit. Die Raumzeit gewann an Konturen. Zwischen Paris und Casablanca wurde eine neue drahtlose telegrafische Verbindung genutzt, die Venus von Willendorf wurde ausgegraben und Karin Magnussen wuchs zu einer jungen wissensdurstigen Frau heran. Im Alter von vierundzwanzig Jahren schrieb sie schon an einer Dissertation. *Untersuchungen zur Entwicklungsphysiologie des Schmetterlingsflügels*. Das war der Titel. Aber bereits 1932 war es vorbei mit der Schmetterlingsverbundenheit. Sie begann die nationalsozialistische Rassenlehre zu propagieren. Die Verschiedenheit der Regenbogenhäute bei Augen-Heterochromie wurde ihr neues Forschungsgebiet. Das Phänomen kam bei Tieren öfter vor als bei Menschen. Die Störung der Pigmentierung, die zu zwei verschiedenen Augenfarben führte, konnte die

Forscherin bald genauer beobachten. Ein Pioniergeist erwachte in ihr und die nötigen Problemaugen, die sie für ihre Untersuchungen brauchte, bestellte sie bei Josef Mengele. Er lieferte umgehend. Sie nahm dankbar an. Vierzig Augenpaare erhielt sie allein aus Auschwitz. Mengele ließ Menschen mit unterschiedlichen Augenfarben Tropfen verabreichen, die zum Anschwellen der Augen führten. Manchmal eiterten sie auch. Manchmal wurden die betroffenen Menschen blind. Das ging schnell, viel nachhelfen musste man da nicht mehr. Als die Sinti-Familie Mechan 1943 in das Vernichtungslager kam, erfüllte sich für Magnussen ein Traum. Die betroffenen Kinder mit unterschiedlichen Augenfarben wurden durch eine Herzinjektion getötet. Es ging schnell, sie sollen nicht gelitten haben. Biologen haben einen anderen Blick auf den Tod. So sagte es Mischa, als er mir die Geschichte dieser Frau erzählte. Magnussen überstand die Entnazifizierung und war noch in den Achtzigerjahren davon überzeugt, dass die Nürnberger Rassengesetze nicht weit genug gegangen waren. Sie unterrichtete nach dem Krieg als Studienrätin an einem Bremer Mädchengymnasium: – Biologie. Sie soll bei den Schülerinnen sehr beliebt gewesen sein, vor allem wegen ihrer ungewöhnlichen Unterrichtsmethoden. So ließ sie beispielsweise die Mädchen Untersuchungen an lebenden und toten Kaninchen aus ihrer eigenen Zucht vornehmen. Das war nicht einfallsreich, es war einfach nur naheliegend. Ihre 1944 fertiggestellte Forschungsarbeit erschien 1949 unter dem Titel *Über die Beziehungen zwischen Irisfarbe, histologischer Pigmentverteilung und Pigmentierung des Bulbus beim menschlichen Auge*. Die Versorgung mit Augenmaterial durch Mengele hat sie bis zu ihrem Tod

1997 immer bestritten. Als sie 1990 in ein Altenpflegeheim zog, musste ihr Haushalt schließlich aufgelöst werden. Man fand in ihren Räumen mehrere Gläser mit Augen aus Auschwitz. Laut einem Familienangehörigen wurden die Gläser »entsorgt«, aber dort setzte niemand das Wort in Anführungszeichen. Mischa las darüber in der Zeitung und packte seinen Koffer wieder aus. Noch heute, sagte er, frage ich mich ernsthaft, wie es in einem Menschenleben von einer wissenschaftlichen Beschäftigung mit dem Schmetterlingsflügel zur Aufbewahrung bestellter Menschenaugen in Formaldehyd kommen konnte. Die Biologin hätte bestimmt auch eine Nachtigall mit einem Stein erschlagen, sagte ich. Der Zeitungsartikel hatte Mischa mehr als überrascht, er war überzeugt davon gewesen, dass Magnussen schon lange nicht mehr lebte. Du kannst dir denken, sagte er, dass ich mich fragte, was das für ein Land ist, in dem ein Mensch wie sie unbehelligt leben und an einer Schule unterrichten konnte, mit in Gläsern eingelegten Augen, glücklich, mitten im Wirtschaftswunderland, in dem es von teueren Autos und beschwingten Menschen nur so wimmelte, die Urlaub in Italien und in den Schweizer Bergen machten.

Es dauerte wieder Jahre, bis Mischa seinen Koffer packte und nach Berlin fuhr. Ohne Dora hätte er es vielleicht gar nicht mehr gemacht. Nach dem Besuch der beiden bin ich immer wieder zu dem großen Maulbeerbaum im Schlosspark gegangen. Ich habe mich an ihn gelehnt und die Spaziergänger im Park beobachtet. Jedes Mal kam mir der Gedanke, dass unter der äußeren Zeit, in der wir alle leben, eine andere Zeit wie eine unsichtbare Schnur verläuft und dass dort alles, was Mischa erlebt hat, immer noch da ist, als Schattenhälfte einer Wahrheit über uns Menschen, die niemand mehr sieht, obwohl jeder vorgibt, sich zu erinnern und etwas dazu sagen zu können.

Die Vögel zwitschern seit heute morgen besonders laut. Ich bin früh aufgestanden. Alles war still, sogar das leise Rauschen der Birken im Hof habe ich Baum für Baum gehört. Von meinem Küchentisch sah ich im Laufe des Morgens in den Wipfeln der Birken einen Erlenzeisig, einen Neuntöter, einen Grünfinken und vielleicht auch einen Girlitz. Seit ein paar Tagen benutze ich das uralte Vogelbestimmungsbuch, das Mischa Weisband in seiner Kindheit zum Geburtstag bekommen und mir in Paris nach dem Tag in Bièvres geschenkt hat. Ich schlage jetzt darin fast jeden Morgen die Vögel vor meinem Fenster nach. Der Girlitz, wenn es denn einer war, ist zu schnell weggeflogen, ich werde morgen früher aufstehen und auf ihn warten. In Mischas Bestimmungsbuch steht, dass der Girlitz *Serinus serinus* heißt, ein grün-gelber Singvogel, Familie der Finken. Ich habe meinen Zeichentisch in meinem Arbeitszimmer aufgestellt. Der Raum sieht schon so lebendig aus, als sei er seit langem Teil meines Lebens. Hier werde ich die Kleider für meine Arbeit am Theater entwerfen, es sollen Kostüme für ein modernes Stück entstehen. Die verantwortliche Kostümbildnerin lässt mich zu Hause autonom arbeiten. Es macht mir Spaß, weil ich weiß, dass die Schauspieler alles wieder zerreißen werden. Und doch muss auch die kleinste Naht ordentlich sein. Aber ich will auch Kleider für Nadeshda entwerfen. Sie hat mir versprochen, hier in Berlin wie damals in Paris Modell zu stehen. Neue Röcke und Mäntel habe ich schon im Kopf, sie sind mir in Gedanken an sie eingefallen. Ein junger Regisseur will für ein Festival *Die letzten Tage der Menschheit* von Karl Kraus in voller Länge aufführen. Das Stück ist noch nie von Anfang bis Ende inszeniert worden. Nun soll es an zehn Abenden auf der Bühne der deutschen Hauptstadt zu sehen sein. Ein Großauftrag für dich, sagt Nadeshda, was willst du mehr – zwei Jahre Arbeit und ein gesichertes Einkommen! Den einen beschert der Krieg neue Turnschuhe, den anderen den Tod und mir also ein gesichertes Einkommen für die nächsten zwei Jahre, sagte ich, und Nadeshda steckte sich lächelnd eine Zigarette an. Ich kann mir für diese Arbeit Zeit lassen, ich muss mich nicht beeilen. Meine Mutter hat sich für den nächsten Monat angekündigt, das ist eine Neuerung – seitdem sie eine E-Mail-Adresse hat, sucht sie stets nach einer Gelegenheit, sie auch zu benutzen. Nun kündigt sie sich immer an. Ich kann ihr einige Neuigkeiten berichten. Sie wird mir hoffentlich nicht wieder eine Plastiktüte voller Fotos, sondern endlich wieder Mandeln aus dem istrischen Garten und getrocknete Feigen, Aprikosen und Pflaumen mitbringen.

Heute habe ich grünen Tee getrunken und zwei weitere Kartons ausgepackt. Ich bin auf alte Tagebücher, Fotoalben und Adressbücher gestoßen. Ich habe in ihnen geblättert und beschlossen, keine Schuhe mit hohen Absätzen mehr zu tragen. Meine Telefonnotizen von damals haben mich an die hohen Schuhe erinnert, die mir Tante Mila gleich Anfang der Neunzigerjahre mitbrachte, sie mochte sie nicht mehr. Ich stieß beim Herumblättern auch auf alte Telefonnummern von Hiromi und Nadeshda. Wo sind jetzt meine Lieblingsschuhe von damals? Ich frage mich, worin genau der Wert von einem Einzelnen besteht, wenn wir doch alle ab einem bestimmten Zeitpunkt in der Menge der Namen, Nummern und Adressen verschwinden. Oder ist das gerade eine Möglichkeit, der eigenen Austauschbarkeit zu entkommen? Die Hauptstadt der Liebe! Wie viele Hunderte anderer Lebensgeschichten sind ähnlich wie die unsere verlaufen? Und was war der Unterschied, warum sind wir nicht nur eine Ziffer unter tausend anderen? Zärtlich fahre ich mit den Fingerkuppen über das Papier des alten Adressbuchs. Nur Mischa Weisbands Nummer hat sich über die Jahre erhalten. Er hat mich heute wieder angerufen. Es war Gedankenübertragung, etwas, das ich schon unzählige Male mit ihm und Dora erlebt habe – kaum denke ich an sie, rufen sie mich an. Ich konnte die sprichwörtliche Uhr danach stellen.

Natürlich steht in meinem alten Adressbuch auch Ariks Telefonnummer von der Place Dauphine, gleich am Anfang, obenauf. Ich habe in Paris immer und vor allem dann, wenn er sich mir entzog, geglaubt, dass ich seine Nummer für alle Zeiten auswendig können und sie nie vergessen würde. Jetzt sehe ich auf die von meiner eigenen Hand geschriebenen Ziffern wie auf etwas völlig Unbekanntes, etwas, das mich wie die Verdichtung meiner eigenen inneren Fremdheit anstarrt. Es wäre mir unmöglich, jetzt, im Alter von fast vierzig Jahren, Ariks Nummer mit der gleichen Euphorie wie damals zu wählen. Soll ich es versuchen? Zuerst kam eine Vier, das weiß ich noch. Der Rest ist wie ausgelöscht. Ein Foto, das Arik einmal bei einem kleinen Ausflug nach Versailles von mir gemacht hatte, steckt gleich auf der ersten Seite des Adressbuchs. Unser kleiner

Hund Gustave ist darauf zu sehen, ich trage die viel zu hohen Schuhe meiner Tante Mila.

Es war ein sonniger Nachmittag, wir waren auf dem Weg zu Ariks Onkel. Er wollte ihn mir vorstellen. Arik fuhr immer noch oft zu ihm. Als wir das Haus des alten Mannes betraten, sagte Arik, eines Tages werde ich das alles hier erben. Dann können wir hier wohnen. Oder jetzt schon, wir könnten jetzt schon einziehen, sagte er lächelnd. Ein ganzes Stockwerk hatte sein Onkel ihm schon überlassen. Ich schob ihn von mir weg, dachte, er zieht mich auf. Er sollte mir nichts mehr versprechen, das er nicht imstande war zu halten. Ich spürte, dass er es ernst meinte. Und doch konnten bei Arik gerade die ernsten und ehrlich gemeinten Absichten von einer auf die andere Minute in Fiktion kippen. Das waren genau jene Augenblicke, in denen ich anfing, an ihm und seinen Worten festzuhalten. Dann warf er mir vor, Möglichkeit und Wirklichkeit verwechselt zu haben. Er sagte immer, er habe nur laut gedacht, nur Ideen geäußert. Es dauerte lange, bis ich verstand, dass Arik gekonnt mit diesem Spiel Verwirrung stiftete, vor allem für sich selbst. Irgendwann hatte in seinem inneren System nichts mehr eine Bedeutung, die Achsen verschoben sich immer, je nachdem, was er gerade empfand. Alles war möglich. Nichts wertvoll. Alles austauschbar. Das einzig Wichtige war und blieb für ihn, dass er sich selbst größtmögliche Freiräume ließ und seine Entscheidungen jederzeit wieder rückgängig machen konnte.

Das Haus des Onkels war sehr geräumig, die Fenster reichten bis zum Boden. Die Sonne fiel kräftig ins Haus und erhellte die Weite der Räume. Ein riesiger Garten mit Blumen und Kräutern erstreckte sich zum Süden hin, alles mögliche wuchs dort, Rosen, sogar Mangold und Salat waren in einer Ecke zu sehen, Mohrrüben und Lauch, Sonnenblumen und ein Strauch mit prallen roten Tomaten. Clément war ein mürrischer alter Herr, dem es gelang, mich beinahe vollständig zu übersehen. Aber er zeigte stolz sein ganzes Haus, wohl, um mich zu beeindrucken, denn Arik kannte das Anwesen ja längst. Vielleicht wollte Clément mich auch abschrecken, mir zeigen, dass hier für mich kein Platz sei.

Der Keller war voller Zeitschriften. Clément sammelte seit drei Jahrzehnten alle Ausgaben von *Paris Match*. Er hatte sie in grauen Ordnern abgelegt, auf deren Rücken fein säuberlich die Erscheinungsjahre notiert waren. Ein modriger Geruch lag in den Räumen und strömte uns von den Regalen entgegen. Eine tief sitzende Kälte ging von den Wänden aus. Ich sehnte mich nach der Sonne. Mir war kalt, nicht nur wegen des Kellers. Die ganze Führung dehnte sich unendlich und war mir unheimlich. Ich fühlte mich eingesperrt und lobte dort unten die Schönheit des Gartens, in der Hoffnung, sie würden bald wieder mit mir hinaufgehen. Als es endlich soweit war, tranken wir im Wohnzimmer Tee aus feinen Porzellantassen. Clément richtete kein einziges Wort an mich, sah nur Arik an, als er fragte, ob wir noch Gebäck zum Tee haben wollten. Und dann unterhielt er sich nur mit Arik, wollte wissen, wann er ihn wieder besuchen kommen würde. Wirst du nächstes Wochenende da sein? Signora Souza wird die Pflaumen ernten und danach gibt es Kuchen. Sie macht den besten Pflaumenkuchen der Gegend! Jetzt sah er mich endlich an.

Ich hatte keine Ahnung, wer Signora Souza war, und fragte auch nicht nach. Weder die Pflaumen noch den Kuchen wollte ich hier essen. Ich wollte nur weg, so schnell wie möglich. Doch ich saß nur schweigend da und trank den Tee so leise ich nur konnte. Und spürte, dass sich wieder mein altes Herzklopfen über mein neues Denken legte. Jedes Mal, wenn mir klar wurde, dass etwas gesagt werden musste, fing mein Herz an laut zu klopfen. Statt zu sprechen, schwieg ich dann.

Über das kommende Kind sagte Clément nur milde lächelnd, Arik, du wirst Vater, das hatten wir so nicht besprochen. Ich sah in den Garten hinaus. Arik baute keine einzige Brücke in diesem Gespräch für mich, und ich fügte mich dem Geschehen, als hätte ich keine eigene Zunge. Arik las dem Onkel am Schluss noch etwas aus einem Buch vor. Das war eine Art Ritual. Ich weiß nicht mehr genau, was es an jenem Nachmittag war, nur dass es irgendwie philosophisch klang, vielleicht war es von Friedrich Nietzsche, dem heißblütigen Chaos-Verfechter. Ich fragte mich, was für ein Mensch dieser Clément eigentlich war und was er überhaupt hier in seinem Haus sitzend von der Welt wusste. Er ging nie hinaus und unternahm nie etwas in der Umgebung, fast schien es, als wäre ihm die Welt vor seiner Tür vollkommen egal. Arik hatte mir auf der Fahrt erzählt, dass sie nicht ein einziges Mal in einem Restaurant zu Abend aßen, wenn er ihn hier besuchte. Was ein Mensch, der sich nie fortbewegte, mit Nietzsches Satz über das Chaos anfangen konnte, war mir ein Rätsel. »Man muss noch Chaos in sich haben, um einen tanzenden Stern gebären zu können.« Diesen Satz hatte mir Nadeshda auf ein

T-Shirt drucken lassen, das ich immer zum Schlafen anzog, weil ich eine ganze Zeit lang Nietzsches Buch *Also sprach Zarathustra* wie eine Bibel mit mir herumtrug. Ich gab mir in jenem Augenblick auf Cléments Couch keine Mühe, den Wert meines Lebens gegen den von Ariks Onkel auszuspielen, aber bis heute beschäftigt mich die Frage, was ein Mensch erfahren kann, wenn er sich in seinem eigenen Leben immer in ein und demselben Radius bewegt und nie gezwungen ist, sich jenseits des ihm bekannten Kreises zu denken. Ich sah sie an, ihre Münder bewegten sich schnell, und es wurde immer rätselhafter für mich, woher eigentlich ihre Stimmen kamen. Arik und Clément redeten eine ganze Weile über Marcel Prousts *Suche nach der verlorenen Zeit.* Arik war fast unterwürfig und ging ausgiebig auf jede Frage des Onkels ein, während sich in meinem Kopf eine alles verschlingende Leere breitmachte. Und mit einem Mal sah ich mich selbst, sah mich, wie ich dasaß, mit meinen schüchternen Händen in meinem sichtbar gewordenen Schoß, saß da, verloren und ohne Kontakt zu den beiden Männern, auf Cléments Couch, vor Cléments Teetisch, mit Cléments Tasse in der Hand. Ich spürte die Stärke einer alten Leere in meinem Inneren, ihre mich lähmende Kraft. Der Vogel war mein Zeuge. Ich sah ihn einmal Traum. Er begleitete mich fortan in meiner Vorstellung, war mein Schutzvogel, half mir, mich selbst zu sehen. An der Art, wie vereinsamt mir mein eigener Körper vorkam, sah ich meine Ausweglosigkeit. Der Vogel saß auf meiner Schulter, sah mit, sah mich an, sah meine Hände, meinen Schoß, sah meine Stummheit, und das Rätsel von Ariks und Cléments Stimmen hielt mir mein eigenes Bild vor. So sah ich aus, wenn ich nicht ich selbst war. Ich war gefangen in diesem sprachfernen Raum, meiner Zunge, meines Mundes, meines Atems beraubt und meiner eigenen Feigheit ausgeliefert.

Nie hatte mich interessiert, *wie man leben soll.* Aber in jenem Augenblick beim Tee wusste ich, dass ich es mir so nicht vorgestellt hatte, mein Leben im Frieden – mein Leben, in dem sich mir meine eigene Zunge, mein eigener Mund, mein eigener Atem widersetzte. Meine Haut schien mir nicht mehr zu gehören. In dieser merkwürdigen Unausgewogenheit zwischen den Gedanken in meinem Kopf und den Empfindungen, die mir mein Körper mitteilte, wurde mir mein eigenes Unvermögen, meine starre Bewegungslosigkeit klar. Die Stimmbänder schienen gerade dann, wenn dies nötig war, vernäht zu sein und verweigerten mir ihren Dienst. Ich war unaufrichtig, deshalb kam ich in solche Situationen wie diese. Es war nicht so, wie ich es über Jahre hinweg geglaubt hatte. Ich war in kein Gefängnis geraten, ich selbst sperrte mich in mein Inneres ein, so wie jetzt, auf der Couch von Clément, in seinem Haus, das er seit Jahren nicht mehr verlassen hatte und in dem er bald darauf sterben würde.

Clément hatte angenommen, dass ich Marcel Proust für den Namen einer Schokoladensorte hielt. Es war mir nicht wichtig, seinen Irrtum richtigzustellen. Er war der erste ältere Mensch, vor dessen Alter ich keinen Respekt und schon gar keine Achtung empfinden konnte. Die Fenster standen alle offen. Die Vögel waren im Garten zu hören. Arik bewohnte tatsächlich das ganze erste Stockwerk. Ein separater Eingang, ein eigener Telefonanschluss und sein Name an der Eingangstür waren das eindeutige Zeichen dafür, dass er hier ein paralleles Leben führte. Zwei von Ariks neuen Pullovern, die wir zusammen im Kaufhaus *Samaritaine* an der Pont Neuf gekauft hatten, lagen auf dem Boden, er hatte sie achtlos fallen lassen. Bücher, in denen Pizza-Bestell-Zettel steckten, waren direkt daneben zu sehen, dazu schmutzige Gläser und Teller aus dem Küchenbestand des Onkels. Wir verbrachten noch ein, zwei Stunden im Garten. Die Haushaltshilfe, Signora Souza, kam vorbei und stellte sich mir lächelnd vor. Sie kümmerte sich auch um die Beete und die Bäume. Das erklärte mir die geordnete, fast fröhliche Buntheit auf dem Hof, die ich anfangs gar nicht mit Clément in Verbindung bringen konnte. Signora Souza war eine ältere Portugiesin, die seit Jahren für Clément arbeitete. Später, als Arik krank wurde und die Einkäufe nicht mehr allein erledigen konnte, war sie auch für die Pariser Wohnung verantwortlich. Der Onkel bezahlte alles. Jetzt begriff ich, woher Arik das viele Geld für seine Reisen hatte. Seine Bilder waren zwar bei Sammlern ganz beliebt. Aber allzu oft konnte er sie nicht verkaufen, jedenfalls nicht in solchen Stückzahlen, dass er in Paris davon hätte leben und seine Miete an einem der teuersten Plätze der Stadt bezahlen können. Dann fiel mir auch noch die Wohnung in der Bretagne ein, und es lag auf der Hand, dass ihm der Onkel das Appartement am Meer gekauft hatte.

Am Abend fuhren wir ohne viel zu reden in die Stadt, und ich fragte mich, was ich eigentlich über Arik und sein Leben wusste. Hatte er jemals mit einem anderen Menschen längere Zeit gelebt? Konnte er so eine Vorstellung überhaupt auf Dauer ertragen? Clément hat mir keine einzige Frage gestellt, sagte ich, er hat mich wie Luft behandelt. Und Arik sagte, du hättest selbst mit ihm reden können, Clément weiß, woher du kommst, dass du vor Jahren aus der belagerten Stadt geflohen bist – vielleicht dachte er, dass du nicht so gut Französisch sprichst. Außerdem, sagte er, hast du ihn auch nichts gefragt. Wie sehr er recht hatte, wusste ich selbst. Das also waren die Spiegel, von denen Mischa manchmal redete. Ich verstand, dass Clément Angst hatte, Arik an mich zu verlieren. Hätte ich seine Angst ernst genommen, wäre mir vielleicht eine andere Begegnung mit Clément möglich gewesen, Arik wäre nie in die Lage geraten, sich zwischen uns entscheiden zu müssen. Die Momente des Lebens lassen sich nicht zurückrufen, nichts geschieht in einer Wiederholung, alles ist immer nur einmal. Heute weiß ich, dass ich in jedem Fall mehr über Clément hätte erfahren können. Später hat mir Arik noch einiges über ihn erzählt. Zu der Zeit als mein Freund Mischa Weisband in Trostenez war, kämpfte Ariks Onkel in der französischen Widerstandsbewegung. Er war ein Mann, der sein Leben für andere Menschen riskiert hatte. Er sah gar nicht so aus auf seiner altmodischen Couch. Und ich war vierundzwanzig Jahre alt, zu jung, um ein halbes Jahrhundert zu verstehen, das er in sich trug. Was hätte dieses Wissen für mich an jenem Nachmittag geändert? Vielleicht nichts. Vielleicht alles. Die Geschichte eines Menschen musste einen Unterschied machen, jeder Einzelne machte einen Unterschied, auf den es ankam. Sonst wäre der Tod wohl sinnlos und mit ihm auch das Leben. In jenem Augenblick beim Teetrinken wäre, soweit bin ich mir heute sicher, auch ich selbst ein anderer Mensch gewesen, wenn ich mich für Cléments Geschichte interessiert hätte.

Ein paar Wochen nach diesem Besuch, als ich einmal unangekündigt Ariks Pariser Wohnung betrat, war zu meiner Überraschung Signora Souza da. Sie lächelte, sah mich lange durchdringend an. Meine Schöne, du siehst müde aus. Ich sagte, ja, das stimmt, ich bin müde. Geh hier weg, sagte sie plötzlich, du kannst dein Kind auch anderswo zur Welt bringen – du bist nicht sein einziges Glück. Er hat immer anderen Damenbesuch, das ist kein Mann für eine junge und gesunde Frau wie dich. Geh nach Hause. Sie war beharrlich. Ich zeigte auf meinen Bauch und sagte, nach Hause? Ich habe kein Zuhause mehr, mein Leben ist hier, in Frankreich. Der Krieg war vorbei, schon lange, aber ich wollte nicht in ein zerstörtes Land zurückkehren. Es gab meinen alten Platz nicht mehr in seinem neuen Gefüge. Signora Souza sagte, auch für dein Kind ist er kein richtiger Vater. Er hat eine Frau in Montréal und mit ihr hat er einen Jungen, der jetzt zwölf Jahre alt sein müsste. Aber Signora, sagte ich, das weiß ich doch längst, das ist schon länger her, dass er diese Frau hatte. Ich weiß, sagte sie, die Dame hat lange draußen bei Clément gelebt. Ich war verwirrt, mein Herz fing an zu rasen. Es fiel mir schwer, ihre Worte in eine sinnvolle Ordnung zu bringen. Ich wollte Ariks Wohnung so schnell wie möglich verlassen, aber Signora Souza redete weiter auf mich ein, sie erzählte von der Kanadierin, die draußen bei Clément gelebt hatte, und von ihrer eigenen unglücklichen Tochter, die mit einem Franzosen verheiratet war, einem brutalen Trinker, der sie in aller Regelmäßigkeit schlug. Ich hörte ihr zu und wusste nicht, was ich zu alledem sagen sollte. Dann umarmte ich sie kurz und verließ überstürzt die Wohnung. Als ich in Richtung der Seine ging und die Pont Neuf überquerte, wurde mir schwindelig. Das Klopfen in meiner Stirn war laut und beharrlich. Eine Weile lief ich nur so umher. Ohne Ziel. Ohne Zeitgefühl. Signora Souza wusste mehr über Arik als ich verkraften konnte. Ich traute mich nicht, ihr weitere Fragen zu stellen, denn ich hatte Angst vor ihren Antworten. Trotzdem kehrte ich um, ging noch einmal in die Wohnung. Sie war fort. Das Klopfen in meinem Kopf war leiser geworden. Ich hatte keinen Aussetzer erlitten, sondern alles langsam in mir sortiert, was Signora Souza mir erzählt hatte. Die Wohnung war sauber, sogar Blumen vom Land hatte sie mitgebracht, sie leuchteten mir auf Ariks langem Holztisch entgegen.

Auf dem Foto, das ich in meinem alten Adressbuch gefunden habe, trug ich an jenem Tag, als wir zu Clément fuhren, jene schwarzen Schuhe mit Absatz und Riemchen, die mir Tante Mila gleich nach meiner Ankunft in Paris geschenkt hatte. Ich wollte unbedingt, dass sie mir passen. Aber sie waren und blieben eine Nummer zu groß für mich. Sie sahen aus wie altmodische Flamenco-Tanzschuhe. Von heute aus betrachtet kommt es mir rätselhaft vor, dass ich auf die Idee kam, sie tatsächlich zu tragen. Aber als ich schwanger war, sah ich das gar nicht, ich liebte diese Schuhe sogar mehr als alle anderen, die mir passten. Ich trug sie in der Schwangerschaft beinahe jeden Tag. Als meine Füße dicker wurden, Monat für Monat immer mehr anschwollen, passten die Flamenco-Schuhe mir perfekt. Und erst kurz vor der Niederkunft hörte ich auf, sie zu tragen.

Die Nahrungsaufnahme begann nach zwei Wochen zu glücken. Ich durfte mit dem Kind nach Hause. Das war der

Augenblick, in dem die Schwestern mir zum ersten Mal Wochen nach der Geburt das Bündel in die Arme legten. Alles fühlte sich wie in einem fremden Traum und nicht wie in meinem Leben an. Ich fiel in eine Art empfindungsleeren Zustand, schwieg, starrte reglos vor mich hin. Dennoch wollte ich versuchen, ihm eine gute Mutter zu sein. Hiromi half mir und nähte lustige Hosen und Deckchen für den Jungen. Aber das Bündel kam mir so schwer und so fremd vor. Ich war müde und schlief stundenlang. Mischa und Hiromi kümmerten sich um das Kind. Von Arik hörte ich nichts. Er schien dieses Mal für immer verschwunden zu sein. Je länger sein Verschwinden andauerte, desto mehr kam er mir wie eine Erfindung vor, wie jemand, den ich mir über Jahre hinweg aus- und zugedacht hatte. Und da er wegblieb, fing die alte Leere an, in mir zu arbeiten. Nadeshda war längst in Berlin, und ich war einsam. Das Kind lächelte. Mein Körper fühlte sich bleiern an, eine dumpfe Schwere lag mir in den Knochen. In meiner Stirn, das Picken der wilden Vögel. Alles hörte sich laut an, jeder Schritt, jedes Wort, jedes Abbremsen der Autos unten in unserer Straße. Die Trauer überfiel mich wie ein dunkler Vorhang, herausgeschnitten aus der Mitte der Nacht, gemacht aus einer festgezurrten Dunkelheit, der ich ausgeliefert war. Ein Hase vor dem listigen Wirken der Schlange. Aus Ariks Wohnung holte ich den Kinderwagen, den er in der Bretagne gekauft hatte. Er hatte gesagt, es sei eine Art Porsche unter den Kinderwagen, jetzt aber waren ihm das Kind und der Porsche egal, Arik hatte andere Entscheidungen getroffen, andere Ideen, Plätze, Orte, Menschen waren ihm wichtig. Er würde immer so bleiben und immer unterwegs von einem flirrenden neuen Weg zu einem anderen, unbekannten Ort sein. Niemals würde er einen Weg bis zum Ende gehen, niemals würde er sehen können, was sich am Ende eines solchen Weges befindet. Und ich? War ich dazu in der Lage? Langsam dämmerte mir, dass sein Mangel etwas mit meinen Lücken zu tun hatte. Und das lähmte mich so sehr, dass ich mich dem Hier und Jetzt geradezu vollständig verweigerte.

Ich traf mich dennoch fast jeden Tag mit Mischa Weisband, er bestand darauf, frische Luft, ein Spaziergang, da lasse er nicht mit sich reden. Das Kind ließ ich geradezu gerne bei Hiromi. Das Ausmaß meiner Kälte fiel mir aber selbst nicht auf, obwohl ich wusste, dass ich mich falsch verhielt, dass etwas in mir gespalten war, wie ein Holzscheit, der seinem Schicksal nicht entkommen konnte. Hiromis Blick sagte es mir, zugleich nahm sie sich gerne des Kindes an, und ich hörte auch nie einen Vorwurf aus ihrem Munde.

Mischa und ich aßen mittags bei Sophie zusammen und manchmal kam Dora auch mit, streichelte mein Haar und sagte, ach meine Kleine, das Leben ist keine Sonnenuhr. Als wir wieder einmal allein waren, sprach Mischa dann vorsichtig etwas an, das auch mir durch den Kopf gegangen war. Adoption. Er schlug mir vor, den Jungen zur Adoption freizugeben. Er kannte in Bièvres ein junges Paar, entfernte Verwandte, die sich ein Kind wünschten. Das Wort Adoption setzte sich in meinem Kopf fest. Wenn ich es weggebe, dachte ich, werde ich auch nach Berlin gehen, zu Nadeshda, sie wird da sein, wird in Berlin auf mich warten und mir helfen. Merkwürdigerweise überlegte ich nicht lange. Ich beschloss aber, Arik anzurufen und ihm meine

Entscheidung mitzuteilen. Ich hatte ihn in der Brétagne vermutet, aber er nahm an der Place Dauphine ab. Einen kleinen Funken Hoffnung hatte ich noch in mir, dass er nein sagen, dass er sich widersetzen würde und wir es miteinander noch einmal versuchen würden, nur dieses Mal richtig und zusammen mit unserem Kind. Mischa hatte sich schon mit seinen Verwandten getroffen. Den alles verändernden Satz hatte ich noch nicht laut ausgesprochen, hatte nicht gesagt, dass ich mein Kind zur Adoption freigeben würde.

Ich schlug Arik vor, dass wir uns in einem Café trafen. Aber er hatte keine Zeit und bestand darauf, dass ich ihm am Telefon sagen sollte, was los sei. Als ich es erzählte, fing seine Stimme an zu zittern, und er sagte, ich bitte dich, behalt' es doch. Ich legte auf und hatte das Gefühl, zum ersten Mal, seitdem wir uns kannten, Angst in seiner Stimme gehört zu haben, eine tief in seinen Eingeweiden sitzende Angst, die er, da sie ihn selbst überraschte, zu verstecken versuchte. Ich schwieg, dachte an die junge Frau aus Montréal, die er in den Wäldern von Versailles kennengelernt und mit der er einen Sohn hatte. Er zahlte ihr regelmäßig Geld, besuchte sie gelegentlich in Kanada. Ich bin mir sicher, dass er mich nur deshalb ins Vertrauen gezogen hatte, weil die Kanadierin ihn bei seinem letzten Besuch wieder weggeschickt und ihm gesagt hatte, dass er nicht mehr zu kommen brauche. Sie wollte auch kein Geld mehr von ihm.

Ich ging zu ihm. Er saß in seiner Küche. Ich kam gerade herein, als er hemmungslos Schnaps aus der Flasche trank. Er war halb ausgezogen, stand in Unterwäsche da, entsetzt wie eine der Bettlerinnen auf der Straße, die ich beim Lügen erwischt hatte. Nur dass Arik hier alles andere als lügen konnte. Er saß da mit der Schnapsflasche und alle Masken waren von ihm abgefallen. Über das Kind wollte er nun doch nicht reden. Stattdessen erzählte er mir von seiner Mutter, sagte, dass sie an seinem zwanzigsten Geburtstag gestorben sei. Seinen Vater kannte er nur flüchtig. Er hatte die Familie sehr früh für eine jüngere Frau verlassen, die nur ein paar Straßen weiter weg wohnte und die sie jeden Tag beim Bäcker und in anderen Läden trafen. Als er mich ansah, wusste ich, dass ich das Kind weggeben würde, dass ich nicht mehr auf ihn warten konnte, dass es vorbei mit uns war.

Er strich mir wie früher über das Haar, küsste meine Wangen. Aber es fühlte sich anders als damals im Alter von zwanzig Jahren an. Wir spürten beide, dass nur noch der Abschied uns verband, weil ich bereit war, fortzugehen, nichts mehr zu wünschen, was er nicht in der Lage war zu geben. Als ich Signora Souza meinen Schlüssel zurückgab, erzählte sie mir, dass Arik eine rätselhafte Krankheit habe. Es ist etwas mit den Nerven, sagte sie. Nach einer Reise war er wegen einer Gehirnentzündung ins Krankenhaus eingeliefert worden. Er wurde von unkontrollierbaren Schlafanfällen übermannt. Seit damals male er nicht mehr. Es sei vorbei mit dem Malen. Und also auch mit seinem Fotografieren.

Ich habe Arik danach doch noch einige Male gesehen, er sah nicht krank aus. Im Gegenteil, er machte einen sehr gesunden Eindruck auf mich und fing mich wie früher vor Hiromis Wohnung ab, redete wild und leidenschaftlich auf mich ein, das Kind erwähnte er nicht mit einem Wort. Dann wurde er müde und sagte, er müsse weg, müsse sich hinlegen, schlafen. Ich spürte, dass eine tiefe Veränderung in mir vorgegangen war und es tat mir weh, ihn so zu sehen. Seine Schwäche war es, die mir dazu verhalf, ihn sehen zu können, ganz allein ihn, Arik – ohne mich, ohne meine Wünsche und das, was er durch sein Chaos und seine Worte in mir auslöste. Wir trafen uns dann mehrmals an den Nachmittagen, tranken Kaffee zusammen, gingen an der Bastille ins Kino. Fast jedes Mal überfiel ihn die Müdigkeit, unsere Treffen wurden immer kürzer. Und irgendwann kam er einmal nur zu unserer Verabredung, um mir in jenem Café, in dem wir einander zum ersten Mal begegnet waren, fünftausend Francs in einem Umschlag zu übergeben. Für den Jungen, sagte er, sehr leise, fast so, als sei das Kind ein großes Geheimnis, von dem niemand außer uns wissen dürfe. Ich dachte an Clément, an seine Kälte und die Art, wie er mich an jenem Tag draußen in seinem Haus zu übersehen versucht hatte, und schob Arik den Umschlag wieder hin. Behalt das, sagte ich, ich brauche dieses Geld nicht. Er sah mich an wie ein Kind, das geschlagen worden war. Manche Dinge kann man nicht mit Geld bezahlen, sagte ich. Er schwieg, mehr war ihm nicht möglich. Ich sah ihn an und dachte wieder an den Marienkäfertraum zurück, den ich geträumt hatte, als ich im vierten Monat schwanger war. Arik war darin zum Mörder unzähliger Marienkäfer geworden.

Der Traum war von einer erschütternden Präzision gewesen. Ich sah den Vater meines Kindes in einer Pariser Straße, die einer Gasse aus der belagerten Stadt glich. Ratlos ging er herum, von den Bergen her drohte ihm ein Feuer. Mal ging er nach links, mal ging er nach rechts, er drehte sich um und visierte eine neue Straße an. Ich glaube, all das fand überwiegend in der rue de Seine statt. Mit einem Mal standen an der sonst bebauten Stelle lauter hochgewachsene Blauglockenbäume. Sie waren ebenso schön wie jener große Baum, den mir Mischa Weisband hinter Sophies kleinem Restaurant gezeigt hatte. Unter den Bäumen standen Sitzbänke aus hellstem Holz. Einen Lidschlag lang sah ich den Dorfplatz hinter dem Haus meiner Großmutter. Arik, noch immer ratlos, versuchte sich zu setzen. Der alte, schwere Steintisch stand da, an dem ich in der Kindheit während der istrischen Sommer so oft gesessen hatte, im Spiel, mit den anderen Kindern. Es war ein uralter Richtertisch, umringt von zwölf Steinsitzen. Früher hatte hier der Stadtrat getagt. Jetzt stand Arik dort ganz allein. Ich sah ihm zu. Die zwölf weisen Männer und ihre langen Bärte fehlten, die sie auf dem Tisch ablegten, bevor sie mit der Beratschlagung begannen. Arik wunderte sich über diese Verwandlung der Pariser Straße, verstand aber sehr wohl, dass er sich hinsetzen musste. Er versuchte, zeitgleich auf allen zwölf Sitzen Platz zu nehmen. Und dann entschied er sich schließlich nach einem endlosen inneren Kampf für einen einzigen, wie das jeder andere auch getan hätte – weil es nicht anders ging, weil er sich setzen musste. Eine Art Zwang oder Befehl im Traum. Der Steintisch leuchtete, war eine verloren gegangene Sonne. Er legte seine Stirn auf den Stein. In diesem Moment offenbarten ihm Hunderte von Marienkäfern ihre Anwesenheit. Leuchtend, mit vielfachen Punkten, landeten sie auf seinen Schultern, Armen und Händen. Etwas Seliges ging von dieser Szenerie aus, so friedlich war sie, dass ich, die Beobachterin, unverhofft lächeln musste und beinahe Ariks schlimme Lage vergaß. Das war der Augenblick, in dem ich an seinem Traum teilnahm und in dem er anfing, die Marienkäfer zu töten. Er zerquetschte sie einfach mit seinen großen Händen. Die Marienkäfertötung schien Stunden zu dauern. Um Zeit kümmerte Arik sich nicht, er machte so lange weiter, bis sie alle tot waren. Ich schaute wie gelähmt zu, sah, dass ein einzelner Marienkäfer versuchte, sich auf der Höhe seiner Brust in sein Hemd zu retten. Im Traum, daran erinnere ich mich noch heute, dachte ich, dass dieser letzte Marienkäfer in sein Herz kriechen und sich dort in Sicherheit bringen wollte. Aber Arik gestattete das nicht. Er tötete auch diesen letzten Marienkäfer, der, ich sehe es deutlich noch vor mir, ein Achtpunkter war. Doch das entging Arik völlig. Ihm war gar nicht aufgefallen, dass die Marienkäfer unterschiedlich viele Punkte auf den Flügeln hatten. Als er fertig war, sah er zufrieden aus, entdeckte mich als Zeugin und schlief milde lächelnd auf der Bank ein. Ich sah ihm zu. Sobald er aufwachte, rannte er los, so schnell er konnte, er rannte von der Bank und den Marienkäfern weg, anfangs ein bisschen stolpernd, dann sehr schnell, geübten Schrittes. Er war schnell wie der Wind. Und der Traum für immer vorbei.

Ich hatte diesen Traum an einem jener Nachmittage geträumt, an denen wir an der Place Dauphine lasen und dann wie Kinder Schulter an Schulter auf dem Boden in der Sonne einschliefen. Als ich wach wurde, glaubte ich an seinem rechten Mundwinkel ein kleines Rinnsal zu entdecken. Für einen kurzen Moment hielt ich es, in Gedanken noch bei den Marienkäfern, für Blut. Aber es war nur ein Schatten, der mit dem Sonneneinfall weiterwanderte. Arik atmete leicht, nichts schien sein Gewissen zu belasten. Er war Arik, jetzt und für immer, Arik, der Maler. Vielleicht kann er selbst im Schlaf sein Gesicht kontrollieren, dachte ich damals, vielleicht kann er immer und alles kontrollieren. Und so war ihm sein Gesicht unter den Gesichtern, die er der Welt vorzeigte, gar nicht bekannt.

Vielleicht hat Arik vor allem immer nur sich belogen und nie etwas gefühlt. Vielleicht wollte er mich nur in seiner Nähe behalten, um mich wie ein Kaninchen in einem Käfig unter die Lupe zu nehmen, auch jetzt, als er mir fünftausend Francs für unser Kind reichte, um sein Gewissen zu erleichtern. Lange hatte ich gedacht, dass Arik mir vorherbestimmt war, dass die Zeitlosigkeit, die ich bei der Betrachtung seiner Hände oder seiner Augen empfand, auf etwas Richtiges verwies, auf eine innere Heimkehr oder eben auf das Anhaltende, die Dauer. Was ich aber für das Fortwährende gehalten hatte, war nicht einmal in der Zeit verankert, die auf meiner Armbanduhr ablesbar war. Alles, was in seinem Leben auf mich verwiesen hätte, gab es nach meinem Fortgehen nicht mehr. Und wenn noch etwas von mir, von meinen Briefen und minimalen Hinterlassenschaften übrig geblieben ist, so wird sie, dachte ich damals, niemand mehr mit mir in Verbindung bringen.

Arik hasste Geschenke, ich musste immer so tun, als seien meine kleinen Liebesgaben letztlich gar nicht von mir oder nur nebensächliche Mitbringsel, ohne irgendeine Bedeutung; dabei lief ich tagelang durch Paris, um etwas Schönes für Arik zu besorgen. Aus dem Gefühl heraus, mich in seiner Gegenwart ein bisschen unsichtbar machen zu müssen, wollte ich gleichsam namenlos sein. Damals beruhigte es mich, weil ich glaubte, es entstehe dadurch ein geheimnisvolles Band zwischen uns, das nicht nur unsere Körper, sondern auch unser Wesen zusammenhielt. Ich unterschrieb auch nie meine Briefe an ihn. Ich wusste nicht, dass ich damit von Beginn etwas eingeleitet, in ihm abgerufen hatte, worunter ich nicht nur leiden würde, sondern was auch mich und unser Kind auslöschen musste.

Ich hatte an dieser Auslöschung, ohne es anfangs zu merken, so fleißig mitgearbeitet, als baute ich an einem Haus für eine Großfamilie. Arik wäre aber nie auf Dauer mit mir unter ein Dach gezogen. Seine doppelten Wahrheiten waren mehrfach abgesicherte Selbsttäuschungen. Meine Unbeweisbarkeit und jenes spurlos gebliebene Pariser Dasein haben mich am Ende wachgerüttelt. Ich wollte aus der Namenlosigkeit heraustreten. Und ich musste feststellen, dass Arik doch alles gesammelt und sogar ein Archiv angelegt hat.

Zwei Jahrzehnte später sitze ich in einer anderen Stadt, in einem anderen Land, am Küchentisch meiner Großmutter und weiß, dass ich den Lücken in Ariks Sätzen zu viel zugetraut und das Fragen und Nachfragen versäumt habe. Vielleicht, denke ich jetzt, hätte ich Dinge erfahren, die mich schon damals verändert hätten. Aber so bin ich in die Wandlung wie in ein Schwert gestoßen worden. Es gibt nur den Weg, den ich gerade gehe, ein anderer ist Zweifel und Flucht. Ich wollte mich nie auf alle Stühle gleichzeitig setzen, meistens war ich glücklich, dass es überhaupt eine Bank gab, auf der ich mich ein bisschen ausruhen konnte.

Aber das Damals war meine einzige Zeitform, die Macht der Lücken sprengte meine Vorstellungskraft. Sie unterwarf mich Bedingungen, und heute weiß ich, dass es mir entgegenkam. Ich habe nicht gesprochen. Meine Stummheit fügte sich, und der Widerspruch in Arik kam mir vor wie ein dunkles Zimmer, das zu betreten ich nicht gewagt, aber mir immer vorgenommen hatte. Es erschien mir möglich, ihn zu einem fühlenden Menschen zu machen, wenn ich ihm nur aufzeigte, was ich selbst fühlte. Irgendwann gab ich das Reden auf und hoffte, dass mein bloßes Dasein und das Dasein des Kindes etwas ausrichten würden. Auch das Kind war machtlos, weder ihm noch mir konnte es etwas beibringen. Arik behandelte solche Momente des Lebens genauso wie die Marienkäfer aus meinem Traum. Er hat sich umgedreht, ist einfach gegangen, und alles, was blieb, das waren zerhackte Momente. Das Ende war unausweichlich, kündigte sich zeitgleich mit den anderen Abschieden in Paris an. Nadeshda war nach Berlin gezogen. Silva lebte längst in Saint Louis und feierte ihren Erfolg, die *New York Times* hatte über ihr Restaurant einen Artikel geschrieben. Hiromis Rückkehr stand auch an, sie hatte immer wieder von ihrem Wunsch gesprochen, nach Tokio zurückzukehren. Wir packten ihre Kartons und brachten sie mit unseren Rädern zur Hauptpost. Langsam leerte sich die Wohnung. Und da ich wusste, dass Nadeshda mir eine Arbeit am Theater beschaffen konnte, rief ich sie an und sagte, dass auch ich nach Berlin kommen würde. Die letzten zwei Wochen verbrachte ich jeden Tag mit Hiromi, die ihr Philosophiestudium im Gegensatz zu mir mühelos zu Ende gebracht hatte. Etwas Geld von meinem Stipendium hatte ich zur Seite gelegt, und Hiromi half mir, den Kirschholztisch in einem Möbel-Taxi zur Gare de l'Est zu bringen. Mit meinem Ersparten bezahlte ich den Transport nach Deutschland. Nadeshda nahm das Riesenpaket in Empfang. Und so erwartete mich bei meinem Einzug der Tisch in Berlin.

Wenn ich heute zurückschaue, besonders jetzt, da ich an genau diesem alten Tisch sitze und wieder an den kleinen Hund, an seinen sinnlosen Tod unten auf der Straße denke, an die Sinnlosigkeit jedes einzelnen Todes, dann kommt mir meine eigene Vergangenheit, die nahe und die ferne, wie eine veraltete Landkarte vor. Ich kann sie nur noch mit Mühe deuten, so, als gehöre sie einer anderen, von mir längst abgelösten Biographie und als sei diese einer fremden Haut eingeritzt, einem ganz anderen Leben, das sich mir aus der Distanz erzählt und nicht meinem eigenen Verantwortungsbereich zufällt. Seitdem ich mich erinnere, nimmt das Picken in meinem Kopf deutlich ab. Das gelegentliche Klopfen in meiner Stirn hat nahezu aufgehört, mich ins Erinnern zu treiben. Ich habe das Bedürfnis, mich auszuruhen und viel zu schlafen. Ich habe mein Kind weggegeben, nie hätte ich ihm und seinem Atem, seinen Augen, seinem Lächeln gerecht werden können. Dieser Atem, diese Augen, dieses Lächeln werden nie wieder Teil meines Lebens werden. Und dafür kann Arik nichts. Ich allein habe mich dazu entschieden, das Kind zurückzulassen, als ich nach Berlin ging.

Die Sonne scheint, und ich will nicht mehr einen Millimeter größer sein als ich es in Wahrheit bin. Noch immer muss ich an den Hund denken, an sein samtweiches, schwarzes Fell. Um es mir selbst zu versichern, dass ich keine Lust mehr auf hohe Schuhe habe, notiere ich es mir sogar in meinem Heft, schreibe mir regelrecht mein Vorhaben ins Innere ein. Mit der Niederschrift ist es wie eine Abmachung, die ich mit mir selbst geschlossen habe, nicht mehr zu rauchen. Nadeshda raucht wieder, dabei hatte sie schon längst aufhören wollen und es auch mehrmals probiert; ihr Problem war aber, dass sie in ihren Träumen weitergeraucht hat. Die Träume sind immer das Problem. In ihnen geht alles weiter, was wir untertags verlieren oder nicht sehen. Manchmal wache ich auf und habe das Gefühl, auf der anderen Seite der Erde ein paralleles Leben zu führen, ein anderes Herz zu haben, andere Nieren, andere Augen. Dann stelle ich mir vor, dass alles, was dieser Mensch auf der anderen Seite der Welt über sich lernt, auch mir hilft, so wie es manchmal hilft, was uns Fremde im Vorübergehen zeigen, vor allem jene, die auf der Durchreise sind, solche, die nichts haben, die sich auf nichts anderes stützen können als auf sich selbst.

Ich mache einen neuen Umzugskarton auf und hole meine alten Tagebücher aus Paris heraus, lege sie vor mir auf dem Küchentisch aus, suche die Hefte vom Anfang der Neunzigerjahre, blättere, suche nach dem Tag, an dem ich mit Arik auf der Brücke war. Über zwei Stunden lese ich darin, bis es an der Tür klingelt. Nadeshda bringt mir Ezra vorbei, und wir gehen wieder auf den Spielplatz.

Ezra fragt mich zum ersten Mal, warum er keinen Vater hat. Du hast einen Vater, sage ich, aber er lebt ganz weit weg. Wo denn? In Amerika. Er schweigt, sieht mich lange an. Wo genau liegt das?, fragt er nach einer Weile. Das ist ganz weit weg, sage ich, in Bakersfield, Kalifornien, auf der anderen Seite des Ozeans. Ich wundere mich, dass Nadeshda ihm nichts von Ilja erzählt hat. Ich küsse Ezra auf die Stirn und bringe ihn wieder nach Hause. Er sagt, in Kalifornien scheint immer die Sonne. Also hat sie es ihm doch erzählt, denke ich, nicke, sage, ja, fast immer scheint dort die Sonne, und Ezra nötigt mir das Versprechen ab, einmal mit ihm dorthin zu fahren, in dieses weitentfernte Land, das ihm so weit weg vorkommen muss wie mir mein paralleles Leben auf der anderen Seite der Erde, das Leben, an das ich manchmal denke, wenn ich mir meine Doppelgängerin vorstelle, irgendwo in einem Land, dessen Sprache ich nicht spreche, wo ich mir fremd bin, den Splittern und Bildern, Funken und Wundern ausgeliefert, getrieben vom Hunger, wie ein Tier, das um sein Überleben kämpft.

In der Wohnung sortiere ich akribisch weiter meine Schuhe. Zähle sie, zähle eins, zwei, drei, vier. Laut. Mit lauter Stimme. Die Schuhe mit Absätzen trage ich alle zum Müll hinunter. Und sehe mir meinen Keller an. Ausgerechnet an meiner grob gezimmerten Tür steht *Zum Schutzkeller*. In Frakturschrift. Die Schrift sieht bedrohlich aus. Vergangenheit, denke ich, sie ist überall, hängt fest in den alten Gemäuern. Der gleiche Mensch, der es hier aufgemalt hat, hat vielleicht auch zuvor ein oder zwei oder fünfzig Hakenkreuze gemalt. Es erstaunt mich, dass die weiße Farbe so lange hält. Die Vorstellung, was alles im Krieg in diesen Kellerräumen passiert und gedacht worden sein könnte, jagt mir einen Schauer über den Rücken, der noch lange nachwirkt. Schnell schließe ich den Keller ab und renne förmlich weg, zurück in meine Wohnung. Hier fühle ich mich sicher. Mein erster Impuls ist, gleich Mischa anzurufen und ihm von der Tür zu erzählen. Aber dann fallen mir die Gläser mit den Menschenaugen ein, die Biologin Karin Magnussen, die über Jahrzehnte hinweg in ihrem Wohnzimmer an die vierzig Augenpaare aufbewahrt hat. Bevor ich den Gedanken abschütteln kann, klingelt das Telefon. Wir synchronisieren unsere Gehirne, sagt Mischa, als ich ihm erzähle, was mir gerade durch den Kopf gegangen ist. Aber von der Frakturschrift in meinem Keller sage ich nichts. Ich frage mich, was damals nach dem Krieg mit den Arier-Ausweisen passiert ist, ob die jemand eingesammelt hat oder ob sie noch in den Wohnungen und Häusern dieses Landes herumliegen, sicher verwahrt, für den Fall der Fälle.

Mischa will nur wissen, wie es mir geht, ob ich die Sache mit der Bretagne gut überstanden habe. Ich bin vor kurzem dort gewesen. Nach Ariks Tod war ich noch einmal in seiner Wohnung an der Place Dauphine. Sein Notar ließ mich von seinem letzten Willen wissen. Und Nadeshda und ich reisten zusammen nach Paris. Nicht nur im Leben hat Arik uns immer überrascht, auch nach seinem Tod war es wie zuvor in seinem Leben – unruhig wie auf einem winzigen Segelboot draußen auf dem Meer. Wir mussten einfach seinem Willen folgen. Es war Herzstillstand, nach einer Kehlkopfoperation. Vor der Einweisung ins Krankenhaus hatte er begonnen, an der Nervenkrankheit zu leiden. Signora Souza sagte mir, Arik sei im Schlaf gestorben. Sie hatte ihn am darauffolgenden Nachmittag unter der Decke gefunden, die er mir geschenkt hatte, damit ich nicht fror.

Ich traf Signora Souza gleich nach unserer Ankunft an der Place Dauphine. Außer Nadeshda und mir gab es, sagte sie, niemanden, der zu seinem Begräbnis geladen war. Ich dachte an die Frau und das Kind in Montréal. Bis zum Schluss hatte er sie geleugnet. Aber im Testament kam der Junge vor. Signora Souza, Nadeshda und ich kauften Arik einen Kranz. Wir begruben ihn auf dem Friedhof Montparnasse, so wie er es sich gewünscht hatte. Danach trafen wir Dora und Mischa und gingen gemeinsam in Sophies kleines Restaurant. Aber essen konnten wir nichts. Neben uns saß lächelnd Parfümella und begrüßte uns wie alte Bekannte. Sie sah aus wie früher, hatte nur ein paar Falten mehr, roch aber wie immer nach einem halben Liter Opium.

sechster tag

Heute habe ich fast alle Kisten ausgeräumt. In der Leere der Räume ist noch nicht viel gesprochen worden. Die von Erinnerung freie Luft aus dem Vögelchenzimmer macht sich auch in den anderen Räumen breit. Manchmal scheinen sich meine Zimmer zu weiten. Seitdem ich hier wohne, denke ich immer wieder an das Meer. Je länger ich in der Lage bin zu schweigen, desto entschiedener reisen meine Ohren zum Meer, zurück zu den Orten am Meer, zu den Häusern am Meer, zu den Menschen am Meer. In der Erinnerung an das Meer strenge ich mich nie an. Es ist eine Reise ins Blaue. Innere des Wassers. Ohren, rauschen. Kein Knirschen. In den Knochen. Ich sehe Segelboote vor mir und kleine Fischerbarken. Netze, angefüllt mit dem nächtlichen Fang. Mein Kopf ist darüber so überrascht, dass der Druck vorne in meiner Stirn fast vollständig aufgehört hat. Das alte Pochen und Picken und Drängen, es ist Erinnerung. Bald wird es nur noch Ahnung sein, und ich werde mich im Zurückdenken anstrengen müssen, wenn ich wissen will, wie es damals war, mein Leben. Die Ohren hören das Meer. Sie hören es für mich, und ich werde durch mein Ohr dieser Klangraum, die sich stetig wiederholende Arbeit des Meeres. In der Tiefe der Stille kommen sie an der Küste an. Die Wellen. Ich spüre den Sand von früher zwischen meinen Zehen. Ich höre mich, höre meinen eigenen Atem, nach dem Einsatz des Meeres, in seinem Gleichklang, die unermüdliche Arbeit der Wellen und der Stille, die dann folgt, in meinen Ohren. In der Meeresstille habe ich keinen Namen. Bin ich. Noch nie vorher habe ich gehört, wie laut einem die Lunge das Leben voratmet. Und ich frage mich, da alle Orte ein Ort in mir geworden sind, alle Zeiten eine Zeit in mir, ob ich es nun hier schaffen werde, in ihrem Verlangen weiterzumachen, in ihrem Tempo in die Zukunft zu gehen, ohne ihr zum Opfer zu fallen. Oder ob ich meiner Lunge etwas anderes beibringen, ihr Murmeln in mein Murmeln wenden muss, in meine ganz eigenen Wörter, die sie nicht kennt, nicht kennen kann, da ich dafür zuständig bin, sie ihr zu geben, über den Rand zu reichen, durch das Gatter, das unsere Berührungen darstellen. Die Reibung mit der Luft. Zittern. Beim Gedanken an die Weite des nach Innen verlegten Raumes, in dem es keine Landkarte gibt. Nichts, das mir den Weg im Dunkeln weisen würde. Und doch liegt genau darin eine Genauigkeit, die präzise mit meiner Lichtlinie verbunden ist. Das weiß ich. Da bin ich schon jenseits der Ahnungen. Auf eine immer gleiche Weise schiebt sich die Sonne in den Morgenstunden über die Fläche des Holztisches. Meine Küche, in der der Tisch steht, zeigt Richtung Osten. Der Tisch ist hier von Anfang an meine kleine Sonnenstation gewesen. Und wie jeden Morgen habe ich auch heute wieder als erstes meine Hände auf den Tisch gelegt, seine Wärme gespürt, bevor ich meinen Kaffee getrunken habe. Die Plastiktüten, die meine Mutter mitgebracht hat, habe ich nach dem Frühstück auf dem Tisch ausgeschüttet.

Gestern Abend hatte ich Angst vor dem Durcheinander. Einen Moment lang spielte ich mit dem Gedanken, zur Mülldeponie zu fahren, alle Fotos aus den Tüten in einen großen schwarzen Sack zu stopfen und sie dort zu entsorgen. Aber dann stellte ich mir plötzlich vor, dass irgendein verrückter Künstler genau so etwas suchen würde, so etwas wie mein Leben, dass er dort vorbeikommen und die Fotos einfach aufklauben, sie zu seinem Eigentum, zu seinem Gedächtnis und am Ende zu irgendeiner Serie in seinem Werk machen könnte. Dann wäre er der Erzähler unserer Sommermonate am Meer. Nicht ich. Die Fotos musste ich allein schon deshalb behalten. Oder verbrennen. Sie durch das lebendige Feuer gehen lassen. Aber das konnte ich ja immer noch machen. Bevor ich einschlief, beschloss ich, die Plastiktüten keinem Fremden zu überlassen, sie nicht aus den Händen zu geben.

Ich versuche, eine Ordnung in das Chaos auf dem Tisch zu bringen und die Fotos nach Jahren, Geburtstagen und Festen zu sortieren. Meine Mutter und ihr Blick sind bei mir. Sie sieht mir über die Schulter, schaut nach, ob ich mich gut um ihr Kodak-Brownie-Erbe kümmere. Der warme Tisch wird mein großes Passepartout, ein Rahmen für meinen lange aufgeschobenen Versuch, Mutter und ihren Augen gerecht zu werden. Worüber wacht sie in meiner Vorstellung? Meine Mutter hat mich vor ein paar Monaten in meiner alten Wohnung besucht, und ich habe sie endlich gefragt, warum sie mir immer die alten Fotos in Plastiktüten bringt. Lieblos zwingt sie unsere ganze Welt von früher in sie hinein. Ihre Antwort war bezeichnend. Sie hat alles auf das begrenzte Gepäck geschoben. Sie wolle kein

Geld wegen dieser alten Sachen ausgeben. Außerdem war es die letzte Tüte. Sie wird mir keine Fotos mehr mitbringen. Ich sehe sie mir an, ihre Schnappschüsse haben schon einen leichten Stich ins Haselnussfarbene. Fotos aus einem ganz anderen Jahrhundert. Sie wirken koloriert und einem mir jetzt schon fremden Zeitmaß entsprungen, jenseits der Zeiger, die auf unseren Uhren die Stunden zählen. Das Haselnussfarbene sagt: Es ist für immer vorbei und wer bist du jetzt? Auf vielen Schnappschüssen trage ich die bunten Kleider, die mir meine Mutter angezogen hat. Ganz oft stehe ich zusammen mit meinem istrischen Freund Mateo unter einem Baum. Er lächelt und hat ein weißes T-Shirt mit blauen Streifen an. Mateo wollte schon damals Philosoph werden, nicht Matrose, wie ich es gern gehabt hätte. Er hat gesagt, dass nur Idioten Matrosen werden, das hatte ich ihm aber nicht geglaubt. Kein Idiot kann so gut aussehen wie ein Matrose, sagte ich, und Mateo lachte, ich solle abwarten und später noch einmal mit ihm darüber reden. Das habe ich ihm versprochen. Aber als Erwachsene haben wir nie wieder darüber geredet. In Istrien erzählte er mir jeden Sommer von Diogenes in der Tonne. Und schon damals, ich muss ungefähr fünf Jahre alt gewesen sein, versuchte meine Mutter, ihm beizubringen, dass es vielleicht gar keine Tonne war, in der der alte Grieche saß. Mateo ärgerte sich über sie. Er wollte einfach an der Diogenes-Tonne festhalten und fand es kleinlich, dass meine Mutter ständig auf ihre Übersetzungsidee zu sprechen kam. Sie ist rechthaberisch, sagte er dann, wenn wir unter den Bäumen saßen, die Hunde ihre Köpfe an unseren Füßen ablegten und mit ihren warmen Schnauzen unsere Zehen kitzelten. Mateo hat einige Jahre im Garten meiner Großmutter gearbeitet und so gab es keinen Baum, unter dem wir nicht irgendwann fotografiert worden wären. Jahrelang hat meine Mutter nichts über Mateo erzählt. Aber bei ihrem letzten Besuch redete sie nur noch über ihn, alles, was sie in der neuen Zeit als schmerzlich empfand, schien sich für sie in seiner Person zu bündeln. Ich weiß nicht, was von den Geschichten stimmt. Aber er hatte sie enttäuscht, das war nicht zu übersehen, wahrscheinlich gerade weil er Philosoph war, der einzige aus dem istrischen Dorf.

Die letzten zwei Wochen, die meine Mutter mit Nadeshda, Ezra und mir in Berlin verbrachte, redete sie beinahe ununterbrochen über Mateo und erzählte nichts über sich. Dabei hatte ich gehofft, dass sie sich dieses Mal nach all den Jahren des beharrlichen Schweigens öffnen und ich mehr über sie erfahren würde. Kaum dass aber die Rede nicht von Mateo war, sprach sie vom kommenden Sommer, und ich befürchtete plötzlich, dass sie mich bitten könnte, sie in Istrien oder in der Stadt zu besuchen. Ich wusste nicht, ob ich die Kraft haben würde, um ihr diesen Wunsch zu erfüllen. Aber als sie mich dann doch nicht fragte, war ich enttäuscht. Zugleich spürte ich ihre Scheu wie nie zuvor, bemerkte, dass sie wie ein Kind auf die Füße sah, wenn ihr ein Thema unangenehm war. Schon früher war es immer ihre Art gewesen, jede Lücke mit Geschichten zu füllen, die ihr plötzlich einfielen und die sie uns fast atemlos erzählte, als ginge es um ihr Leben. Nie wusste ich, wie viel sie von mir wahrnahm, doch darüber, dass ich nun in Berlin lebte, schien sie glücklich zu sein. Weißt du, sagte sie, du wirst nie erfahren, wie beharrlich Blut an Schuhen kleben kann. Und das sei mein größtes Glück. Ich war sprachlos. Wir sahen uns an, lange, ich brachte kein Wort heraus, aber als ich dann auf sie zuging und fast schon dabei war, sie zu umarmen, trat sie einen Schritt zurück und tat, als hätte sie es nicht bemerkt. Alles, aber auch alles hat sich verändert, sagte sie. Den Satz wiederholte sie mehrmals. Ich glaube, sie merkte es selbst nicht einmal, wie oft sie den Satz wiederholte. Er klang wie ein Mantra, aber es half ihr nicht. Mich überkam das Gefühl, dass sie genau wusste, wie sie mich von sich fernhalten konnte. Es war ein bestimmter Ton in ihrer Stimme, eine alte Höhe, aus der sie mich wie früher in der Kindheit mit den Augen ins Visier nahm. Wenn ich diese Tonlage hörte, schwieg ich, war wieder das fügsame Mädchen, das keine Fragen stellte und das wartete, bis es angesprochen wurde. Zuerst dachte ich, sie rede von Berlin und dem Fall der Mauer. Ich wusste, dass sie in ihrer Jugend mit meinen Großeltern längere Zeit in Schöneberg verbracht hatte und sich ein wenig auskannte. Aber sie sprach nicht über Berlin, sondern über unser früheres Leben. Über Jahre hinweg hatte sie, ganz anders als ich, mit ihren eigenen Augen gesehen, wie sich alles änderte, aber erst jetzt, und zum ersten Mal hier bei mir, schien sie in den fortwährenden Wiederholungen ihres Satzes zu verstehen, was in ihrem Leben unwiederbringlich verloren gegangen war. Statt den Verlust zu empfinden, erzählte sie wieder nur über Mateo. Schon morgens fing sie damit an. Kaum dass wir am Tisch saßen und Kaffee tranken, war sein Name mehrmals gefallen. Sie berichtete Nadeshda und mir von den Leuten, die mit Mateo in dem Sprachverein waren und sich jetzt alle hauptberuflich nur um die Korrektheit der Sprache kümmerten. Das setzte ihr besonders zu. Mateo sei unter den Sprachreinigern der ehrgeizigste und habe zu den Leuten gehört, die öffentlich arme Buchhändler beschimpften, nur weil sie Bücher in kyrillischer Schrift verkauften.

Auf den Fotos, die auf dem Tisch vor mir liegen, leuchten Mateos Augen so zeitlos wie nachdrücklich. Er hatte damals einen wachen Blick. Ich kann die Freude, die von seinem jugendlichen Gesicht ausgeht, nicht mit dem in Verbindung bringen, was meine Mutter erzählt hat. Meine Erinnerung trägt mich zurück zu den Sommern und den unzähligen Tagen, an denen wir unter den Bäumen saßen und stundenlang aufs Meer hinausschauten, zu den Möwen und auf die Wellen, die in unserer Vorstellung miteinander redeten. Das Meer verstand die Sprache der Möwen. Und die Möwen verstanden die Sprache des Meeres. Und wir sahen ihnen dabei zu und freuten uns, wenn Wind aufkam und über uns die Wipfel der Bäume zu hören waren, nirgendwo Stillstand, überall die pralle Bewegung. An einem solchen Nachmittag hat mir Mateo eine blauweiße Perlenkette geschenkt. Irgendwann blieb ich an ihr hängen. Die Perlen sprangen auseinander, flogen in alle Richtungen weg und ich zwang meine Mutter unter Tränen, sofort mit mir nach Triest zu fahren und dort genau diese Kette zu beschaffen. Mateo sollte nicht merken, wie ungeschickt ich mit seinem Geschenk umgegangen war. Die Vorstellung, mir selbst ein für alle Mal die Erinnerung an Mateo und sein Geschenk verbaut zu haben, ließ mich bis Triest bitterlich weinen. In der Stadt fanden wir eine identische Kette. Meine Freude war unermesslich, aber im gleichen Augenblick, in dem ich eins mit meinem Glück war, bemerkte ich, dass auf den vorderen Steinchen zwei kleine

Flecken zu sehen waren. Und diese sah ich fortan immer als erstes. Jedes Mal sagte ich mir im Stillen, dass es die falsche Kette war. Irgendwann verlor ich sie, ich merkte es nicht einmal, und als es mir auffiel, war es mir egal, ich war froh, die Flecken nicht mehr sehen zu müssen.

Meine Mutter behauptete, dass Mateo Anfang zwanzig nicht einmal gewusst habe, welche Religion er hatte. Aber jetzt, sagte sie, jetzt kennt er seinen ganzen Stammbaum auswendig und rezitiert ihn im Dorfwirtshaus wie ein Gedicht von Vergil. Dabei sei sein Urgroßvater ein Italiener aus dem Hinterland von Triest gewesen. Aber das blende Mateo wie alles andere einfach aus, ohne einen Widerspruch darin zu sehen. Er ist der große Verfechter der Reinheit und lässt in seinem Stammbaum einfach das weg, was zu seiner neuen nationalen Identität nicht passt. Der Ärger meiner Mutter hatte noch einen anderen, konkreten Anlass. Im ersten Sommer nach dem Krieg verschwand aus der Kommode meiner Großmutter die alte Streichholzschachtel mit dem Maskottchen und dem roten Logo der Olympischen Winterspiele von 1984. Meine Großmutter sah zufällig, dass über Nacht in ihren Schuppen eingebrochen worden war. Ihre Holzvorräte für den Winter waren bis auf den letzten Scheit weg. Einen ganzen Monat lang wusste sie nicht, wer hinter alledem steckte. Aber es sprach sich schnell herum, dass die alten antifaschistischen Denkmäler seit einiger Zeit im Landesinneren zerstört wurden und nun auch seit Tagen lichterloh brannten. Bald kam auch heraus, dass sie von einer organisierten Gruppe in Brand gesteckt wurden. Dafür brauchten sie Holz, das nach dem Krieg knapp war. Mutter sah es als erwiesen an, dass es die gleiche Gruppe war, die Großmutters Vorräte gestohlen hatte und die sich jetzt als Verein um die Reinheit der Sprache kümmerte.

Mein Onkel Milan hatte einige der alten Denkmäler in den Sechzigerjahren entworfen und mitten in der Natur, manchmal auch in den Bergen bauen lassen. Bevor er nach Frankreich emigrierte, war er noch für seine raumschiffgroßen Arbeiten mit internationalen Preisen ausgezeichnet worden. Auch nach seinem Fortgehen aus Jugoslawien war er stolz auf seine Denkmäler, auch auf die seiner Kollegen. Wenn auf den Spaziergängen, die ich mit Tante Sofija und ihm in den Wäldern bei Meudon gemacht hatte, die Rede darauf kam, zeigte er sich überzeugt davon, dass die Menschen sie – egal welcher Nationalität oder Religion – nach dem Zusammenbruch des Landes in den einzelnen Republiken stehen lassen würden. Angst davor, dass sie im Krieg zu Schaden kommen könnten, hatte er aber durchaus. Onkel Milan täuschte sich. Die meisten der antifaschistischen Denkmäler überstanden den Krieg, nur wollte sie jetzt niemand mehr sehen, niemand mehr etwas über den Zweiten Weltkrieg und die Heldentaten von Titos Partisanen wissen. Im Gegenteil, sie störten jetzt mehr denn je.

Meiner Großmutter kam irgendwann in den Sinn, dass es einen Zusammenhang zwischen dem Verschwinden der Streichholzschachtel und dem Holz in ihrem Schuppen geben könnte. Die Leute in den umliegenden Dörfern waren ratlos. Vor allem von den Alten, die den Zweiten Weltkrieg, Mussolinis und Hitlers Truppen und den kroatischen Faschismus überlebt hatten, wusste niemand, wer sich für so etwas hergab. Es war aber ganz einfach. Hinter alledem steckte mein alter Freund Mateo und er erzählte darüber selbst in der Dorfschenke. Er gehörte zu den zahnlosen Kriegsrückkehrern, die niemand mehr auf den ersten Blick erkannte.

Meine Mutter sagte, er habe sich an der Front das Denken schnell abgewöhnt, wenn er denn wirklich zu denken überhaupt je vermocht habe. Nun entdecke er seine Qualitäten als großer Sprachreiniger, sagte sie verächtlich. Da er studierter Philosoph war, akzeptierten die Leute ihn im neuen Staat sofort als Autorität. Alle möglichen Fremdwörter, besonders die aus dem Lateinischen, übersetzte er, wie er es sagte, in seine Sprache. Er wollte seine Ergebnisse in einem Buch der Öffentlichkeit – und damit meinte er: der neuen Nation – zur Verfügung stellen. Mutter sagte, sie habe ihn überhaupt nicht mehr erkannt, als sie meine Großmutter Inge in Istrien besuchte.

Es war ihr unmöglich, mit Mateo ein normales Gespräch zu führen, weil er sie ständig belehrte, ihre Wortwahl und ihre Syntax kritisierte und ihr Hinweise gab, wie sie alles besser und richtiger ausdrücken konnte. Er kannte kein anderes Thema, es ging ihm nur um *seine* Sprache. Die ist sein Alles, sagte meine Mutter, und nichts lässt er auf seine hehre Nation kommen. Man hatte sie doch alle angegriffen. Ein ganzes Volk sei Opfer geworden. Und gewehrt habe es sich, weil es etwas zu verteidigen hatte. Das Eigene, meine Liebe, sagte Mateo dann zu meiner Mutter, die ihn schon als Kleinkind gekannt und mit Büchern aus Sarajevo versorgt hatte, das Eigene muss man mit allen Mitteln verteidigen. Was denn das Eigene sei, fragte meine Mutter ihn, worauf er etwas ratlos guckte und dann laut: ZUALLERERST DIE SPRACHE! sagte. Ach so ist das, sagte meine Mutter, Philosophen werden ja zum Glück zu keiner Zeit arbeitslos. Aber Mateo überhörte die Ironie in ihren Worten. Er liebte sich in seiner neuen Rolle und sah sich im Dienste an der richtigen Sache.

Vor dem Krieg hatte Mateo gewissenhaft begonnen, Philosophie zu studieren, und weil er für sein Denken im Sozialismus von niemandem bezahlt wurde, so hatte es früher mein Großvater formuliert, arbeitete er im Garten meiner Oma Inge, für die er die Bäume auf den Feldern beschnitt, der er bei der Traubenernte im Herbst half und mit der er fast jeden Tag über ein Jahrzehnt hinweg zu Abend aß. Den Schlüssel zu Haus und Hof hatte sie ihm nie abgenommen. Jetzt hatte er aber immer etwas anderes zu tun, dabei, davon war meine Mutter überzeugt, hatte er eigentlich Angst vor sich selbst.

Das ließ mich besonders aufhorchen. Mateo hatte mir manchmal unter den Bäumen vor unserem Haus von seinen Ängsten erzählt. Er hatte schon in der Grundschule Angst vor dem Meer, weil er nicht schwimmen konnte, aber er fürchtete sich nicht nur vor dem Wasser, sondern auch vor den Blicken der anderen, er hatte Angst vor dem Regen, Angst vor Insekten, ganz besonders vor Schmetterlingen, Schlangen und Vögeln, er hatte Angst vor der Kälte und vor der Sonne, er hatte Angst, dass seine Mutter sterben könnte, dass er sie aus Versehen schlagen könnte. Er hatte Angst vor einem Gespräch mit Unbekannten und schob dann später immer seine schlauen Gedanken über Philosophie wie einen Schutzschild vor sich her. Schon als Junge las er Bücher über die menschliche Existenz und alle wunderten sich, dass er immer noch Angst vor einer beiläufigen Berührung hatte – er zuckte regelrecht unter den Blicken der anderen zusammen.

Wenn die Leute ihn manchmal fragten, wie es ihm gehe, sagte er immer nur, er habe viel zu tun. Dann warf er in der Regel immer noch irgendetwas wichtig Klingendes ein, einen Satz, eine Wendung, die er von den Alten Griechen klaute. Diogenes in der Tonne fehlte bei keiner Gelegenheit. Mateo verschaffte sich auf diese Weise bei einigen alten Menschen im Dorf Respekt, die ihn für redegewandt hielten. Am meisten hatte Mateo Angst vor menschlicher Nähe, an ein Mädchen und ihre Haut, vertraute er mir einmal unter unserem Lieblingsbaum an, wage er nicht einmal zu denken. Wie alle jungen, unerfahrenen Männer war er vom weiblichen Körper überfordert, nur glaubte er, das Problem ganz allein zu haben, und immer, wenn er einem Mädchen näherkam, wusste er nicht, was er genau machen und wie er es ausziehen sollte. Da ich damals selbst noch gar keine Brüste hatte, konnte ich ihm keinen Rat geben. Ich verstand ihn überhaupt nicht. Sein Problem war für mich ein großes Rätsel. Ich litt an noch größerer Unwissenheit als er, sagte aber, dass es doch ganz einfach sei, er solle es so machen wie in den amerikanischen Filmen.

Ich glaube, er hat später nie wieder mit einem anderen Menschen darüber geredet. Meine Mutter ist sich sicher, dass er bis heute mit keiner Frau geschlafen hat. Als der neue Staat Männer einzog und an die Kriegsfront schickte, meldete Mateo sich als erster Freiwilliger. Den Vielvölkerstaat gab es nicht mehr, die Nation war jetzt eine große Entdeckung für ihn. Und weil sein Leben sonst keinerlei Bedeutung, Schmerz oder Verlust kannte, davon jedenfalls waren jetzt alle überzeugt, die meine Mutter von früher kannte, wollte Mateo sich in den Dienst seiner Nation stellen. Er selbst erzählte viele Geschichten von der Front, die beweisen sollten, wie wichtig ihm sein Land war, in dem, hieß es allenthalben, so viele Helden lebten. Er hatte seine Freunde neben sich im Graben sterben sehen, vom Tod angezogene, große Pferdefliegen zerfraßen ihre Münder und Augen. Aber Mateo, der Philosoph, wollte seinem eigenen Bekunden nach standhaft bleiben, seinem Land dienen und für das Gute, für seine über Jahrhunderte unterdrückten Leute und seine geknechtete Nation einstehen.

Meine Mutter erzählte beim Frühstück von ihm, ohne Nadeshda und mich auch nur einmal anzusehen. Sie sagte, dass er mit einer Waffe in der Hand endlich habe zeigen wollen, dass er kein Feigling sei. Sie rauchte eine Zigarette nach der anderen. Ich schwieg, war trotz meiner Enttäuschung nicht bereit, Mateo sofort zu verurteilen. Das schien sie zu ärgern. Dein Bild von ihm, sagte sie mit rauer Stimme, ist noch eines aus den istrischen Sommern. Es habe sich aber seitdem alles geändert. Zum ersten Mal bemerkte ich, dass sie wütend auf mich war, weil ich mich immer einer Rückkehr verweigert hatte. Ich fühlte, dass in ihren Worten auch ein unausgesprochener Vorwurf lag und sie mir sagen wollte, ich könne nicht mitreden, weil ich nicht da gewesen sei. Sie hatte recht, ich war nicht da, bis heute weiß ich nichts über die beharrliche Klebrigkeit menschlichen Blutes. Der bittere Zorn, der aus ihr sprach, blieb mir fremd, und die Geschichten, die sie über Mateo erzählte, überstiegen meine Vorstellungskraft über das, was ein Mensch tun und wie er sich verändern konnte. Einmal, das habe Mateo ihr selbst in Großmutters Haus erzählt, hatte er einen Mann neben sich im Graben weinen sehen und ihn von ganzem Herzen dafür verachtet. Auch dann, als dieser ihm erzählte, dass seine Frau auf dem Weg zum Markt erschossen worden war, erschossen von Leuten, die zufällig zum ersten Mal eine Waffe benutzten, herumprobierten und aus Spaß ins Nichts zielten. Zufällig ging sie, gerade in Gedanken versunken, durch dieses Nichts in Richtung Marktplatz, um für ihre Kinder Besorgungen zu machen. Das hatte ihm seine elfjährige Tochter geschrieben. Unsere große Nation wird es dir tausendfach zurückzahlen, hat Mateo zu ihm gesagt, sie wird dich bis ans Ende deines Lebens dafür ehren, dass du für sie weiterkämpfst. Aber der Mann hörte nicht auf zu weinen und sagte, die Nation sei ihm egal, alles sei ihm egal, er wolle keine Ehrung, er wolle auswandern, nach Amerika, nach Australien, egal wohin, nur weg wolle er, aus dieser Hölle verschwinden. Mateo habe ihn dafür verabscheut. Gerade jetzt musst du durchhalten, mein Kumpel, sagte er zu ihm, halt' durch, wir bauen unser Land neu auf, das bringt immer zuerst Verluste mit sich. Eine Stunde später wurde der Mann tödlich verwundet und starb vor seinen Augen. Was für ein Vögelchen das war, sagte Mateo, das haben wir jetzt gesehen, was der Tote für ein Mann gewesen ist, ein Nichts von einem Mann, er hat in seiner letzten Lebensstunde geheult wie ein Hühnchen. Das sei, sagte meine Mutter, bis heute seine Lieblingsgeschichte, die er jedem im Wirtshaus schon tausend Mal erzählt hat.

Meine Großmutter Inge wusste, was mit Mateo los war, früher hatte er sich ihr hin und wieder anvertraut. Aber jetzt redete er so gut wie gar nicht mehr mit ihr. Ein Mann mit Charakter, so nannte man ihn in der stolz gewordenen Gemeinde, die, genauso wie er, nichts mehr von den alten Zeiten wissen wollte. Sie hatten nur eines im Sinn:

Die eigene Sprache zu erhalten, sie zu lieben und vor fremden Einflüssen zu beschützen. Das war jetzt ihre wichtigste Aufgabe. Weg mit der Literatur der Feinde! Weg mit dem anderen Alphabet. – Sie gehörten doch nicht zu Moskau und den Russen. Sie hatten alle in der Schule das bescheuerte kyrillische Alphabet lernen müssen, sagten sie sich. Wie überflüssig das war, das konnten sie sich nicht oft genug vor Augen führen – wo bitteschön konnte man denn irgendeinen kyrillischen Buchstaben sinnvoll im zivilisierten Europa einsetzen? Nirgendwo. Na bitte! Sie gründeten einen Verein, nannten ihn »Schule für unsere vaterländische Sprache« und unterrichteten die Leute auch in korrekter Geschichte. Es wunderte mich nicht, dass meine Mutter nichts mit ihnen zu tun haben wollte. Stolze Dichter vom Lande und aus den Städten schrieben pfiffige Palindrome auf den ersten Mann im Staate. Der Verein konzentrierte sich auf »sprachspezielle nationale Fragen« und kurze Zeit darauf war ein vaterländisches Archiv sein ganzer Stolz. Die erste Frage, der sich der Verein widmete, war die Opferfrage. Es kam bei ihren Recherchen heraus, dass in der Vergangenheit das eigene Volk, die eigene Sprache immer irgendetwas oder irgendjemandem zum Opfer gefallen waren. Wie sehr sie die fremden Invasoren hassten! Und erst recht deren Sprache! Das würde nie wieder vorkommen dürfen! Nie wieder würden sie es erlauben, dass jemand sie derart offensichtlich in Knechtschaft hielt und mit allen Mitteln, ja sogar mit einem zusätzlichen Alphabet, vor den Augen der ganzen Weltöffentlichkeit unterdrückte! Das würde jetzt und für immer und in allen Zeiten anders werden müssen! Wir werden uns auf uns selbst besinnen, sagten sie. Auf unsere Wurzeln! Auf unsere schönen Adjektive! Auf unseren wunderbaren Vokativ und den besonders wichtigen Lokativ!

Neben der Sprache setzten sie noch zusätzlich auf die Kraft der Mythen. Sie liebten diese schönen, alten heroischen Geschichten. Was aber noch viel wichtiger war, sagte meine Mutter: sie liebten Gott. Und Gott war an ihrer Seite. Das wussten sie, ohne ihn zu fragen. Er sprach ja einfach so mit ihnen, im Kopf und später in der Schlacht. Sie einigten sich auch bald darauf, ganz auf die Tiefenkraft Gottes in ihren Seelen zu setzen. Sie waren Gläubige! Christen! Der Himmel war ihr Zeuge! Der Himmel war ihr Helfer! Da sollte ihnen nur einer wieder mit diesen fremdsprachigen Elementen kommen und versuchen, ihre schöne, selbständige und in sich – von NATUR AUS! – vollkommene Sprache anzutasten. Waffen hatten sie in ihren Kellern ja genug. Sie waren bereit, sie einzusetzen. Für ihr Vaterland. Für den Vaterländischen Krieg hatten sie schon alles gegeben, was sie hatten. Manche von ihnen hatten sogar auf eine Rente verzichtet. Helden nehmen doch kein Geld! Eine Kriegsrente! Nicht zu fassen, auf was für erbärmliche Ideen ihre Feinde kamen – mit Geld bestachen sie ihre Leute, das erklärte einiges. Sie hingegen mussten doch nicht für ihre vaterländische Liebe bezahlt werden. Was eigentlich in der Zwischenzeit all die Mütter taten, wusste niemand so richtig zu berichten. Nun, jeden fremden Spracheindringling würden sie schon in seine Schranken zu weisen wissen. Von nun an benutzten sie nicht mehr das Wort *avion* für Flugzeug – dass *avion* von *avis,* dem lateinischen Wort für Vogel abgeleitet wurde, wussten sie nicht, es störte sie nur, dass ihre Feinde das Wort benutzten und eine mehrköpfige

Wortjury aus Dichtern und Denkern setzte sich zusammen, um einen Ersatz für das Fremdwort zu finden. Sie einigten sich einstimmig auf Luftdurchsegelungsgerät und waren glücklich. Niemand, aber auch wirklich niemand würde sie von nun an jemals mehr von irgendeiner weitentfernten Hauptstadt aus lenken können. Sie waren selbst in der Lage, ihre Sprache zu bereichern und einen eigenen kulturellen Raum für sich zu schaffen. Sie waren Opfer gewesen. Damit war jetzt Schluss. Der Verein war so in seinem Element, dass eines der Vereinsmitglieder irgendwann auf die Idee kam, die alten antifaschistischen Denkmäler und Gedenkstätten zu eliminieren. Die waren in ihren Augen der Materie gewordene Ausdruck der Vielvölkersprache. Das Alte. So unnötig wie ein vom Latein abgeleitetes Wort, *avis*, der alte Wort-Vogel, der ihnen etwas hätte beibringen können, musste getötet werden. Mit diesem Mischmasch wollten sie jedenfalls nichts mehr zu tun haben. Denkmäler! Wozu brauchten sie diese? Die Dinger mussten weg! Das wurde beschlossen. Von wegen antifaschistischer Kampf! Was für einen Unsinn man ihnen doch im alten Staat erzählt hatte. Schluss auch damit! Ohne eine Gegenstimme war die Sache abgemacht. Ein für alle Mal sollte es mit den Lügen vorbei sein. Redlichkeit ist etwas für richtige Männer. Mateo meldete sich wieder als erster. Seiner Nation zu dienen, das war noch immer allererste Bürgerpflicht für ihn. Er stahl meiner Großmutter vor lauter Zorn die alte Streichholzschachtel mit dem Logo der Olympischen Winterspiele. 1984! Das war doch Vergangenheit! Sentimentales altes Weib! So soll er sie genannt haben.

Davon war meine Mutter überzeugt. Und dann schaffte er in einer Nacht auf einem Karren die Holzvorräte aus dem Schuppen. Auf einem Lastwagen wurde das Holz in die nächstbeste Gedenkstätte gekarrt. Es sollte ein schönes, großes, wunderbares Feuer werden. Gott war an ihrer Seite. Seine Liebe war ihnen sicher. Gott, darin waren sie sich einig, liebte die Kraft des Feuers genauso wie sie. Und er mochte bestimmt ihre Luftdurchsegelungsgeräte lieber als die Flugzeuge der anderen. Das berühmte wellenartige Gebäude, das Tito (sie nahmen sich sein Bild mit, um es unterwegs abwechselnd zu bespucken und darauf zu onanieren) als antifaschistisches Denkmal erbauen ließ – war ihr erstes Ziel. Nieder mit den bescheuerten antifaschistischen Kämpfern! Was haben sie uns gebracht: Gefangenschaft! Und eine fünfzigjährige Abhängigkeit von den Orthodoxen! Das Gebäude, das als erstes brannte, hatte im Vielvölkerstaat an ein Feldlazarett erinnert, in dem Widerstandskämpfer um das Leben ihrer Kameraden rangen. Heute ist das Denkmal halb zerstört und fällt wie ein rostendes Schiff auseinander. Die Leute im Ort benutzen es als Sockel für eine Satellitenschüssel und eine riesengroße Antenne, um neueste amerikanische Serien empfangen zu können. Ebenso eifrige Vereinsmitglieder haben andere Denkmäler an anderen Orten wie das Wellengebäude von Mateo zerstört. Es war ganz leicht, alles kaputt zu machen, sagte meine Mutter, die kaum eine Pause beim Sprechen eingelegt hatte. Nichts ist leichter als das, wenn man einen nationalen Auftrag hat und damit die eigene Geschichte verteidigt, wer im Dienste einer reinen Sprache handelt, kann ganz schnell das Lebenswerk eines anderen zerstören und sich mit einem schönen schwarzen Kaffee belohnen. Was für ein Triumph! Wofür um Himmels willen brauchte man denn jetzt noch antifaschistische Denkmäler, sagten sie und schrieben es auch in ihren Zeitungen, jetzt, da endlich bei ihnen in ihrem freien stolzen Land der Tourismus so herrlich florierte! Unser Meer ist das schönste! Unsere Berge! Unsere Wiesen! Unsere Täler! Alles ist so einzigartig! Was für eine sentimentale Idee ist denn das eigentlich, am Alten festhalten zu wollen, wo die ganze Welt unser Meer sehen will! Unsere Berge! Unsere Wiesen! Unsere Täler! – Die Gedenkstätten waren doch nichts anderes als lästig und überflüssig, diese alten Steine sahen außerdem überhaupt nicht mehr modern aus. Es machte Spaß, für das Neue zu kämpfen! Her mit dem Modernen! Weg mit dem Alten! Weg mit dem Zeug von früher! Weg mit dem Überflüssigen! Ein Dorn im Auge des frei atmenden Betrachters muss immer und zu allen und besonders in Neuen Zeiten entfernt werden. Was also taten sie? Sie setzten sich zusammen, ein Ratschlag aus dem einen Mund folgte dem Ratschlag aus einem anderen und dann gingen sie im ganzen Land los, im Norden und im Süden, im Westen und im Osten – Rat an Rat, Schlag an Schlag, Fackel an Fackel, alle stramm nebeneinander, zuerst nachts, um die unförmigen Gebilde aus alten Zeiten dem Erdboden gleichzumachen. Aber den Schutz der Dunkelheit brauchten sie schon bald nicht mehr, das fanden sie irgendwann überflüssig, sie wollten erkannt werden und verabredeten sich für weitere Aktionen gleich nach dem Frühstück, am helllichten Tag. Scheißfackeln, verfickt noch mal, sagte einer von ihnen, gehen ja doch aus in der Scheißnacht. Und dann hielt der schnell erwählte Anführer untertags himmelgroße Reden. Die anderen nickten. Betäubt von einem seltsamen Vorgeschmack auf ihre Freiheit, überwältigt vom Gefühl, Herr über Feuer und Erinnerung zu sein, stimmten sie ihm zu, ja, einen solchen Redner brauchten sie jetzt, Redner, die hatten Konjunktur, was für eine Zeit, in allem so ein herrliches Florieren. Sie waren, kurzum, beglückt und begeistert. Ob jemand für die Denkmäler war oder nicht, wurde vor Ort nicht mehr gefragt. Gesucht und gebraucht wurden nur Gegner, und wenn sie sich trafen, waren sie glückbeschwingt und sich in allem einig. So beflügelnd war das Leben für sie noch nie. Wer für die Denkmäler war, der war für die Vergangenheit. Und wer für die Vergangenheit war, hatte offenbar nicht verstanden, dass in der Gegenwart ganz andere Dinge wichtig waren, es das alte Land nicht mehr gab. Na, was denn, sagte man einem alten Mütterchen, als es von der Rettung einiger tausend gefangener Kinder im Zweiten Weltkrieg erzählte. Du blöde alte Frau, bleib uns weg mit deinen Partisanen! Als die alte Frau sagte, die Kinder wären doch sonst alle gestorben, Kinder sind Kinder, egal, wer sie zur Welt gebracht hat, sagte Mateo zu ihr, ach ich fick eure Partisanen in den Arsch. Ein Sprachreiniger, sagte meine Mutter, ist er geworden, wie man ihn sich in der neuen Zeit vorstellt. Sie war da, die neue Zeit, angebrochen, eine Sonne in ihren Händen, sie sollte scheinen, hoch und hell, dem Leben, das gut und gerecht war, zu Diensten stehen.

Meine Mutter war beim Erzählen aufgestanden und hatte sich ans Fenster gestellt. Sie sah immer noch rauchend auf den Hof hinaus. Sie weinte nicht, das wusste ich, obwohl sie mir den Rücken zugekehrt hatte, aber die Geschichten, die sie Nadeshda und mir erzählte, nahmen sie sehr mit. Ich glaube, sie zitterte, und wir ließen sie in Ruhe, hofften, dass sie sich bald wieder zu uns setzen würde.

Von Onkel Milan hörten wir nichts, er schwieg sich dazu aus und schien mit der Vergangenheit abgeschlossen zu haben. Meine Mutter hatte vor ihrem Besuch in Berlin von Tante Mila erfahren, dass der Club der Visionäre, vertreten durch Zoki Zaritsch, eine Presse-Erklärung abgegeben hatte. Sie könnten sich nicht mit der Zerstörung der Denkmäler einverstanden erklären. Und verurteilten die Täter. Zoki Zaritsch behauptete, dass der Club gerne die Denkmäler gepflegt und gerettet hätte. Aber von Paris aus war das schwer zu bewerkstelligen. Sie wollten wenigstens aus der Ferne ihre Stimme erheben. Nadeshda und ich stellten uns die lautstarke Truppe am Tresen jenes Cafés vor, in das wir auf der Suche nach einem guten Kaffee hineingeraten waren. Und wir dachten an Zoki Zaritsch mit seinem alten Pioniersmützchen auf dem Kopf, überzeugt von jedem Wort, von allen seinen Idealen.

Meine Mutter tat alles, um nicht über sich selbst sprechen zu müssen. Sie hatte die Belagerung und den ganzen Krieg in der Stadt überlebt. Ich wusste, dass das Erlebte ständig an ihr nagte. Aber wie verwundet sie innerlich nach all den Jahren immer noch war, hörte ich jetzt an der Art, wie sie über alles erzählte, wie sie sich jeden Satz von Mateos Verein gemerkt hatte und in seine Sprache wie in ein offenes Messer gerannt war. Sie war verwundet worden und eingezäunt von dieser Sprache, die keine Gnade kannte.

Zornig versuchte sie, sich aller Details zu entsinnen und sie wortgetreu wiederzugeben. Sie sah von meinem Fenster zur alten Maulbeere im Hof und zündete sich nervös eine Zigarette nach der anderen an. Sie wusste alles über die Zerstörung der Denkmäler, den Monat, die Woche, den

Tag, die Stunde als es begann. Aber Onkel Milan erzählte sie von alledem nichts. Wenn sie mit ihm in Paris telefonierte, erwähnte sie nur das gute Essen, das schöne Wetter, und sie schmiedeten ernsthaft Pläne für ein Wiedersehen im nächsten Sommer. Zusammen mit einer französischen Freundin aus Meudon Val-Fleury wollte er mit Tante Sofija auf einer der großen Sonneninseln ein paar Wochen verbringen. Onkel Milan wird sie spätestens dann die Zerstörung der Denkmäler nicht mehr verheimlichen können. Wenn es schon Zoki Zaritsch in Paris wusste und darüber bereits in den französischen Zeitungen geschrieben worden war, dann musste es auch mein Onkel Milan längst erfahren haben. Meine Mutter erzählte bei ihrem letzten Besuch in Berlin auch von anderen Orten, von Gedenkstätten, die von den Erneuerern nicht zerstört worden waren. Sie sagte, dass die Männer, meistens drogensüchtig gemachte Frontrückkehrer, schnell gelernt hatten und nicht alles anzündeten, sondern das Alte auch umfunktionierten. Einer dieser Rückkehrer kam auf eine neue Geschäftsidee, in einer Kleinstadt, in der unsere Verwandten väterlicherseits lebten. Dort machte ein Patriot aus einer Gedenkstätte, die im Zweiten Weltkrieg ein Kinder-Gefangenenlager gewesen war, über Nacht eine Diskothek. Zehntausende waren dort einst inhaftiert gewesen. Viertausend waren gestorben. Das Haus hatte vier Stockwerke. Sehr viel Platz ist das, sagte meine Mutter, Platz fürs pure Vergnügen. Dieses Geschenk an die Jugend, sagte sie, war unermesslich und schön für das kleinstädtische Leben. Aus der Vergangenheit musste unbedingt Gegenwart entstehen. Das Hier. Das Jetzt. Das richtige Leben. Einst bekamen in genau diesen Räumen die kleinen Gefangenen ihr Essen mit Natriumhydroxid vermischt. Hier, in den gleichen Räumen, sagte meine Mutter, in denen ihr Appetit tödlich war, tanzen heute satte, glückliche, schöne, moderne Jugendliche in bunten Converse Chucks zu betörend schnellen Beats. Wenn sie am frühen Morgen nach Hause wanken, lauschen sie dem Singen der vielen Nachtigallen, der Tau auf dem Gras grüßt ihre durchgetanzten Zehen. Es ist ein wohliges Leben, das sie haben – ein sattes Leben im Frieden, voller Möglichkeiten, offen für die Zukunft, für jedes Abenteuer.

Das Unrecht war offensichtlich, ich verstand meine Mutter zutiefst. Und doch befremdete mich die Härte in ihrer Sprache. Die Art, wie sie sich auf die Einzelheiten stürzte, übertrug sich auf mich. Davor hatte ich mich immer gefürchtet, ich hatte Angst, dass die Gewalt sich meiner eigenen Sätze bemächtigte. Diese wütende, fremde Sprache war ein Teil meiner Mutter geworden und sie hatte es nicht einmal gemerkt, sie, deren Beruf und Berufung die Zwischentöne in der Sprache waren.

Als meine Mutter einen Spaziergang machte, saß ich mit Nadeshda auf dem Balkon in der Sonne, und wir fragten uns, ob die Jugendlichen, die in diese Diskothek gingen, überhaupt wussten, was in den Räumen geschehen war, in denen sie tanzten. Sag ihr das bloß nicht, sagte Nadeshda, du siehst ja, dass sie ein Nervenbündel ist. Ich sagte nichts, wieder war ich gezwungen, still zu sein und meine Gedanken nicht mit meiner Mutter zu teilen. Aber ich fragte mich, wie ich ihr helfen könnte. Du willst sie retten, sagte Nadeshda, aber das kannst du nicht, sie muss das selbst überstehen. Ich dachte an Mateo, an das, worin alle damals seine Zukunft zu sehen glaubten, dachte an seine Augen, an die Tage unter den Bäumen, wenn die Hunde zu uns kamen und unsere nackten Füße mit ihren feuchten Schnauzen berührten. Und ich fragte mich, was aus Mateo geworden wäre, wenn es den Krieg nicht gegeben hätte oder wenn er wie Ilja und Silva nach Amerika ausgewandert wäre.

Vielleicht, dachte ich, ist eine neue Sprache ein neues Leben, eine Brücke zu etwas anderem, einem Dasein, das sich sonst nie zeigen und einem nicht die Gelegenheit geben würde, sich jenseits der Orte und Menschen zu denken, die scheinbar so fest zu einem gehören wie der eigene Name, der eigene Pass, die Sprache, die uns in die Wiege gelegt ist. Es tat mir weh, dass Mateo dieser Sprachfanatiker geworden war und sogar meine Mutter, die immer auf ihre Sprache achtete, zu einem hassenden Menschen gemacht hatte. Und plötzlich musste ich wieder an Arik denken, daran, was ich bei unserem letzten Treffen erlebt und in seiner Anwesenheit gefühlt hatte. Ich glaube, ich habe durch jenen tiefen Moment der Verbundenheit, in dem unser Unglücksmagnet gesprengt worden war, verstanden, dass die Liebe einen Menschen immer an einen Punkt bringt, an dem er noch immer eine Chance hat, auch vor sich selbst in seiner Nacktheit zu bestehen. Die Zeit nimmt alles mit, reißt es für immer fort, niemals kann sie anhalten, niemals Arik, Ilja oder Mateo alles sagen, was ich ihnen sagen könnte.

Bevor meine Mutter nach Hause zurückkehrte, ging sie los, um das Geburtshaus von Oma Inge zu suchen. Sie hatte sich bisher immer verweigert und mich zurechtgewiesen, wenn ich es vorgeschlagen hatte. Nadeshda brachte Ezra mit, und wir gingen alle zusammen los. Ich habe nie erfahren, was meine Mutter in jenem Moment empfand, als sie das Haus ihrer deutschen Vorfahren sah. Sie hat es mir nicht erzählt, und ich habe sie auch nicht danach gefragt. Alles, was sie verschwieg, spürte ich als Last auf ihren, bald auch auf meinen Schultern. Eine schöne Straße ist das, in der sie das Licht der Welt erblickt hat. Das war alles, wozu sie sich hinreißen ließ, alles, was sie zu ihrer eigenen Herkunft sagen wollte.

Meine Mutter schien immer intuitiv zu wissen, auf welche Weise sie von ihren Gefühlen ablenken konnte. Dass die Straße schön war, sah man auch ohne einen eigenen Lebensbezug. Dann reiste sie ab und versprach uns, bald wiederzukommen. Sie hinterließ eine Leere in mir, die mir die Kehle zuschnürte. Und erst jetzt, in meiner neuen Wohnung, verstehe ich, dass der Krieg für meine Mutter noch immer Gegenwart ist, er dauert bis heute an. Ich habe sie mitten im Frieden an den Krieg verloren.

Die Fotos auf dem Küchentisch habe ich inzwischen sortiert. Der Tag geht zu Ende. Die Ordnung vor mir entspricht nicht der Ordnung in meinem Inneren. Alle Bilder sind überholt. Sie gehören mir nicht mehr, sind Teil der Vergangenheit. Ich höre dennoch immer deutlicher das Meer. Seine in mich eingeschriebene, unumstößliche Gegenwart. Und die Stille zwischen den Wellen. Und ich bin, allen neuen Geschichten über Mateo zum Trotz, doch der Mensch geworden, der ich bin, weil wir damals unter den Bäumen saßen, weil er war, wer er war, und ich mit ihm Zeit verbringen und ihm unsinnige Ratschläge erteilen konnte. Mateo ist jetzt in diesem Verein, er reinigt hauptberuflich die Sprache. Ihre Schönheit und Bewegung werden immer größer sein als er. Ich kenne einen anderen Mateo, ich weiß noch genau, wie seine Augen wärmen konnten, damals, als ich seine Möwenkomplizin war. Ob ich ihn wiedererkennen würde, das kann ich nicht sagen. Aber ich weiß, dass er mein Freund war, dass die Sommer mit ihm echte Sommer waren und dass niemand, nicht einmal Mateo selbst, die Erinnerung daran zerstören kann. Es gibt einen Kern in allem, der sich einer solchen Zerstörung entzieht, er leuchtet wie ein kleiner Kiesel, ein Steinchen, das unter tausend Steinchen entdeckt werden muss, ein Steinchen, das uns alle überleben wird – auf dem Meeresgrund, ohne Namen, als ein Wort, in dem alle Wörter geborgen sind.

siebter tag

Die Vögel singen, nichts bringt sie von ihrem Gesang ab. Die Stadt, in der ich lebe, ist nicht für das Nachtlied eines Wanderers gemacht. Aber die Vögel sind alle da und später, wenn es dunkel ist, denke ich, jetzt, am siebten Tag in meinen neuen Räumen, später werden sie alle schweigen, sich einen Baum suchen, ihren Vogelbaum, in dem sie die Nacht verbringen und sich von ihrem Rotieren und Herumfliegen erholen werden. Die breiten Bürgersteige von Berlin kommen mir nach den Jahren in Paris vor wie halbe Straßen, so geräumig und wohltuend großzügig erstrecken sie sich. Nach Jahren der Enge ist das ein Augenvergnügen, sogar meine Lunge freut sich. Der Platz, den es auf den Bürgersteigen und in der ganzen Stadt gibt, lässt mich ruhiger atmen. Tiefer, so dass ich meinen Körper im Gehen ganz spüre. Niemand kennt hier meine ganze Geschichte. Aber wo kennt jemand die vollständige Geschichte eines anderen Menschen? Ich sehe mir die Gesichter der Passanten an und frage mich, wer von ihnen weiß, was sein echtes Gesicht ist und ob das, was sie im Vorbeigehen zeigen, etwas ist, das auch sie selbst sehen, oder nur das, was sie den anderen von sich zeigen wollen. Nichts kam mir früher natürlicher als das menschliche Gesicht vor, jetzt, da ich selbst in der Menge verschwinde und zu einem Gesicht und tausend Gesichtern werde, erscheint es mir sehr rätselhaft, abgründig, ein Geheimnis. Alle Körper beeilen sich. Die Gesichter gehorchen ihnen. Das Leben in der Stadt ist geizig. Wenn ich jemanden anlächle oder ihm in die Augen sehe, denkt er, dass ich verrückt bin oder etwas von ihm will. Das spüre ich, dabei habe ich überhaupt keinen Grund für mein Lächeln, es ist nicht zielgerichtet, ich habe keine Hintergedanken. Am Wittenbergplatz umgibt mich ein hektisches und lustvolles Hantieren mit Einkaufstüten. Junge Frauen in kurzen Blümchenkleidern telefonieren, eifrige Mütter schieben mit Blick auf die Uhr ihre Kleinen vor sich her, zwei, drei Raucher sind an der Bushaltestelle zu sehen, sie scheinen die Geduldigsten unter allen zu sein. Am Platz sind Tafeln aufgestellt, die an die Lager und die Zeit der Barbarei erinnern. Ich kenne dieser Lager nur aus Geschichtsbüchern. Die Gedenktafeln sind braun. Die Lagernamen sind gelb. Die Namen klingen fast alle harmlos, wie Ausflugsziele, schöne Orte im Grünen, oder wie etwas aus einer uralten Erzählung. Es sind polnische Namen, greifbare Wirklichkeit, keinem Märchen entsprungen, vor meinen Augen flimmern die Buchstaben auf, mahnen das Gedächtnis der Passanten an, die allesamt mit etwas anderem als der reinen Betrachtung beschäftigt sind. Auch der Name Maly Trostinez ist auf einer der Tafeln zu lesen. Vor meinen Augen zerbricht das Wort in Trost und Inez, einen Frauennamen, der mich an eine Nachbarin meiner Großmutter in Istrien denken lässt. Inez ist Mateos Mutter. Inez ist es überhaupt nicht recht, dass ihr Sohn diesem neuen Sprachverein beigetreten ist, dass er sich für so etwas hergibt. Aber sie kann ihn nicht daran hindern, etwas zu tun, wenn er es sich in den Kopf gesetzt hat. Ich denke bei dem Wort Trostinez aber vor allem an Mischa Weisband, daran, dass er dort war, in diesem weißrussischen Lager bei Minsk, und dass er vielleicht nie diesen Frauennamen, immer nur das verstörende Wort Trost gesehen hat, die Kälte, die von ihm ausging und alle Worte in seinem Kopf mit einem Zittern ansteckte, das er nie wieder vergaß. Mir fällt auch meine Großmutter Inge ein, die mit uns Kindern in den Sommern immer Deutsch sprach und uns Märchen vorlas, manchmal auch Redensarten aus dem Deutschen übersetzte, um uns zu zeigen, wie anders sie in ihrer zweiten Sprache klangen. In den deutschen Redensarten sind manchmal die Wörter so schön wie die Ortsnamen auf den braunen Tafeln. Sie tragen einen alten Boden in sich.

Ich erinnere mich jetzt, dass mir die Redensarten schon bei Mischas und Doras Besuch in Berlin wie verschluckte Brotkrumen in der Lunge feststeckten. Mischa hat damals geschwiegen, ich spürte aber, dass er die deutschen Redensarten nicht mochte, dass sie ihn regelrecht störten. Wir gingen ins *KaDeWe*, im sechsten Stock tranken wir Champagner und kauften danach fast alle Cremeschnitten bei dem französischen Bäcker auf. Zusammen mit Nadeshda, Dora und Ezra schlenderten wir den Kurfürstendamm hinunter, langsam, als hätten wir Jahre, um diese Straße zu erkunden. Mischa kannte noch von früher kleine Schleichwege und Straßen, in denen ich nie gewesen war und die auch Nadeshda nicht kannte. So gelangten wir, die wir uns in Berlin zu Hause glaubten, unter der Anleitung eines Ortskundigen zum Savignyplatz. Kurz standen wir vor dem Haus, in dem Mischa als Kind gewohnt hat. Seine Familie, erzählte er uns zum ersten Mal, stammte aus Göttingen. Als kleines Kind war er noch mit seiner Mutter regelmäßig in den riesigen Lunapark gegangen. Er muss damals drei oder vier Jahre alt gewesen sein. Er liebte den Park und die Grenzenlosigkeit, die einem Stadtkind als die verlockende Weite der Natur vorkam. Besonders gerne mochte er die Terrassen im Lunapark, er erinnerte sich, wie sehr die Wasserrutschbahn und ein drehbares Haus ihn einst beeindruckt hatten, aber auch ein Rummel, auf dem ein Karussell stand, Schieß- und Würfelbuden und eine Wackeltreppe, die er mit Furcht und Faszination betrachtete. Mit seinem Vater sah er hier sogar Ende der Zwanzigerjahre einen Boxkampf mit Max Schmeling, aber seine ganze Liebe, das hörte ich an seiner weichen Stimme, galt einem Puppenspieler namens Alfredo Bannenberg, den er so oft sehen wollte, dass seine Mutter sich irgendwann weigerte, noch einmal an das Ostufer des Halensees zu fahren. Der Park wurde bald endgültig geschlossen. Mischa hat den Puppenspieler nie wieder gesehen. Ein Vergnügungspark, sagte er plötzlich auf Deutsch, konnte bei ihnen nur als Schandfleck Karriere machen. Das war er. Sein erster Satz in deutscher Sprache. Der Satz, auf den ich so lange gewartet hatte. Er enthielt alles, was ich mit Mischa Weisband verband, seinen ureigenen Witz, seine Ironie, seine Art, mit dem bitteren Bodensatz des Lebens umzugehen. Es war kein Hass, wohl aber ein tiefer Schmerz, der sich in seinen Worten bemerkbar machte. Der Augenblick währte kurz, dann erzählte er wieder über den Lunapark, die Zauberer, die er als Kind gesehen hatte. Der Schmerz wich mehr und mehr einem milden Lächeln, das sich in seinen Mundwinkeln wie zwei kleine Sonnen festsetzte. Nahezu drei Stunden lang sahen wir uns die Häuser um den Savignyplatz an, aßen im Gehen die guten Cremeschnitten aus dem *KaDeWe*, ließen uns durch die Straßen treiben. Es war, wenn ich jetzt zurückdenke, ein ruhiges und glückliches Gehen. Wir errichteten mit unseren Schritten einen Ort in der Zeit, der an jenem Tag nur uns gehörte. Wir schwiegen lange miteinander, so habe ich nie vorher und nie danach mit anderen Menschen und schon gar nicht in einer Gruppe geschwiegen. Mischa brachte uns schließlich in den Schlosspark zu einer großen alten Maulbeere. Wir saßen lange dort beieinander, bissen, verschmitzt lächelnd, noch einmal in die Cremeschnitten. Ezra wollte plötzlich eine Orange essen, eine große, große Orange, woraufhin ihm Mischa sagte, dass er sich die Orange gut angucken soll. Das Leben ist eine Orange, mein Kleiner, sagte Mischa, und Ezra lachte so laut, wie ich ihn noch nie hatte lachen hören. Wir fielen in dieses Lachen ein, wussten nicht warum, aber es war uns auch egal.

Mischa war mit einem Mal müde geworden und wollte sich im Hotel hinlegen. Die Müdigkeit, sagte er lächelnd, diese lebenslang erworbene Müdigkeit, an den Nachmittagen überkommt sie mich am schnellsten und jedes Mal ist sie etwas vollkommen Überraschendes. Mir fiel Ariks Onkel Clément ein. Was hatte Clément sein Leben lang außer den unzähligen Ausgaben von *Paris Match* angesammelt? Vielleicht sammelte ein jeder etwas und wusste es nur nicht, folgte sein Leben lang einer Spur, die ihn auf seinem Weg hielt und die er in der Stunde seines Todes erkennen würde. Aber müde werden wir alle. Am liebsten hätte ich wie früher mit Mischa über Clément gesprochen, aber es war nicht der rechte Moment, die Zeit des

Fragens war irgendwie vorbei. Ich sah ihn an. Er lächelte. Es war ein fast jenseitiges Lächeln, es war da, vor meinen Augen, und doch kam es aus einem anderen Raum, einer weit entfernten Tiefe, die mich durch seine Augen betrachtete. Dora stützte ihn. Wie in Zeitlupe sah ich seine beiden Grübchen. Ich fragte ihn, ob er noch gehen konnte. Da er nichts antwortete, hielt ich ein Taxi an. Mischa sagte nichts, schweigend lächelte er. Wir fuhren in die Fasanenstraße zum Savoy. Bevor wir uns verabschiedeten, sagte Mischa, es sei das einzige Hotel, an das er sich noch erinnern könne. Sofort reichte er die Erklärung nach. Noch bevor ich fragen konnte, warum, sagte er es schon. Es ist 1929 erbaut worden, es war eine große Sache damals. Ich hielt seine rechte Hand. Fast wollte ich sie küssen, weil es mir wie ein Abschied für immer vorkam. Ich war urplötzlich von Trauer erfüllt, weil ich Angst hatte und zum ersten Mal verstand, dass Mischa ein alter Mensch war, dass unsere Stunden miteinander zählbare Stunden waren, dass dieser Augenblick wie jeder andere ein endgültiger Abschied sein konnte. Später holten wir die beiden zum Essen ab. Dora hatte im österreichischen Restaurant Ottenthal einen großen Tisch reserviert. Wir saßen da wie eine eigensinnige kleine Familie, auf unsere Weise, zusammengewürfelt und aus allen Himmelsrichtungen kommend, waren wir Menschen, die wussten, dass sie gerade deshalb zueinander gehörten. Mischa sprach es aus, als wir mit Wein anstießen, er sagte, das Schicksal hat ein bisschen Schach mit uns gespielt. Und wir sind schon einen langen Weg miteinander gegangen. Seine Augen funkelten, sie waren kleine schwarze Knöpfe, die noch auf einmal kupfern und grünlich aufblitzten. Ich fühlte in der Zerbrechlichkeit jenes Moments die Anwesenheit des Glücks in unserem Leben, wusste um den leuchtenden Faden, der uns alle verband und beständig zusammenhielt. Am anderen Morgen flogen Dora und Mischa wieder nach Paris.

Nach meinem Spaziergang zum Wittenbergplatz bin ich erschöpft. Ich lege mich hin, ich habe beschlossen, eine mediterrane Siesta an den Nachmittagen einzuführen. Das Telefon klingelt. Nadeshda will wissen, wie es mir geht. In meiner Küche sitze ich dann lange am Kirschholztisch, rede mit meiner Freundin, erzähle ihr, dass ich neuerdings an den Nachmittagen von einer tief in den Knochen sitzenden Müdigkeit überfallen werde. Die Sonne scheint mir auf die Stirn. Seit Ariks Begräbnis werde ich von dieser Müdigkeit kontrolliert. Sie zwingt mich innezuhalten. Und wenn ich mich im Vögelchenzimmer auf den Boden setze, weiß ich manchmal nicht, ob ich wach bin oder ob ich schlafe. Manchmal verdreht sich die Welt und ich bin wach, wenn ich schlafe, und ich schlafe, wenn ich wach bin. Die Müdigkeit ist eine Lehrmeisterin. Sie erzählt mir mein Leben in den Lücken, die Dinge, die ich am liebsten vergessen würde, zusammen mit meinem Körper überlistet sie meinen Verstand, der immer weiter will, weiter gehen, weiter schwimmen, weiter reiten, weiter fahren. Weiter, immer weiter. Aber wohin wollen wir eigentlich immer alle? Und warum so schnell? Und warum immer alle mit einem genauen Ziel? Meine Müdigkeit zwingt mich hierzubleiben. Sie bricht in meine Gelenke ein, eine Diebin, die mir den sonnigen Tag stiehlt. Dafür hielt ich sie lange. Aber im leeren Zimmer weiß ich, dass es anders ist. Mischas Formulierung fällt mir ein, sein Satz von der lebenslang erworbenen Müdigkeit. Niemand wird sie los, sie vermehrt sich einfach, sammelt sich an, gleich Vögeln, die ihre Orte haben und die sich nicht von ihrer Route abbringen lassen. Aber zum ersten Mal kommt mir diese Müdigkeit wie eine Schwelle zu einer anderen Welt vor. Was liegt hinter der Schwelle? Dunkelheit. Und dann? Licht. Und dann? Eine Welt voller Vögel. Ein Paradies. Und dann? Gibt es etwas dahinter? Stille. Ein ruhendes Meer. Jenseits der Anklage. Schlafen. Aufwachen. Über die Mitarbeit der eignen Zellen zur Dankbarkeit kommen. Die Zellen schlafen nie. Jede Membran hat eine Sprache, ein Grenzwärter bewacht den Transfer. Ich bin da nicht gefragt. Soll der Körper müde sein. Soll er einmal der Handelnde sein. Das gefällt mir. So ruhe ich mich aus. Die Müdigkeit mag ich. Vor lauter Suchen bin ich über der Liebe müde geworden. Wie werde ich wach? Wie kann mein Körper wieder einem anderen liebend vertrauen, das frage ich mich, und ich weiß, dass ich weit von der Antwort entfernt bin, weil ich mich das frage, was ich mich frage.

Als wir von der Beerdigung kamen, waren wir anfangs wie gelähmt. Es war nicht allein Ariks Tod, der uns auf uns selbst verwies, es war durch ihn auch die Zeit, die uns an eine neue Schwelle setzte, die nicht nur unbekannt war, sondern uns auch in eine andere Tiefe warf, an der wir alles neu sehen und neu bewerten mussten, bis wir schließlich jedes Urteil aufgaben. Es gab keine eindeutige Wahrheit. Und ich würde aufhören müssen, nach ihr zu suchen. Arik war alles in einem, ein Lügner und ein Liebender. Mein eigenes Selbst erschien mir deutlicher als je zuvor wie ein großes Rätsel, größer als jede Verstörung, die ich mit Arik erlebt hatte. Und jetzt dachte ich an unser Kind, mit dem fast gleichen körperlichen Empfinden der Ohnmacht wie an jenem verregneten Tag in Bièvres, daran, dass ich das Bündel an die fremden Menschen weggegeben hatte, ohne mir ihre Gesichter anzusehen. Jetzt kam mir meine damalige Entscheidung wie das Zeichen meiner inneren Leere vor. Sie hatte mich von Innen her einzementiert. Nicht nur kopflos war ich nach der Geburt des Kindes gewesen, ich hatte auch alle Regungen meines Körpers willentlich unter meine Kontrolle gebracht, hatte ihn gezwungen, alles zu tun, was ich von ihm wünschte. Keine Trauer. Keine Tränen. Keine Klage. Das bin ich gewesen. Immer den Blick auf die Weite des Himmels. Aber Arik hat sie mir gezeigt, diese Mauer in meinem Inneren, er hat solange an ihr weitergebaut, bis ich sie bemerken musste. Und dann brach sie ein, brach in mir weg, ich war nicht vorbereitet. Es half nichts. Ich musste in den Spiegel sehen, der ich selbst war. Was ich sah, kam mir jetzt vor wie der Blick auf die Geschichte eines anderen, von mir getrennten Menschen, den ich nie in mich hatte aufnehmen wollen. Im Gegenteil, diesem kalten Wesen wollte ich alle Türen versperren. Nie wollte ich dieser Mensch sein. Und so bin ich gerade deshalb genau dieser Mensch gewesen. Die Lüge hat mir geholfen, sie war eine Brücke, die durch Ariks Tod wieder zerstört wurde und mich auf alles zurückwarf, was ich mit ihm erlebt hatte. Und ich musste einen neuen Weg finden, um auf das andere Ufer, die noch unbeschriebene Seite meines Lebens zu gelangen. Mischa hat mir bei seinem Besuch Fotos von dem Jungen aus Bièvres mitgebracht. Aber ich habe sie mir nicht angesehen. Ich kann es bis heute nicht. Die Fotos liegen in einem kleinen blauen Kästchen. Ich habe Angst davor, das Kästchen aufzumachen und das Gesicht des Jungen zu sehen.

Als uns die Nachricht von Ariks Tod erreichte, wollten weder Nadeshda noch ich nach Paris reisen. Aber Ariks Testament zwang mich dazu, und mir war nicht danach, allein in die Wohnung an der Place Dauphine zu gehen. Ich bat Nadeshda darum, mich zu begleiten. Signora Souza hatte ein mit Schreibmaschine getipptes Testament gefunden, das aber ungültig war, weil Arik es am Ende in der für ihn typischen Nachlässigkeit nicht einmal unterschrieben hatte. Aber beim Amtsgericht fand sich dann doch noch eine spätere Version, handschriftlich und mit Datum und Unterschrift versehen. Beim Notar stellte sich heraus, dass Arik mir die Wohnung in der Bretagne vermacht hatte. Wir hatten uns nie wieder nach meinem Fortgehen aus Paris gesehen, und es wunderte mich, dass ihm unsere Zeit, vor allem jener lange, glückliche August in der Bretagne so viel bedeutet hatte, dass er ihn auf diese Weise weiterleben lassen wollte. Nadeshda sagte, jeder liebt auf seine Weise, es ist vielleicht wegen eurem Jungen. Es war euer August. Egal was war, dachte ich, es wird immer unser August bleiben. Nadeshda umarmte mich. Es gab nichts weiter dazu zu sagen.

Als wir an der Place Dauphine ankamen, bat ich sie, mich allein zu lassen. Beim Notar hatte ich erfahren, dass es auch andere Erbinnen gab, auch einen jungen Erben, den Namen sagte man mir nicht, aber es konnte sich nur um Ariks Sohn aus Kanada handeln, den er während unserer gemeinsamen Jahre allen seinen Freunden und Bekannten, seinen

Galeristen, den Zeitungen, nur nicht seinem Onkel Clément verheimlicht hatte. Arik vererbte mir nicht nur das Haus am Meer. Er hatte auch eine nachdrücklich im Testament formulierte Bitte, die mir Angst machte und die mich noch mehr als sein Erbe überraschte. Es ging um die Wohnung an der Place Dauphine. Ich sollte sie ausräumen und seinen Hausstand auflösen. Widerwillig ließ ich mich auf den Gedanken ein, und als Nadeshda die Wohnung verließ, um für uns ein Hotel in der Nähe zu suchen, ging ich zuerst durch alle Räume und sah dann eine ganze Weile auf die Seine hinunter. Die Erinnerungen redeten auf mich ein, Ariks Sätze, meine Sätze, Abende, Wochenenden, Nächte, Tage, die wir zusammen dort verbracht hatten. Alles war wieder zum Greifen nahe, und doch war es längst vergangen, längst von mir abgefallen. Ariks Räume und mein Körper schienen gemeinsam an einem Gedächtnis teilzuhaben, das wie ein Echo war, nicht zu verorten, nicht zu berühren. Und zum ersten Mal gelang es mir, diese inneren Bewegungen zu sehen, sie zu beobachten, ohne mich von ihnen davontragen zu lassen. Ich spürte einen deutlichen Schmerz, der mich auf die ungenutzten Möglichkeiten meines Lebens und auf die Frage verwies, die ich mir schon unzählige Male gestellt hatte: Welches Leben verpassen wir, während wir ein anderes ersehnen? Statt eine Antwort zu finden, nahm ich für immer Abschied und Abstand von dieser Frage. Ich sah in jenem Augenblick meine Verluste, aber genauso wusste ich auch, dass ich nicht alles verloren hatte, dass man als Mensch nie alles verlieren kann. Es waren die Lücken, die mir geholfen hatten, mein Leben zu ändern und in einen neuen Lebenskreis einzutreten. Der Vogel auf meiner Schulter schaute zu, er war der Zeuge meiner neuen Augen. Vom Fenster aus sah ich, dass der Fluss mehr und mehr von der Sonne erfasst wurde, die Seine schimmerte fast fröhlich und frühlingshaft beschwingt war ihr Versprechen. Das alte Kaufhaus *Samaritaine* sah ich auch. Hier hatte sich Arik die bunten Pullover gekauft, die ich dann in Cléments Haus auf dem Boden liegen sah. Das Kaufhaus war aber schon lange nicht mehr im Betrieb. Ein Luxushotel, hatte ich in der Zeitung gelesen, sollte an dieser Stelle entstehen. In den gleichen Räumen würden schon bald wohlhabende Reisende aus aller Welt schlafen und ihre Träume in die neuen Zimmer bringen, Räume, in denen einst Tausende von Kindern ihre ersten Schulhefte, Stofftapeten, Kommunions- und später Hochzeitskleider gekauft hatten. Die Welt, oder das, was ich für sie hielt, war, wohin immer ich schaute, eine einzige große Überschreibung, der Grund der Dinge, die unterste Schicht, entzog sich mir immer, vor allem dann, wenn ich glaubte, sie endlich einmal fassen zu können.

Ich wusste nicht, wo ich mit dem Ausräumen anfangen sollte und setzte mich im Wohnraum auf das große Sofa, wo ich, ohne es zu wollen, sofort vor Erschöpfung in den Schlaf fiel. So fing es an, der Ruf meiner Müdigkeit und das Ausruhen an den Nachmittagen. Als ich wach wurde, fühlte ich eine Beklemmung in mir aufsteigen und hatte einen trockenen Hals, brennender Durst trieb mich in Ariks Küche. Die alte Herduhr tickte so laut, als wollte sie Ariks Körper zurückrufen, und ich erinnerte mich, wie ich zu ihm ging, um Abschied zu nehmen und ihn mit einer Schnapsflasche in der Hand vor dem Herd sitzen sah, in sich versunken, in Unterhosen, so abwesend wie ein anwesender Mensch nur sein kann. Mein Durst wurde dringlicher. Es stand noch eine ganze Kiste Wasser in der Vorratskammer. Arik musste sie vor kurzem noch selbst besorgt haben. Ich fand es unheimlich, das von einem Toten gekaufte Wasser zu trinken, aber ich tat es, der Durst und der stickige Geruch in der Wohnung waren unerträglich geworden und zwangen mich dazu. Es roch noch immer nach gekochten Quitten, nach dem Gelee, das Signora Souza manchmal für Arik und zuvor für seinen Onkel Clément auf dem Land gemacht hatte.

Ich ging hinaus und traf mich in Sophies Restaurant mit Nadeshda. Sophie spendierte mir einen frischen Orangensaft. Sie freute sich, uns wiederzusehen. Wir bestellten uns etwas zu essen, aber nicht einen Bissen konnte ich hinunterwürgen. Parfümella erschien und grüßte uns wie alte Bekannte. Wir nickten ihr höflich zu und konnten es kaum glauben, dass sie noch immer das gleiche, unerträgliche Parfüm trug und ihr dunkelblaues Tuch auf dieselbe Weise um den Hals zu einem Dreieck band. Nadeshda sagte verschmitzt, die einen ändern sich jeden Tag, die anderen bleiben einfach immer die Alten.

Wir lächelten uns an, ich spürte, dass wir beide an unsere Hiromi dachten, an ihre Petitionen, ihre Stoffe, ihren Fleiß. Genau wie wir gehörte auch sie nicht den Leuten an, die jahrelang ihre Tücher auf die gleiche Weise trugen.

Ich glaube, wir dachten beide daran, in unsere alte Straße zu gehen, zu der Wohnung, in der wir mit Hiromi gelebt hatten. Aber wir taten es nicht, wären auch ohne Code nicht einmal in den Hof gekommen. Ich dachte an unsere letzten gemeinsamen Tage in der Wohnung, und ich fragte mich, was aus unseren Fahrrädern geworden war, die wir im Flur zurückgelassen hatten, in der Hoffnung, unseren Nachmietern eine Freude damit zu machen. Die letzten beiden Nächte verbrachten wir bei Mischa und Dora. Gemeinsam mit ihnen brachte ich Hiromi zum Flughafen. Ich habe sie seither nicht mehr wiedergesehen. Der Abschied hatte eine Endgültigkeit, die wir uns damals nicht eingestehen wollten. Wir waren zu jung, wir wussten nichts von der Macht solcher Setzungen.

Von der Gare de Lyon nahm ich den Zug nach Berlin. Nur dreizehn Stunden später schloss ich Nadeshda am Zoologischen Garten in die Arme. Sie kümmerte sich kein bisschen um meine Müdigkeit und fuhr mit mir sofort zum Kurfürstendamm, um mir wenigstens das Theater zu zeigen, für das ich nun arbeiten sollte. Mein alter Holztisch hatte ein eigenes Zimmer in ihrer Wohnung bekommen und wartete dort wie ein treuer Verwandter auf mich. Erst als Nadeshda mir das Bett bezog, sah ich, dass sie schwanger war. Ihr Ilja hatte sich nicht für ein gemeinsames Leben mit ihr entscheiden können. Als ich nach ihm fragte, sagte sie nur zwei Wörter: Bakersfield, Kalifornien. Wie sehr sie ihn aber liebte, spürte ich an allem. Ich war glücklich, wieder bei ihr sein zu können. Es verwirrte mich, dass sie das Kind behalten wollte. Und als ich in dieser Richtung etwas andeutete, sah sie mich gekränkt an. Ich bereute es sofort, fühlte, dass ich sie verletzt und eine Grenze überschritten hatte. Nicht jeder konnte so wie ich ein zementierter Garten sein und sich nichts anmerken lassen. Aber an den Tag in Bièvres dachte ich doch, er war nicht zu verdrängen. Und zum ersten Mal meldete sich mein Gewissen, das ich sofort zur Seite drängte. Ich wollte nicht an den Jungen denken, ich wollte überhaupt nicht denken, an nichts, was in der Vergangenheit geschehen war und was mich an Arik erinnerte.

Nadeshda küsste mich auf die Stirn und holte ein Album aus ihrem Zimmer. Fotos von Ilja, sagte sie. Mir stockte der Atem. Ich erkannte sofort seine grünen Augen. Ilja, meine erste Liebe, er war jener Ilja, der mein Ilja gewesen war. Das schelmische Funkeln seiner Iris werde ich nie vergessen. Zuerst schwieg ich, aber dann brach die Wahrheit aus mir heraus. Ich erzählte ihr von unserem ersten Kuss, von der alten Synagoge, den Murmeln, die er mir geschenkt hatte. Nadeshda trug schweigend das Album fort und sagte, als sie wieder ins Zimmer kam, das machen wir zwei schon, wir ziehen das Kind gemeinsam auf. Und als ihr Sohn Ezra zur Welt kam, hatte er die gleichen grünen Augen wie sein Vater.

Wir lebten eine Weile zu Dritt in Nadeshdas Wohnung. Ich fuhr mit dem Fahrrad täglich zum Kurfürstendamm und entwarf Kostüme für eine Inszenierung, in der die Schauspieler ständig schrien und sich nackt auszogen. Am Ende der Vorstellung hatten sie fast alles zerrissen, was ich über Wochen hinweg für sie genäht hatte. Das gefiel mir besser, als mich Philosophin zu nennen, obwohl mir der Gedanke einen Stich versetzte und es mir wehtat, dass ich es nicht geschafft hatte, mein Studium zu Ende zu bringen. Die Zeitungen schrieben positiv über das Theaterstück. Als mein erstes Gehalt kam, bezahlte ich die Rechnungen, die sich in unserer gemeinsamen Wohnung angesammelt hatten.

Nadeshda und ich saßen in Sophies Restaurant, als seien wir nie aus Paris fortgezogen. Wieder waren Jahre vergangen, wieder fasste meine Erinnerung sie blitzartig zusammen. Die Zeit konnte nichts beweisen, alles, was mein Leben war, dachte ich, ist unbeweisbar nach Innen verlagert worden. Das Restaurant leerte sich langsam. Parfümella war verschwunden, wir waren froh, dass sie nicht viel mit uns gesprochen hatte. Ich erzählte Nadeshda von Ariks Wohnung und dass ich dort sein Wasser getrunken hatte. Wasser, sagte ich, das ein Mann gekauft hat, der jetzt ein Toter ist. Sie schubste mich beim Aufstehen mit dem Ellenbogen an, um mich aufzumuntern. Aber wir konnten nicht lachen, beide spürten wir, dass jetzt die eigentliche Arbeit für uns begann, etwas, das den Abschied in allen seinen Abgründen einem wirklichen Ende zuführen und in einem großen Punkt hinter dem Arik-Kapitel münden würde. Ich ging zuerst ohne Nadeshda an die Place Dauphine, weil ich das Bedürfnis hatte, mich diesem Augenblick ohne ihre Hilfe zu stellen.

Als ich wieder in die Wohnung kam, stand Signora Souza in der Küche und putzte bereits. Wasch- und Spülmaschine liefen schon, und sie hatte die Fenster geöffnet. Sie umarmte mich, bevor auch ich mich meiner Aufgabe stellte. In Ariks Wohnzimmer machte ich alle Schränke auf und fand unzählige Alben, die fein säuberlich beschriftet und chronologisch sortiert waren. Ich trat vor Schreck einen Schritt zurück und ging weg, ging in den anderen Räumen umher, öffnete auch dort die Schränke. Aber überall und auch in seinem Arbeitszimmer fand ich das gleiche System mit den Alben vor. Sogar im Schlafzimmer hatte er akribisch in den Kommoden und Kleiderschränken die gleiche Art Archiv angelegt. Mit trockenem Hals rief ich instinktiv nach Signora Souza. Ich wollte mich diesen Alben nicht allein aussetzen. Mir fiel Clément ein, sein kühler Keller und die unzähligen Ausgaben von *Paris Match*. Ich zog das Album heraus, auf dem das Jahr unseres Kennenlernens stand. Er hatte unzählige Fotos von mir gemacht – in dem kleinen Café in einer der Nebenstraßen an der Bastille, in der Zeit, in der ich noch bei meiner traurigen Tante Mila wohnte. Hunderte Porträts hatte Arik von mir gemacht, ohne dass ich etwas bemerkt hätte. Mal war mein Haar gebunden, mal offen, manchmal trug ich ein Tuch, manchmal eine Mütze. Diese detaillierten, dokumentarischen Nachweise meines Lebens waren wie eine Zeitreise zurück an den Anfang der Neunzigerjahre, eine Reise, gegen die ich mich sträubte, jetzt aber war ich meiner Erinnerung hilflos ausgeliefert. Es kam mir vor, als hätte er jeden einzelnen meiner Café Crèmes fotografiert, jeden Orangensaft, den ich getrunken hatte, ich sah Studien meiner Hände, Wangen, Ohren. Arik hatte mir genau solche Fotos von Menschen aus anderen Ländern gezeigt, das war seine übliche Strategie, so versuchte er immer sein Gegenüber genauer zu sehen. Und auch in den Krisengebieten ging er so vor. Auf diese Weise schoss er seit Jahren seine Fotos, die ihm von den Zeitungen abgekauft und überall gedruckt wurden. Später malte er dann diese Bilder nach, es waren gerade diese Details, die seine Sammler schätzten.

Signora Souza wollte mich davon abhalten, mir das Ganze genauer anzuschauen, sie riet mir, die Alben ungesehen wegzuschmeißen. Als sie aber meine Entschlossenheit sah, ging sie schnurstracks in die Küche und brachte uns einen Schnaps. Ich blätterte in diesem Album, auf dem mein Name stand, wie in einem fremden Traum. Arjeta Filipo. Ariks Handschrift. Seine Notizen. Er war mir überallhin gefolgt, wusste von Anfang an, wo ich wohnte, wusste von Tante Mila, vom Philosophischen Seminar am Boulevard Raspail, von Hiromi, von Nadeshda, von Onkel Milan und Tante Sofija genau wie von Mischa Weisband und von Silva, die er an jenem Tag bei Sophie fotografiert hatte, als sie mir von ihren Erlebnissen in den Donau-Auen erzählte. Ich ahnte schon, dass er auch von Silva ein Album angelegt hatte. Und später, als Signora Souza und ich in die rue Fagon in sein Atelier gingen und alles ausräumten, fand ich tatsächlich das Album von Silva und fünf Bilder, die er auf dieser Grundlage gemalt hatte. Von mir hatte Arik fast jeden Tag Fotos geschossen. Sogar das Datum der Zeitungen war zu erkennen, die ich in den Cafés las, auf den Titelseiten die Reportagen aus der belagerten Stadt, die Markthalle, schreiende Menschen, das Hotel Holiday Inn, Häuser mit Einschusslöchern, fliehende Kinder, eine betende Frau am Taubenplatz. Mir kam eine von Ariks allerersten Formulierungen in den Sinn, jener Satz, mit dem er mir zu verstehen gab, dass er mich schon eine Weile beobachtet hatte. Dich habe ich schon die ganze Zeit im Visier, das sagte er mit einem kleinen Lächeln, bei dem seine Grübchen sich auf den Wangen andeuteten. Und ich ging damals davon aus, dass er mich vielleicht einfach eine Stunde beobachtet und danach angesprochen hatte. Tag und Jahr hatte er dem Album vorangestellt. Auf der ersten Seite stand: Die Fremde. Das war der Titel des Albums, das, was gleich nach meinem Namen folgte. Er hatte mich im Bastille-Viertel an einem meiner ersten Tage als Dazugekommene erkannt. Im nächsten Album, das mit Fremde Nr. II betitelt war, folgten Fotos von

Nadeshda und mir vor irgendwelchen Kinos, in denen wir uns verabredet hatten, in den Cafés, an Plätzen und Métrostationen. Allmählich begriff ich, dass Nadeshda mir wirklich die Wahrheit gesagt hatte, dass auch sie, genau wie ich, mit ihm ausgegangen war, weil er sie in einem Café angesprochen hatte. Sie kannten sich längst, als wir ihm in seinem Atelier Modell saßen.

Mein Herz pochte laut, ich blätterte weiter. Signora Souza brachte mir einen zweiten Schnaps und schnalzte verzweifelt mit der Zunge. Sie umarmte mich. Ein böser Druck baute sich in meiner Stirn auf. Es klopfte dringlich in meiner Schädeldecke, als würde der Kopf zerplatzen. Ich hatte Angst, dass er auch meine Absencen fotografiert hatte. Aber es war keine Spur von den Lücken zu sehen, zumindest sah ich nicht so entstellend aus, wie ich mir vorgestellt hatte. Auf einigen Fotos hatte ich lediglich die Augen geschlossen und lehnte mich an die Wand des Cafés. Es sah so aus, als befände ich mich in einer Art steinerner Verzückung.

Zum ersten Mal fällt mir auf, dass stille Abwesenheit und verrückte Anwesenheit in einem menschlichen Gesicht einander zum Verwechseln ähnlich sind. Er hatte mich auf allen möglichen Plätzen der Stadt fotografiert, immer mit einem Buch in der Hand, ich las Jean-Paul Sartre im Jardin des Plantes, im Jardin des Tuileries, im Bois de Bologne, im Parc des Buttes-Chaumont. Ich trat aus kleinen Boutiquen, aß in Sophies Restaurant, kniete in der Kirche Saint-Germain-des-Prés, mit erhobenem Kopf und einem Blick auf die blaue Sternenkuppel, war bei einem Schubert-Konzert mit Hiromi in der kleinen romanischen Kirche Saint-Julien-le-Pauvre, gegenüber Notre Dame, in Brasserien, beim Essen von Moules-Frites auf dem Boulevard Saint Michel, vertieft in Jules Michelets Buch *Das Meer*, im Café Bonaparte, der rue de Seine, rue Mazarine. Und es ging immer so weiter, fast jeden Tag hatte er mich im Visier gehabt, hatte mich studiert, mich angesehen, mich dann später zu Hause, in seiner Dunkelkammer, genau inspiziert und war irgendwann ganz ruhig an meinen Tisch getreten, hatte mich angesprochen, wie einen Menschen, den er schon lange kannte. Diese Gelassenheit hatte mich für ihn eingenommen. Jetzt aber wurde mir schlagartig klar, woher diese Selbstverständlichkeit kam, die mich in seine Arme, zu seinen Händen trieb. Dann entdeckte ich ein zweites Album. Und als ich es aufmachte, sah ich Nadeshda, mit Menschen, die ich nicht kannte. Auf allen Fotos lächelte Nadeshda, trug schöne kuschelige Wollmützen und Baskenmützen in saftigem Rot, Grün und Blau. Die meisten Bilder zeigen sie im Café Procope, wo sie mit mir fast nie hingegangen ist. In diesem Caféhaus waren Voltaire und Rousseau schon Stammgäste. Einmal hatte sie es mir zeigen wollen und als wir dort eine köstliche Eiscreme aßen, behauptete sie, die Französische Revolution habe in diesem Café ihren Anfang genommen.

Ein Gefühl tiefer Dankbarkeit kam in mir auf, ich war erleichtert, dass sie mir alles über sich und Arik erzählt hatte. Ich war durch ihre Ehrlichkeit in jenem Moment vor seinem pedantischen Archiv geschützt. Er hatte sie also genau wie mich in Augenschein genommen. Studiert. In der Dunkelkammer. Archiviert. In seinen Alben. Da wir uns nicht so gut kannten und uns über unsere Liebesgeschichten eher ausschwiegen, erfuhren Nadeshda und ich anfangs nie, dass wir manchmal an ein und demselben Tag den gleichen Mann trafen. Weder sie noch ich wusste etwas von Ariks Vorgehensweise, es stimmte, was Signora Souza gesagt hatte, all das war jenseits meiner Vorstellungskraft gewesen. Beide konnten wir Arik nicht widerstehen, der einerseits etwas Dunkles, andererseits gerade deshalb etwas verlockend Anziehendes für uns hatte. Wir ahnten nicht, was mit uns geschah. Nadeshda traf sich fast täglich mit ihm. Wir rechneten später alles genau nach. Ihre Geschichte mit Arik vertiefte sich genau in der Zeit, in der er aufhörte, meine Anrufe entgegenzunehmen oder nur mit dem Verweis, er habe keine Zeit, das Gespräch schnell abblockte. Das war in den Tagen, in denen ich ständig darüber grübelte, wie ich ihn mit dem Vorfall auf der Brücke konfrontieren konnte. Als ich schließlich Nadeshda ins Atelier mitnahm, um ihm zu zeigen, dass ich noch andere Menschen in meinem Leben hatte, malte er uns, ohne sich etwas anmerken zu lassen.

Nadeshda sagte, sie sei nach dem Besuch in der rue Fagon gelähmt gewesen, habe nicht gewusst, was sie mir sagen sollte, aus Angst, dass alles auf sie zurückfallen würde. Das Naheliegende, die Wahrheit, schien mir damals nicht zumutbar. Aber vielleicht, so dachte sie später, als wir in Berlin über alles reden konnten, wäre das Unzumutbare genau das Richtige gewesen. Das einzige, was Nadeshda nach der Sitzung tat, war, ihre Bluse zu verbrennen. Sie entschied sich, Arik nicht mehr zu treffen. Aber dann habe er sie wieder im Café abgefangen, sie sei zu schwach gewesen, alles habe begonnen, sich in Endlosschleifen zu wiederholen, bis sie irgendwann nach Berlin zog, weil sie nicht mehr weiterwusste. Sie habe sich ihm anders nicht entziehen können.

Ich fühlte, dass Nadeshda die Wahrheit sagte, ich wusste ja, wie schwer es war, mit Arik zu brechen und sich ganz von ihm abzustoßen. Es war mir selbst nicht gelungen, immer wieder hatte ich mich jenem eigenartigen Sog ergeben, der von ihm ausging. Ich erlag der Sehnsucht wie andere einer Wunde erliegen. Der alte Magnet, dachte ich, hatte uns beide in seine Falle geführt. Wir fragten uns, woraus er in seinem Wesen bestand. Anfangs wussten wir es nicht, aber wir ahnten, dass der Magnet kein böses Instrument in uns war, sondern eine alte Angst, die wir ablegen mussten, um unsere Selbsttäuschung zu überwinden. Arik gehörte irgendwann und solange dazu, bis wir verstanden, dass er sich niemals ändern würde, dass er immer so bleiben würde, wie er von Anfang an war: ein Mann, der sich hinter seinem Fotoapparat und hinter seinem Malerpinsel versteckte.

Als Nadeshda in die Wohnung an der Place Dauphine mit Kuchen und Kaffee kam, reichte ich ihr erst das Album mit meinem Namen, dann das mit ihrem. Sie sah mich ratlos und fragend an, schlug das Album auf, sah hinein, sagte nichts, blätterte darin, sah alles, was ich schon gesehen hatte. Wir schwiegen. Sahen uns an. Und jetzt sollen wir ihn auch noch gemeinsam zu Grabe tragen, sagte Nadeshda schließlich. Signora Souza war zornig auf Arik und wiederholte immer wieder, dass wir die Alben einfach fortwerfen sollten. Als wir ihr nicht antworteten, drehte sie sich um, schüttelte im Weggehen den Kopf, kam noch einmal zurück, stand vor uns, bekreuzigte sich mehrmals, ging schnell in die Küche und holte die ganze Flasche Schnaps ins Wohnzimmer. Wir saßen auf dem Boden und tranken. Das Telefon läutete immerfort. Wir gingen nicht dran. Bei Ariks Begräbnis kamen mir die Tränen, ich wusste nicht warum, vielleicht, weil der Tod mir trotz allem den Wert, zumindest die Möglichkeiten seines Lebens zeigte. Nadeshda weinte auch. Trauerten wir um Arik oder weinten wir, weil man eben um Tote weint? Oder weinten wir um uns? Vielleicht war es das, vielleicht weinten wir gar nicht um Arik, sondern nur um die Zeit unseres Lebens, die wir ihm gutgläubig überlassen hatten. Es waren Opfergaben, die wir mit Liebe verwechselt hatten. In Ariks Angst spiegelte sich unsere eigene. Sie war ein wuchernder Garten in der Nacht. Arik hatte uns geholfen, ihn zu finden, und das war nicht sein Vergehen. Die Zeit, der Ort und wir selbst waren unbeweisbar geworden, wie eine Katze an einem fernen Sommertag, ein Lächeln aus den letzten Tagen der Kindheit. Und wir wussten kaum noch, ob das, woran wir uns erinnerten noch immer unser Leben war oder nur unsere vom Leben und der Zeit übersetzte Erinnerung. Es war ein merkwürdig holziges und doch nicht minder wahres Gefühl, dass Ariks Aufnahmen unsere Erinnerung ergänzten und uns auf kleine, aber entscheidende Übermalungen verwiesen, die Gedächtnis und Zeit von allein vorgenommen hatten.

Clément und Arik lagen jetzt in der Tiefe der Erde, waren Nachbarn, einander in der Zersetzung anvertraut, Baumwurzeln wuchsen an ihren Gliedern vorbei, durch sie hindurch, bis nichts mehr von ihnen übrig blieb und sie nur ein Teil der Erde waren. Aber blieb wirklich nichts von ihnen in unserer Welt zurück? Ich ging danach noch mehrere Male in die Wohnung an der Place Dauphine und fing an, Signora Souzas Rat ernst zu nehmen. Irgendwann fiel die Betäubung von mir ab, und ich begann, alles ungesehen fortzuwerfen. In die rue Fagon ging ich auch, zusammen mit Signora Souza räumte ich Ariks Atelier aus und schickte seine Bilder nach Berlin, da er mir auch seinen Nachlass vermacht hatte. Später wollte ich darüber nachdenken, was damit zu tun war. Nadeshda musste wegen Ezra nach Hause und kaufte sich gleich nach dem Begräbnis ein Ticket in einem Air-France-Reisebüro in der rue de Rennes. Eine Nachbarin und eine andere Freundin hatten eine Woche lang auf das Kind aufgepasst. Ezra hatte sie am Telefon angefleht zurückzukehren. Er fand sowohl die Freundin als auch die Nachbarin hässlich, erklärte er, und fürchtete, dass seine Mitschüler denken könnten, eine von ihnen sei seine Mutter.

Als sie weg war, hatte ich Angst, ohne Nadeshda noch einmal in Ariks Wohnung zu gehen. Noch hatte ich nicht alles entrümpelt. Jedes Mal, wenn ich mich auf den Weg machte, rief ich Signora Souza an und bat sie, auch an die Place Dauphine zu kommen. Sie erwartete mich schon dort mit einem Kaffee, Croissants und Brioche lagen auf dem Küchentisch. Ich war dankbar, dass sie vor mir in der Wohnung war und mich nicht allein mit dem Gedächtnis dieser Räume ließ. Nach der Operation konnte Arik nicht mehr sprechen. Er habe ihr sehr leid getan, sagte sie, er habe sich gequält bei dem Versuch, etwas zu sagen, aber er sei von seinem eigenen Körper zur Ruhe gezwungen worden. Schließlich habe er ihr alles auf einen Zettel geschrieben.

Arik war nicht nur mit Nadeshda und mir zeitgleich befreundet. Es fanden sich noch verschiedene andere Alben in den Schränken. Namen, Orte, Adressen, Eintrittskarten von Opern-, Theater- und Kinobesuchen, Restaurantangaben, Telefonnummern, Rechnungen aus exklusiven Hotels; ein paar auch aus der belagerten Stadt. Er hatte alles genauestens archiviert, wie ein Buchhalter, der sich über jeden Vorgang Gewissheit verschafft, akribisch, als hätte er dieses ganze Papier zur Orientierung für seine unergründliche Existenz gebraucht. Oder waren es in seinen Augen Beweise einer enormen Leistungsfähigkeit, eine unendliche Vielfalt an möglichen Leben sein eigen nennen zu können? Im Wohnzimmer hatte ich schon fast alle Schränke ausgeräumt. Signora Souza stopfte alles in große schwarze Müllsäcke und trug sie nach unten. Eine Hilfsorganisation, die Möbel sammelte und an arme Menschen an den Randbezirken der Stadt verteilte, sollte anderntags kommen und die Einrichtung abholen. Ich musste noch das Arbeits- und das Schlafzimmer ausräumen. Wieder stieß ich auf weitere Alben, noch ältere, sie waren an die zehn, fünfzehn Jahre vor unserem ersten Treffen entstanden und ebenfalls mit Datum und Namen versehen. Dann sah ich, dass drei Jahre vollständig fehlten. Vielleicht war er in dieser Zeit ein bisschen glücklich gewesen. In den Schubladen fand ich auch Briefe, ich sah sofort, dass es Liebesbriefe waren, aber keine von Arik geschriebenen. Es waren die Briefe seines Vaters an die offenbar schon damals kranke Mutter. Die schwungvolle Männerschrift war fast verblichen. So viele handgeschriebene Liebesbriefe hatte ich noch nie gesehen. Als ich einige der Umschläge umdrehte, sah ich, dass sie alle an die Place Dauphine und an Ariks Mutter mit ihrem Mädchennamen adressiert waren. Sie musste also mit ihrer Familie schon damals hier gelebt haben und im Besitz der Wohnung gewesen sein. Arik war nie ausgezogen, war einfach nach dem Fortgehen des Vaters und später nach dem Tod der Mutter hier wohnen geblieben. Fotos der Mutter, die ich, ohne zu wissen warum, sofort erkannte, fielen aus den Umschlägen heraus. Eine langhaarige Frau mit blonden Naturlocken. Große braune Augen. Volle Lippen. Ein traurigschwerer Blick. Eine Frau aus einem ganz anderen Jahrhundert. Im Schlafzimmer fand ich noch sehr viele Kleider der Mutter. Sie hingen alle nach Farben geordnet im Schrank, so als würde sie noch hier wohnen. Jedenfalls nahm ich an, dass die Kleider nicht einer anderen Frau gehörten, weil sie etwas altmodisch aussahen, ein wenig muffig rochen und zu der Frau auf den Fotos passten. Sie hatte einen guten Geschmack. Die Kleider hatten alle eine klare Linie, einige Bleistiftröcke waren darunter, passende Seidenblusen. Arik war es offenbar in all den Jahren nicht gelungen, sich von den Hinterlassenschaften seiner Mutter zu befreien. In seiner Schreibtischschublade fand ich Tagebücher, Zeichnungen und Reisenotizen. Ein Tagebuch bestand aus seitenlangen Briefen an die Mutter und den Onkel, Entwürfe, die er dann allem Anschein nach nie abgeschickt hatte. Sie enthielten Beschreibungen von Jahreszeiten, von fremden Menschen und Verwandten, von Bäumen, Häusern und den Parkanlagen der Stadt. Die Notizen passten überhaupt nicht zu dem unentschiedenen, kühlen Menschen, den ich gekannt hatte. Ich hatte vor seinem Tod geglaubt, nichts in Ariks Leben würde auf mich verweisen. Aber das stimmte nicht ganz. Ich fand eine rote Kiste aus Pappmaché, in die er alles abgelegt hatte, was ihn an mich erinnerte, darunter war einer meiner alten Lippenstifte, meine silberne Puderdose, auf die er einmal aus Versehen in der Bretagne getreten war, ein Foto von mir und dem kleinen Hund Gustave am Meer, ein sehr schönes blaues Seidentuch mit weißen Segelbooten, das noch eingepackt war – vielleicht wollte er es mir schenken, vielleicht hatte er zu lange gezögert. Ich fand auch ein kleines Schmucketui, und es war ein schlichter goldener Ring darin, mit einer Gravur, *Arjeta Filipo*, stand da, *für dich, 1995, in unserem August*. Sogar eine Falkenfeder, die ich auf einer kurzen Wanderung mit Arik hinter Versailles in den Wäldern gefunden hatte, bewahrte er hier auf, eine kleine Tafel *Mariage Frères*-Schokolade, die ich ihm in den ersten Wochen unserer Freundschaft geschenkt hatte, eine getrocknete Blume, die ich ihm bei unserem ersten Besuch in Cléments Garten gepflückt hatte und auch mein altes Jean-Paul-Sartre-Studienbuch, das ich anfangs immer mit mir herumgetragen und in dem ich unzählige Stellen angestrichen hatte, eine besonders nachdrücklich und mit einem Ausrufungszeichen versehen, fiel mir jetzt auf: »Der denkende Mensch zermartert ächzend sein Gehirn, er weiß, dass seine Erwägungen immer nur Möglichkeiten und keine Gewissheiten ergeben werden, er weiß nie, wohin er geht, er ist allem ›geöffnet‹, und die Welt hält ihn für einen Zauderer.« Ich legte das Buch in die Kiste zurück und dachte kurz daran, sie mit nach Berlin zu nehmen. Ich nahm das Seidentuch und die Falkenfeder und warf den Rest fort, zuerst auch den Ring, was mir schwerfiel. Ariks Fotos von mir waren zu einem Archiv meiner Bewegungen und ersten Tage nach dem Krieg in Paris geworden. Arik hatte mein Leben nicht nur für sich, sondern auch, ohne es zu wollen, auch für mich dokumentiert. So unheimlich mir seine Vorgehensweise jetzt erschien, so genau war sein Blick auf mich. Die Bilder zeigten mir, dass ich mich selbst nie genauer angesehen hatte, dass ich nichts über mein Gesicht wusste, das mir jeden Morgen als mein sichtbares Selbst im Spiegel gegenübertrat. Was aber war damals Ariks Absicht? Verfolgte er von Anfang an eine Idee? Vielleicht hatte er überhaupt keinen Plan und keine genaue Vorstellung davon, was er später mit all den Fotos machen wollte. Er sammelte die Welt, die ihn umgab. Woran er damit genau arbeitete und welche Bedeutung sein Archiv für ihn hatte, werde ich nie erfahren. Was auch immer ich und Nadeshda über seine Absichten denken, es wird nicht die ganze Wahrheit berühren und jede von uns gefundene Wahrheit wird eine andere verdecken.

Ich schmiss auch die schönen Pullover alle fort, die Arik und ich im Kaufhaus *La Samaritaine* gefunden hatten. Nur einen gelben behielt ich, den Arik in der Bretagne bei unseren Spaziergängen mit Gustave getragen hatte. Die warme Decke, die er mir damals gekauft hatte, warf Signora Souza auch weg. In all diesen Dingen wohnte meine Erinnerung, in ihnen waren Tage und Nächte, Spaziergänge, Gespräche, das ganze Glück und Unglück unserer Jahre gespeichert, ganz so, als hätte jedes Gewebe, jedes Material für uns mitgedacht, und deshalb musste ich alles wegwerfen, um das Vergessen zu erlernen. Als die Wohnung endlich leer war, sahen Signora Souza und ich uns zum letzten Mal in den von meiner Vergangenheit befreiten Zimmern um. Sie ging nach mir raus und schloss ab. Unten auf der Straße umarmten wir uns lange zum Abschied, wortlos, es gab nichts mehr zu sagen. Im Hotel packte ich meinen Koffer, ging noch einmal zu Sophie, aß mit Mischa und Dora zu Mittag und verabschiedete mich von ihnen und dem Blauglockenbaum hinter dem kleinen Restaurant. In die Bretagne wollte ich erst in ein paar Monaten fahren und Nadeshda und Ezra mitnehmen. Es war mir unmöglich nach Ariks Begräbnis, allein ans Meer zu fahren.

Im Flugzeug nach Berlin saß eine stark geschminkte blonde Frau neben mir. Sie las ein Buch von Virginia Woolf, es war *Orlando*, die überzeitliche Biographie und die Geschichte einer Reise in andere Leben und Jahrhunderte. Auf der gerade aufgeschlagenen Seite konnte ich, bevor das Flugzeug in Berlin-Tegel landete, folgenden Satz lesen: »Die wahre Länge eines Menschenlebens ist, ungeachtet dessen, was das Dictionary of National Biography sagen mag, immer eine strittige Angelegenheit.« Nadeshda holte mich am Gate ab. Sie hatte Apfelkuchen gebacken, ich roch die Äpfel in ihrem Haar, sah die Tiefe des Lächelns in ihrem Blick. Diese Tiefe sehe ich jetzt immer. Es ist kein Geheimnis, vielmehr eine konkrete Stelle in ihrem Wesen, an der sich alles in ihrem Inneren verbindet, rührt, aufrührt und berührt, wenn sie mit anderen Menschen spricht. Ihr Inneres ist mit der ganzen Weite der äußeren Orte verbunden, mit allen Wegen und Zugstrecken, auf denen sie als Reisende unterwegs war. Sie trägt sie in sich, diese Orte, diese Wege. Sie ist all das geworden, was sie gesehen hat. Wenn sie bei mir ist, weiß ich, dass auch ich weit gereist bin und dass die Umwege mir am meisten geholfen hatten, hier anzukommen. So gesehen war es keine Flucht, eine solche ist unmöglich. Ein neues Leben ist immer die Summe eines alten. Das weiß ich, das habe ich vor allem im Vögelchenzimmer gelernt. Schweigend. Sieben volle Tage bin ich jetzt in der neuen Wohnung zu

Hause. Meine Gedanken sind im leeren Zimmer zur Ruhe gekommen, sie haben sich schlafen gelegt und manchmal, und heute ganz deutlich, habe ich das Meer dabei gehört, mein erstes Meer, seine Wellen, die am Ufer leise auslaufen. Zum ersten Mal seit zwanzig Jahren habe ich mich im warmen Glück an meine Brüder erinnert, dankbar, dass sie gelebt haben, dass auch sie, genau wie mein Vater, mich an meinen ersten Orten begleitet, sich mit ihrem Lächeln und ihren Worten, mit ihren Bewegungen und Blicken in mich eingeschrieben haben. Das Meer fehlt mir. Am Meer bin ich immer gern gewesen. Arik fehlt mir. Ich habe ihn lieben können, ich war voller Zuversicht, dass er irgendwann in der Lage sein würde, seine Möglichkeiten sein Leben nennen zu können. Ich werde meine Mutter anrufen, sie fragen, was sie nächsten Sommer macht. Am Meer gibt es keine Zeit. Vielleicht kann ich Mateo in Istrien sehen, mit ihm sprechen, ihn fragen, warum er die Sprache reinigen will, warum er etwas besitzen möchte, das ihm gar nicht gehört und nie gehören kann. Das Meer beruhigt mich. Das Meer zwingt mich nicht in die Vergangenheit. Es überlässt mir nur ihren lebendigen Sinn: die Bewegung, die nie aufhören darf, weil wir sonst ohne Schönheit sterben. Es lässt mich wieder hören, zurückhören, den Tagen unter Großmutters beschützenden Augen nachspüren. Die Wellen kommen und gehen. Ich sehe die Füße meiner beiden Brüder im Sand. Ich liebe ihre Füße. Im leeren Zimmer ist es angekommen, das Meer in meiner Erinnerung, das Wasser, das immer da war, der Urgrund meines Lebens. Ariks Räume wollten mich in den Bauch der Vergangenheit zwingen, mich zurückdrängen in die alten Bilder. Aber ich habe sie ausgeräumt. Habe alles zum Müll getragen. Signora Souza, ein helfender Engel, ist für immer nach Portugal zurückgekehrt. Gestern kam wieder eine Postkarte. Der Sand nimmt ihre Fußspuren auf. Die Wellen kommen. Vater lacht. Das Meer ist grausam und gütig und schnell. Als ich ging, waren Ariks Zimmer ganz leer. Es war eine wohltuende, federleichte Leere. Ich denke an den Strand, an die Bretagne. Die Fußabdrücke sind weg. Das Lachen ist vorbei. Aber ich weiß, was ich gesehen habe. Arik hatte sehr schöne Hände. Meine Brüder hatten sehr schöne Füße. Mein Vater hatte ein sehr schönes Lachen. Ich erinnere mich, es war wieder einer dieser heißen Augusttage, ich steige vom alten Esel meiner Großmutter, und Vater nimmt mich in die Arme. Er hält mich hoch. So hoch, dass ich glaube, den mit Früchten behangenen Maulbeerwipfel mit meinem Mund berühren zu können. Vater lacht. Ich habe Maulbeerhunger! Meine Brüder schreien, vom Glück überwältigt, dazwischen. Wir wollen auch Maulbeeren essen! Ich werde auf den Boden abgesetzt. Gerechtigkeit! Jetzt sind die Brüder dran. Wipfel, oh Wipfel. Es ist ein Sommertag, heiß, Hundstage, an denen wir uns den Wipfel der Maulbeere und Vaters Lachen teilen. Wir sind Kinder. Wir wissen nichts von den Begrenzungen der Zeit. Ich kehre zurück ins Innere der Bilder. Ich werde die Fotos nicht behalten. Weiter, ins Jetzt. Ich packe sie in eine große Kiste wie in ein Grab. Ich bestatte sie. Für immer. Sie sind die Oberfläche, die Rinde, unter der unser wahres Leben wohnt, die Summe unserer Tage. Ich entferne die Rinde und werfe alles fort. Ich gehe ins Vögelchenzimmer. Es ist leer. Es wird leer bleiben. Auch Ariks Räume sind leer gewesen, als ich hinausgegangen bin, als ich die Wohnung an der Place Dauphine verlassen habe. Weiter, ins Jetzt. Ich weiß es, alles war leer, Signora Souza war meine Zeugin. Und jetzt ist meine erste Woche in der neuen Wohnung vorbei, ich kann wieder das Meer, die Wellen, den Wind hören, ich kann alles hören von früher, ohne dass es ein Gestern wird, ohne es selbst zu werden. An den August denke ich. An das Damals im Hier. Es war mir nie genug, dass ich bin, wie ich bin, ich wollte immer wissen, was der Grund dafür war. Ich wollte mich ändern, um der Mensch zu werden, der ich schon immer gewesen bin, aber ich wusste nichts über mich. Den Ring habe ich, Ariks Ring, ich lege ihn in die Kiste zu den Fotos. Das Meer ist in mir und ich bin im Meer. Ich sehe es, das Blau, die Weite, die Möwen, ohne dass ich mir sagen muss, was ich sehe. Mein Körper schweigt. Er sieht es auch. Ich schweige. Das Kirschholz schweigt. Es spricht einfach nicht. Ich spreche zeitgleich für uns beide. Ich schweige. Ich lasse mich vom Schweigen durchdringen. Den alten Tisch in meiner Küche werde ich behalten. Er soll bleiben, was er ist, ein Zeuge, der alles sieht und der mir zeigt, dass Sehen ändern heißt. Ich habe längst nicht alles verstanden, aber ich kann erzählen, wie das Sehen geht und weiß, dass Worte nicht Augen sind, aber eine Iris haben sie doch. Ich werde ihre Farbe nicht verraten.